Ils marquaient les visages
Qui s'esquissaient en fleur,
Et les hauts seins charnus,
Pointus,
Aux siestes d'amour.

SOUSÂNDRADE

Je ne réclame aucune faveur pour les personnes de mon sexe. Tout ce que je demande à nos frères, c'est qu'ils veuillent bien retirer leurs pieds de notre nuque...

SARAH GRIMKÉ

CELLES QU'ON TUE

DE LA MÊME AUTRICE

Gog Magog, Actes Sud, 2021.
Feu follet, Actes Sud, 2017.
Le voleur de cadavres, Actes Sud, 2012.
Monde perdu, Actes Sud, 2008.
Le Diable danse avec moi, Actes Sud, 2005.
Acqua-toffana, Actes Sud, 2003.
Enfer, Actes Sud, 2001.
Éloge du mensonge, Actes Sud, 2000.
Ô Matador, Albin Michel, 1996.

PATRÍCIA MELO

CELLES QU'ON TUE

Traduit du portugais (Brésil)
par Élodie Dupau

BUCHET • CHASTEL

Avec le soutien de la Fondation suisse pour la culture Pro Helvetia.

fondation suisse pour la culture
prohelvetia

Titre original : *Mulheres empilhadas*
Éditeur original : LeYa

Cet ouvrage a été publié en accord avec l'agence littéraire
Mertin-Witt, Francfort-sur-le-Main, Allemagne.

ISBN : 978-2-283-03678-5

Pour Celina, Maria Luiza, Renata,
Mariza, Rebecca, Luiza et Maria,
les femmes de ma vie.

1

TUÉE PAR SON MARI

Elaine Figueiredo Lacerda,
soixante et un ans,
a été abattue de plusieurs balles
devant sa porte,
un dimanche en fin d'après-midi.

A

La nuit était douce, fraîche. J'ai allumé ma cigarette et suis restée là, les bras croisés, à fumer et observer le ciel opaque.

– Ce mec est en train de vous prendre en photo, m'a dit quelqu'un.

Alors je me suis rendu compte que je n'étais pas seule. À ma droite, appuyé à la voiture de celle qui organisait la fête, se tenait un type en veston-cravate qui fumait. Derrière nous, la maison semblait vibrer au rythme de la musique dansante. L'homme a désigné la fenêtre d'un immeuble de l'autre côté de la rue.

– Là-bas, a-t-il ajouté.

L'observateur, se voyant repéré, s'est esquivé. Il a éteint la lumière et baissé son store.

– Ces idiots pensent qu'ils peuvent prendre en photo toutes les jolies femmes qui viennent fumer dehors, a continué le veston-cravate en croyant me faire plaisir.

J'ai remarqué qu'il était soûl.

Pensant peut-être que je n'étais pas assez futée pour comprendre son baratin, il a poursuivi :

– Vous devez avoir l'habitude.

De mon côté, silence.

Il a insisté :

– Ça ne vous dérange pas ? Qu'on vous prenne en photo ? Ça doit être chiant, non, d'être aussi jolie ?

– Il s'agit d'une querelle de voisinage, ai-je expliqué après une bouffée de tabac.

– Avec Bia ? Il a des problèmes avec Bia ?

– Il était en train de filmer, vous n'avez pas capté ? Pour se plaindre de la fête. De la musique trop forte.

– Ce mec ne sait pas ce que c'est, la musique trop forte.

De là où j'étais, je pouvais voir le vigile à côté de la barrière, à l'entrée de la rue, contrôler les voitures qui arrivaient à la fête.

– D'où connaissez-vous Bia ? m'a-t-il demandé.

Ma cigarette se consumait lentement.

– Nous travaillons dans le même cabinet, ai-je répondu.

– Avocate ? Comme moi ?

J'ai confirmé, d'un geste.

– Ne me dites pas que c'est une soirée corporative ?

J'ai écrasé ma cigarette du bout de ma chaussure neuve, ornée de strass, avant de retourner à la fête.

Bia parlait avec un groupe d'amies dans l'entrée, et en me voyant elle a tenté de m'attirer sur la piste de danse. Elle était encore plus ivre que le type dehors et me criait quelque chose sur mon petit ami à l'oreille. Je l'ai laissée se trémousser sous la lumière stroboscopique et la situation qui s'est ensuivie m'a donné l'impression de ne pas être dans ma propre vie, d'être tombée par erreur dans le film d'une autre personne.

Je me rappelle la sensation d'avoir été poussée dans les toilettes par mon petit ami, qui venait de surgir du couloir menant aux chambres, hors de lui. « Avec qui étais-tu ? » criait-il. « Où étais-tu fourrée ? » La musique faisait tout vibrer, je pouvais presque sentir son rythme battre sous mes pieds, au bout de ma langue, et tandis qu'il me serrait les bras et me pressait contre le marbre froid du mur, je ne disais rien, je n'arrivais pas à réagir, en vérité je n'arrivais pas à saisir que c'était moi qui étais en train de vivre cette scène de sitcom bon marché, moi face à ce partenaire sexuel délicieux, cet homme athlétique, cultivé, bourré d'humour, qui était devenu mon petit ami quelques mois auparavant et s'était jusqu'alors montré aussi courtois, respectueux et aimable que je le désirais, cet homme qui était en train de me hurler dessus, pris d'une furie possessive et injustifiée. La seule chose que j'ai réussi à faire, tout en essayant de me défendre et de me libérer de ses bras, a été de rire. Juste ça. Et mon rire nerveux, plutôt figé, a donné à son regard une lueur sauvage, celle de certains chiens avant l'attaque.

Paf. Jusqu'alors, je n'avais jamais reçu une seule gifle de ma vie. En plein visage.

– Salope, m'a-t-il lancé avant de quitter les toilettes.

2

TUÉE PAR SON EX-MARI

Fernanda Siqueira,
vingt-neuf ans,
a été assassinée à coups de couteau
devant ses voisins,
au moment où elle rendait à son ex
les clés de l'appartement qu'elle partageait avec lui
quelques mois plus tôt.

B

Pourtant, les débuts avaient été exaltants. Emplis d'éclats de rire. C'était un an plus tôt. Impossible de ne pas le remarquer. Il était dans le jardin du club, avant-bras plantés dans l'herbe bien soignée, jambes athlétiques en l'air, pointées vers le ciel bleu, dépourvu de nuages – « une posture inversée de yoga », d'après ce qu'il m'avait dit en me rejoignant à la piscine. « C'est comme si le sang débouchait nos vaisseaux sanguins », m'avait-il expliqué entre deux brefs plongeons, « ça fait sortir tout un tas de toxines ».

Mon travail était de traiter avec des lances de haine bien affûtées et des volumes d'ignorance considérables. Si je mets la tête en bas, avais-je alors pensé, je vais vomir des arsenaux nucléaires et des fils barbelés.

– Qu'est-ce qui te fait rire ? m'avait-il demandé.

Je ne riais pas. Ma photophobie, accentuée par l'absence de lunettes de soleil, me donnait ce simulacre de sourire accroché au visage.

Il s'appelait Amir et vivait dans mon monde, avocat de profession comme moi, plus âgé, divorcé, et je découvrais à présent que nous étions membres du même club sportif dans le quartier de Pinheiros[1].

Au tribunal, je l'avais souvent vu plaider contre des criminels anonymes, avec une rhétorique solide, percutante. Remarquable.

Là, dans l'eau, sans costume ni assassins à démolir et malgré ses dents qui auraient pu être plus jolies, il m'avait paru encore plus charmant. En réalité, ce que je voyais sous cette lumière radiante était un type plutôt insolite : adepte de yoga, auteur d'une thèse de doctorat sur Wittgenstein, et capable de faire le poirier comme un acrobate de cirque.

Une demi-heure à papoter, et je me sentais déjà à l'aise.

Après avoir nagé, nous avions poursuivi la discussion, parlé de ses criminels, des pauvres gars en général, qui comptaient à présent des Vénézuéliens et des Haïtiens, et de la philosophie qui l'intéressait tout particulièrement. Je lui avais raconté ma tentative de lire *Recherches logiques*.

– J'ai vite abandonné, après être tombée sur une digression concernant ce que pourrait être la représentation d'un non-chat sur la table. Ou d'un chat qui a été sur la table.

– Ce doit être Husserl, ça, avait-il affirmé en riant.

Un climat de bonne humeur nous avait aussitôt enveloppés. Rire ensemble était un aphrodisiaque puissant. Je lui avais dit :

– Je me demande si ce n'est pas ta passion pour ce genre de philosophes qui t'a fait devenir avocat général. Tu as l'air d'aimer les choses compliquées.

---

1. Quartier cossu de São Paulo. *(Toutes les notes sont de la traductrice.)*

– Je vais devoir faire attention avec toi, avait-il répondu. Une femme intelligente, c'est la merde.

Ce qu'il me disait en réalité, à ce moment-là, c'était qu'en général les femmes sont bêtes. Mais bien entendu, étant sous le charme et intoxiquée par mes propres hormones, je ne m'en étais pas rendu compte. Pire : j'avais inversé les signaux, transformé le négatif en positif. Il avait une stratégie efficace, qui consistait à devenir le protagoniste en utilisant sa langue comme un marteau abattant tout sur son passage. Je me souviens que, ce jour-là, un sociologue respecté prenait le soleil près de nous, attirant l'attention de tous. L'homme me souriait, tout en me dévorant ouvertement des yeux. Amir m'avait demandé :

– Il te plaît, ce type ?

Il ne m'avait pas laissé le loisir de répondre. « Pseudo-intellectuel d'astreinte » – voilà comment il l'avait défini. Avant d'enchaîner :

– Regarde-le bien : il suffit d'un débat sur les Indiens, le harcèlement sexuel, le racisme ou la déforestation en Amazonie pour qu'il apparaisse dans les studios, sur les plateaux ou sur Internet, transparent comme un ver de goyave, en pantalon rouge et boucle d'oreille, portant des lunettes à la mode comme tout le monde, prenant le parti que tout le monde prend, jetant la pierre que tout le monde jette, visant les mêmes cibles. Parce que c'est « cool » d'être contre ceux que tout le monde attaque. Pour ceux que tout le monde défend. Ça passe bien. C'est facile. Tout ce qu'il fait, intellectuellement parlant, c'est suivre le mouvement de ce qu'un penseur a appelé le « troupeau qui tire ». Je déteste ce genre de moralité de façade.

Plus tard, j'avais dit à mes amies qu'il était du genre impulsif. Qu'il ne rentrait pas dans le moule. Ça me plaisait.

Quand je lui avais raconté que je m'intéressais aux activités *pro bono* de mon cabinet, il m'avait suggéré, si je me sentais coupable de gagner de l'argent – ce qui n'était pas le cas, mon salaire d'avocate débutante était presque risible –, de me tourner vers l'enseignement.

– Pourquoi ?

– Tu veux faire une faveur à la société ? En voilà une.

– Ce n'est pas une faveur. C'est un échange d'expérience.

– Quel échange ? Tu apportes le travail et eux, le problème ? Je n'y crois pas. La solidarité, l'altruisme, le père Noël, la tombola, rien de tout ça ne marche dans ce pays. Rien de tout ça ne prend avec moi. Je préfère ma part en fric.

J'avais ri. Prenant pour une blague ce qui était juste médiocre. Petit. Je l'avais alors interrogé :

– En quoi d'autre tu ne crois pas ?

– Je préfère que tu me demandes ce en quoi je crois.

– Je t'écoute.

– Au cancer. À Darwin. À la mathématique pure. Et au diable.

Quand nous avions plongé pour repêcher ma casquette, emportée par le vent qui commençait à souffler en rafales, je sentais déjà une énergie pulser autour de nous.

En fin d'après-midi, nous étions chez lui, moi grillée par le soleil, lui un peu éméché par le vin du déjeuner.

Voilà comment tout avait commencé.

On n'imagine pas qu'un type de ce genre, qui étudie Wittgenstein et qui fait du yoga, va finir par nous frapper, dans les toilettes d'une fête d'avocats.

Pourtant, les statistiques montrent que c'est commun. Et que beaucoup ne se contentent pas de gifler. Ce qu'ils préfèrent, c'est tuer.

3

TUÉE PAR SON EX-PETIT AMI

Rayane Barros de Castro,
dix-sept ans,
est morte de plusieurs balles.
Avant de la tuer, son assassin lui a envoyé
un message sur WhatsApp :
« Je vais vivre ma vie, mais toi,
tu ne vivras pas la tienne. »

C

Sale pute. Espèce de traînée. Grosse chienne. Les insultes sont une variation du même thème. Allumeuse. Roulure. Nympho. Dans l'un des cas, le mari, alcoolisé, avait surnommé sa femme « la crapaude » (je me suis souvenue, en un flash, d'une photo postée sur le web, un gros plan d'une jolie femme, au double menton épais et charnu, où on lisait : je vous emmerde). « Grosse crapaude », disait l'homme en rigolant. La victime allait dans la maison, avec son mari sur les talons, titubant ; « la crapaude, la crapaude, la crapaude », répétait-il. Devant leurs enfants. « Un petit crapaud, qui n'était pas beau… », chantait-il. « On pourrait porter deux kilos d'oranges dans ton double menton tout flasque », lui disait-il. Quand il avait remarqué qu'il n'arrivait plus à l'énerver, il l'avait tuée à coups de couteau de cuisine. Dans une autre affaire, le petit ami avait pris soin d'avertir : « Je vais te mettre une balle dans la chatte. » Et il avait tenu parole. « Luzineide, de la viande de ton espèce », avait l'habitude de dire un autre assassin, « je peux en trouver des tonnes dans les poubelles des boucheries ». Tuée par asphyxie. Iracema, étranglée. Comme Elisa, Marineide et Nilza.

C'est stupide de penser que l'assassin devrait se soucier des autopsies. Le système est fait pour ne pas fonctionner. Tout au bout, celui qui mène l'enquête regarde la victime avec mépris ; c'est juste une femme, se dit-il. Une noire. Une pute. Une chose. Si possible, il ne prend pas les appels quand le téléphone sonne dans le repaire où il travaille. Ce sera pour le prochain mec d'astreinte.

Avec ma mère ils n'avaient pas pu faire pareil pour une raison très simple. Elle était blanche. Et elle n'était pas pauvre.

Hormis les livres de référence, à consulter, j'avais cent quatre-vingts plaintes dans mon dossier, toutes téléchargées depuis le système judiciaire de l'Acre qui, à l'inverse de nombre de circonscriptions judiciaires d'États plus riches du pays, avait numérisé l'intégralité de son fonds, dans une tentative héroïque d'abandonner notre culture de la paperasse. Wanda. Telma. Abigail. Kelly. La liste des prénoms remplissait plusieurs fois l'écran de mon ordinateur, resté allumé pendant tout le vol.

Profession de l'accusé : Militaire. Électricien. Aide-maçon. Ouvrier agricole. Fonctionnaire. Étudiant. Tuer des femmes est un crime démocratique, pourrait-on dire. Et je faisais mes propres tableaux qui, dans le futur, transformeraient ces statistiques en d'autres statistiques. Degré d'instruction de l'accusé : Semi-analphabète. Cursus universitaire complet. Analphabète. Niveau universitaire. Degré de relation avec la victime : Mari. Petit ami. Amant.

Ex-amant. Frère. Beau-frère. Parrain. Dans cinq cas seulement, l'assassin ne connaissait pas la victime.

Pendant le voyage, je me suis souvenue d'une amie d'enfance qui écrasait des insectes pour les coller dans un cahier. Je m'étais mise à le faire aussi, mais n'avais jamais aimé tuer des papillons. À présent, j'allais peut-être pouvoir remplir plusieurs albums avec mes photos de femmes assassinées, ou avec les armes des crimes. Couteau. Faucille. Canif. Houe. Bouteilles. Marteaux. Fils électriques. Cocotte-minute. Pics à brochettes. Au moment d'assassiner une femme, le moindre objet peut faire office d'arme.

Je n'ai décroché de la liste de plaintes que lorsque l'avion a atterri à Brasília. L'appareil s'est peu à peu vidé de ces hommes qui portent tous le même genre de costume et le même genre d'ordinateur. Combien d'entre eux aimaient frapper une femme ? La chaleur s'est intensifiée. J'ai songé à me lever, à demander qu'ils relancent la climatisation, mais, au même moment, une fatigue soudaine s'est emparée de moi. Wanda.

Abigail. Carmen. Joelma. Rosana. Deusa. J'ai continué à regarder ces prénoms de femmes, une pile de cadavres qui semblait sans fin. Avant de m'endormir.

Je me suis réveillée à Cruzeiro do Sul trois heures plus tard, sans avoir remarqué l'escale à Rio Branco.

L'avion qui avait quitté Brasília vide était à présent bondé. En attendant que la porte soit ouverte, j'ai songé que beaucoup de passagers étaient les enfants des victimes. Comme moi, ils venaient assister aux audiences.

La chaleur humide de Cruzeiro do Sul nous a frappés à la descente de l'appareil. « Fiers d'être *Acreanos* », affichait le panneau de bienvenue.

Sur la région, je savais seulement ce que j'avais lu dans les livres d'Euclides da Cunha, pendant mes années d'études, à propos de l'occupation de l'Amazonie en général et de l'Acre en particulier, décrite comme une sorte de « sélection naturelle inversée », une terre d'exil.

J'ai pris un taxi et donné au chauffeur l'adresse de l'hôtel où j'allais séjourner. « L'usage du casque est obligatoire », informait un panneau en espagnol, mais ici aucun motard ne portait de casque.

– C'est votre première fois à Cruzeiro do Sul ? m'a demandé le réceptionniste, un beau caboclo* ébouriffé, qui s'appelait Marcos et était le fils du patron de l'hôtel.

J'ai répondu par l'affirmative.

– Alors vous pourrez dire à vos amis de São Paulo que l'Acre existe, a-t-il ajouté.

Les jours suivants, où que je me trouve, il surgissait toujours de nulle part, avec Tadeu, son inséparable chien. Je sortais du tribunal, ou bien j'étais sur la place, en train de manger une glace, et bam, il arrivait, dans une chemise tape-à-l'œil, orange, violette ou rose vif, revenant de l'université, ou parfois juste en short et pieds nus, allant se baigner dans un igarapé* proche. Quand il me parlait, il me regardait droit dans les yeux, d'une façon curieuse, presque enfantine. Il marchait les pieds légèrement tournés vers l'intérieur, ce

* Les mots suivis d'un astérisque sont définis dans le glossaire p. 297.

qui ne lui donnait pas du tout une allure masculine. S'il était en voiture, il me proposait de monter : « Tu veux faire un plouf ? » Sa mère était une indigène du village Ch'aska. « Il faut que tu rencontres les Ch'aska. » Chaque jour, il augmentait ma liste de « Il faut que ». « Il faut que tu ailles dans la forêt. » « Il faut que tu voies une nuée de suiriris-valentes. » « Il faut que tu nages dans la rivière Crôa[1]. » « Il faut que tu boives l'ayahuasca*. » Sans son omniprésence et sa disponibilité, nous ne serions pas devenus amis aussi vite.

Dès le soir de mon arrivée, en remarquant que mon attention était attirée par la phrase en espagnol collée sur le comptoir : « Bienvenue, frères boliviens et péruviens », il a pris le temps de m'expliquer que vivre dans une ville près de la frontière était un « truc assez dingue », « on finit par ne plus être de nulle part », « mais c'est cool. Moi, je me sens citoyen du monde ». Et il m'a entraînée sur le trottoir pour contempler la pleine lune, même s'il n'y avait aucune lune dans le ciel à ce moment-là.

Plus tard, après avoir pris une douche, j'ai défait ma valise et rangé mes vêtements dans le placard. Amir m'avait encore envoyé un e-mail : « *Tu m'as bloqué sur ton téléphone ? Quand vas-tu cesser tes enfantillages et me parler directement ?* »

À onze heures j'étais au lit, épuisée, incapable de dormir. Je suis restée dans la pénombre, à observer les taches d'humidité qui s'étalaient sur les murs vers la fenêtre. Soudain,

1. Rivière à 20 km de Cruzeiro do Sul, connue pour ses rives bordées de nénuphars géants et d'arbres centenaires.

paf, j'ai senti de nouveau cette claque en plein visage. Avec le recul, la scène était différente, exactement comme si j'en étais aussi la spectatrice, comme si je me voyais prendre cette gifle. Puis le moi observateur a disparu. Je suis restée seule avec mon agresseur. *Salope !* Ma joue brûlait encore plus que le jour fatidique.

Je devais reconnaître que mon esprit tournait en boucle ces derniers jours, et c'était exaspérant. De la gifle à la gifle. En réalité, une claque en plein visage a le même effet qu'un projectile expansif. Hormis d'évidentes différences, elle provoque sous un aspect immatériel un effet similaire à ce que la balle dum-dum produit dans votre chair : au lieu de transpercer le corps, toute cette énergie destructrice explose en vous, amplifiant la blessure. Une grande partie de la personne giflée meurt dans la baffe. D'un point de vue psychique. En moi, toutefois, cette gifle avait créé une sorte d'effet domino inversé, elle avait redressé une pièce qui était abattue, une pièce intérieure, morte, une pièce qui, en se relevant, en avait soulevé une autre, et ainsi de suite, jusqu'à arriver à la dernière, la plus abattue de toutes, presque déjà enterrée, appelée « mère ».

Ma relation avec la mort de ma mère avait déjà traversé plusieurs phases. Il y avait eu celle de je-ne-veux-pas-oublier-son-visage, qui avait obligé ma grand-mère à faire agrandir certains clichés et à remplir notre maison de cadres photos ; celle de la préadolescence je-ne-veux-plus-en-parler, durant laquelle tous ces éléments avaient dû être rangés, à l'exception d'un seul cliché, celui d'elle à ses dix-huit ans, en short et tennis, assise à côté de son chien. Puis était venue la phase la plus dure, quand je l'avais ensevelie sous le tapis de ma rébellion. Ce n'est que pendant mes études de droit, déjà munie de mon propre vocabulaire technique, que j'avais réabordé le sujet, toujours avec précaution : « les faits ». Les mots « assassin », « père », « procès », « prison » n'étaient jamais prononcés, et étaient même mentalement évités, comme s'ils avaient le terrible pouvoir de ramener notre passé à la surface.

Cette gifle avait marqué le début d'une nouvelle phase dans notre relation. Comme si la digue qui retenait ce manque violent que j'éprouvais de ma mère avait rompu. La gifle, d'une certaine façon, nous avait reconnectées. « Nous sommes faites du même bois » avait été l'enseignement de cette claque. Et il n'y avait eu qu'un pas à faire avant d'ouvrir pour la première fois les caisses que ma grand-mère avait gardées, pendant des années, propres, classées et numérotées, contenant assez d'éléments pour concevoir un musée en hommage à sa fille morte. En ce sens, cette gifle avait provoqué une sorte de renaissance de mes morts. Tous ceux qui dormaient en moi s'étaient réveillés affamés.

J'avais eu du mal à y croire quand, deux semaines plus tard, par une drôle de coïncidence, le cabinet où je travaillais avait commencé à choisir de jeunes avocats pour couvrir les différentes campagnes de jugements de féminicides survenus dans le pays. En tant qu'observateurs. Le but était d'alimenter, au moyen d'informations et de statistiques, le projet de l'associée majoritaire du cabinet, Denise Albuquerque, qui préparait un livre sur la façon dont l'État produit des assassins en cautionnant l'asymétrie au sein des relations de genre. « Nous allons parler du massacre autorisé des femmes », résumait-elle. « Dix mille cas de féminicides dans les tribunaux, non résolus. Voilà mon sujet. »

– Quel est le site le plus éloigné de São Paulo ? avais-je demandé à mon amie Bia, qui s'occupait de la sélection des avocats.

– L'Acre, avait-elle répondu.

À présent, j'y étais.

Il ne faut pas toucher à une personne qui porte en elle un cadavre.

ALPHA

J'entendais les grillons crisser, les singes et les cigales faire un énorme boucan. J'ai cru que c'étaient les fameux effets de l'aya, mais la forêt est bruyante, m'a expliqué Marcos, c'est une symphonie continue d'insectes, de cigales et d'abeilles, ainsi que d'oiseaux, de chouettes, d'aras et de toucans, et avec les tapirs, les jaguars et les cochons sauvages, c'est carrément un orchestre : certains croassent, d'autres coassent, les uns bourdonnent, les autres hululent, ceux-ci hurlent, ceux-là stridulent, chacun dans une fréquence particulière, et plus on entre dans la forêt, plus on entend de cris et gazouillis et trilles et sifflements. Surtout la nuit.

L'important était de se concentrer sur la danse, a dit Marcos en mêlant sa main à la mienne. Deux pas vers ici, deux pas vers là. On va danser. Les couleurs se frottaient à mes yeux. Elles coulaient. Le jaune, le rouge, le bleu, toutes criardes. J'ai vu l'image d'un vieux Noir. Fumant la pipe[1]. La Vierge. Et Iemanjá*. Disposés sur l'Étoile de David. Sur l'autel de l'entrée. À l'orée de la forêt. Le rythme, deux pas vers ici, deux pas vers là. Et les chants, incessants. *Je bois ce breuvage*, deux pas vers là, *Au pouvoir incroyable*, deux pas vers ici, *Il nous montre à tous*, deux pas vers ici, *Au-dedans cette vérité.*

J'ai vu une poule. Des gens battant le rythme. Celui-ci riant aux éclats. Celui-là vomissant. L'un chantant. L'autre apeuré. Senti une chaleur dans mon sein droit, une présence agréable, qui était-ce ? La vieille à côté de moi, en habits cérémoniels, dansait, dansait, j'ai fermé les yeux, *Suis montée, montée avec joie*, les pensées venaient comme des oiseaux, du haut de la forêt vierge, je n'arrivais pas à les atteindre. *Suis montée, montée avec joie.* Et alors cette chose chaude dans ma poitrine s'est transformée en une voix chaleureuse, *jusqu'à arriver à la Vierge Marie*, puis en une chevelure épaisse, puis en une jeune femme avec autant de cheveux que de pouvoir, munie d'un arc et de flèches, dépourvue de son sein gauche, qui m'a parlé avec une grande clarté : Regarde notre groupe qui se forme en pleine forêt. Nous, a-t-elle dit, nous, femmes, icamiabas*, mères, cafuzas*, sœurs, amazones, Noires, Marias, lesbiennes, filles,

1. Image d'un puissant orixá* de l'umbanda*, aide et guide.

indigènes, mulâtresses, petites-filles, Blanches, nous jaillissons du sol, frémissantes de haine, vengeresses, nous remplissons mon char d'Exu-caveirão* et avançons sur la ville, portant bites et pines en caoutchouc, avec un pouvoir de feu, nous te poursuivons, homme mauvais, fumier, exploiteur, abuseur, violeur, frappeur de femmes. Assassin. Psychotique. C'est après toi que nous en avons, tueur de mère. Ramassis de démons.

J'ai ouvert les yeux. Toujours aucun effet désagréable de l'aya.

– Tu te sens bien ? m'a demandé Marcos, son visage tout près du mien.

Son haleine était fraîche comme celle d'un enfant.

– Deux pas vers ici, deux pas vers là.

Et nous avons continué à danser.

D

« Tu veux te prendre une flèche d'indien[1] *? C'est quoi cette putain d'histoire de Cruzeiro do Sul ? Qu'est-ce que tu fabriques là-bas ? Sérieux : ça ne me paraît pas raisonnable que tu considères une putain de gifle malencontreuse, dans une fête de merde, comme un élément révélateur de mon caractère. Et ma deuxième chance ? Baisers passionnés, Amir. P.S. : Personne ne mérite d'aller dans l'Acre ! »*

Après la gifle, Amir m'avait envoyé une dizaine de textos autocentrés, ridiculement soucieux que j'associe cette claque à sa personne. La question qui me tracassait était : comment avait-il su que j'étais dans l'Acre ? J'avais demandé à Bia et à d'autres amis de ne rien lui dire. Qui avait lâché le morceau ?

– Bien sûr que ce n'est pas moi ! Que se passe-t-il ? m'avait répondu ma grand-mère au téléphone, en prenant

1. Au Brésil, terme péjoratif pour désigner les peuples autochtones, à la différence d'indigène qui est revendiqué par ces peuples et les défenseurs de leurs droits.

aussitôt ma question comme un nodule métastatique de la mort de ma mère. C'est à cause d'Amir que tu as accepté ce voyage ? Qu'est-ce qu'il a fait ? Qu'est-ce que tu me caches ?

Face à mes réponses réticentes, elle s'est mise à crier :

– Ne me laisse pas dans l'inquiétude !

Inutile de me le demander deux fois. J'avais appris la leçon assez tôt. « N'oublie pas », m'avait dit une amie de ma grand-mère d'une voix douce, après la mort de mon grand-père, « maintenant tu es la branche à laquelle se raccroche ta grand-mère ». Tout prenait son sens. Enterrer son mari, après avoir déjà enterré sa fille, se retrouver seule, sans aucune famille, mon père libre, rôdant autour de chez nous, moi en pleine phase toxique de l'adolescence, collectionnant les mauvaises notes à l'école, tout cela avait été trop pour elle. J'ai soudain vu par moi-même. Et tout son courage s'est envolé. Sous cette femme bavarde et courageuse – que mon grand-père qualifiait de force de la nature –, qui faisait de ses sourcils teints les protagonistes de son expression, a surgi une femme archi-inquiète et pathologiquement contrôleuse. À part me nourrir et me garder en vie à tout prix, rien ne semblait l'intéresser. Du jour au lendemain, elle avait arrêté de teindre ses sourcils, ce qui lui donnait un air incongru, comme si elle était chauve, malgré sa chevelure épaisse. Elle s'était mise à avoir peur des balles perdues et des hôpitaux. Et de la sonnerie du téléphone. « C'est peut-être une mauvaise nouvelle. » Et elle passait son temps à me téléphoner, il suffisait que je sorte de la maison pour qu'elle m'appelle tout de suite après, elle avait peur que « quelque chose » me soit arrivé pendant le trajet, et ce « quelque chose » pouvait signifier agression, dengue, balle perdue, accident, renversement par une voiture, enlèvement éclair, grippe, viol, comme si le fait de me téléphoner pouvait me protéger de tout le mal existant. Comme si elle était un policier, et que sa mission était de me « couvrir » pendant la fusillade.

Elle gardait son portable et l'appareil sans fil de la maison dans les poches de ses vêtements, comme des semi-automatiques dans des étuis de cow-boys. Et c'était comme ça, par « contrôle téléphonique », qu'elle tentait de me protéger des iniquités du monde. Elle m'appelait n'importe quand. « Où es-tu ? » demandait-elle anxieuse. Je devais lui faire signe quand j'étais arrivée à destination. Du bunker 1 au bunker 2. Et lui téléphoner avant de sortir du bunker 2. Opération réussie, terminé. Et la rappeler de nouveau en chemin. Sur le trajet du bunker 3. Je suis encore en vie, terminé, je raccroche, je pensais à dire, parfois. Je ne suis pas encore morte. Ma vie se passait en tranches, entre les coups de fil à ma grand-mère.

Il a fallu que mon père meure d'une crise cardiaque et qu'elle suive une thérapie de gestion de la peur pour qu'on retrouve une vie « normale ». Néanmoins, je savais qu'il suffisait d'une puce à l'oreille pour remettre en mouvement la spirale de sa folie.

Ce matin-là, j'ai raccroché en me détestant de la laisser inquiète. Après avoir pris une douche et enfilé le vêtement le plus léger que j'avais apporté pour affronter la chaleur équatoriale de la ville, j'ai reçu un appel du cabinet. C'était Bia.

– Est-ce que tu as des crimes qui comportent des démembrements, la mutilation ou l'éviscération de femmes ?

– Je vais vomir et je te réponds.

– C'est Denise qui demande. Elle prévoit un chapitre sur la pornographie comme déclic au massacre de femmes.

– Bonjour à toi aussi. Ça ne sera pas difficile de trouver ce qu'elle cherche.

– Je croyais que la pornographie était un truc de cul et de moule pour les mecs qui ne bandent pas, mais t'imagines même pas ce que Denise m'a fait lire. T'as déjà entendu parler de ces merdes qu'on appelle *snuff* ? Punaise ! T'imagines, le type tue la femme, lui arrache son utérus et éjacule ! Le type éjacule en tenant notre utérus dans la main !

– Putain, Bia, il est huit heures du mat'…

– Hier encore je croyais que critiquer la pornographie était se foutre de la liberté d'expression… mais le mec éjacule…

– Bia !

– … sur notre utérus arraché !

– Putain ! ai-je crié.

– OK, j'arrête. L'ordre de Denise est d'interviewer tout le monde. Assassin. Avocat général. Défense. Juge. Cadavre. Ciao.

Je suis descendue pour le petit déjeuner en me demandant si, sachant que j'étais « fille de victime » et maintenant « presque victime », Denise aurait accepté que je fasse ce travail. « Bien sûr que oui. Et tu devrais exiger une prime d'insalubrité », avait affirmé Bia en me conduisant la veille à l'aéroport.

4

TUÉE PAR SON PÈRE

Elle avait quarante-huit jours
quand elle a été étranglée.
Au commissariat, l'assassin a affirmé
« qu'il était très nerveux
et pensait que cet enfant
n'était pas sa fille ».

E

Dans le quotidien local, le procès qui allait débuter le matin même faisait les gros titres.

La photo montrait trois garçons souriants – le plus âgé ne devait pas avoir vingt-cinq ans –, appuyés à un SUV noir, boueux. Bottes et chapeaux. Figures viriles. Au fond, à droite, un peu flous, d'autres garçons, tous avec un verre de bière à la main. Le décor ne pouvait être meilleur, ciel dégagé, piscine bleue, le genre d'image qui fait penser à un tas de fric, un papa riche, une vie toute tracée, à l'abri des soucis. Des étudiants, disait la légende. Des garçons veinards, c'était la conclusion évidente. Rien de tout ça n'annonçait la psychopathie du trio qui avait violé, torturé et tué une adolescente du village des Kuratawa.

La victime apparaissait dans un coin de la page, une image cédée par un anthropologue qui avait visité le village quelques jours avant le crime. Elle s'appelait Txupira. En short et t-shirt, en train de jouer avec d'autres filles du village – un jeu qui ressemblait au tir à la corde avec, en guise de corde, une fibre végétale. Yeux noirs, tête en arrière, luisant au soleil, éclat de rire en l'air.

Tandis que je marchais vers le tribunal, je me suis souvenue des photos de ma mère éparpillées dans la maison de mon enfance. Capuche sur la tête, lors d'un voyage à Campos de Jordão[1]. Le bout du nez rougi par le froid. Lors de la remise des diplômes au lycée, avec des amis. À la maternité, me tenant dans ses bras. Dans ces clichés, sa mort future était quasiment si évidente qu'elle semblait être une deuxième présence. Madame Mort et ma mère, côte à côte. Ensemble. Même adulte, je n'avais pas réussi à isoler, dans mon tableau périodique des émotions, l'élément « mort » de l'élément « ma mère ». Mort et mère étaient devenus un couple inséparable dans ma mémoire. C'est peut-être pour cette raison que, pendant longtemps, j'avais eu l'illusion d'être une spécialiste en observation de photos comme celle de Txupira, de photos de ceux qui vont mourir au coin de la rue, de photos comme celles que je voyais dans les reportages sur les crimes, ou dans des dossiers de notre cabinet d'avocats, qui montraient de jeunes filles pleines de vie, sur la plage, dans des soirées, avec des amis, toutes simples, sur leur pièce d'identité, des filles joyeuses, en fête, en famille, sur le web, des femmes avec leur enfant dans les bras, à côté de leur mari, souriant dans le cadre photo ; c'était comme si j'arrivais à sentir dans ces images le souffle chaud de la mort qui s'approchait, comme si j'avais un talent spécial

1. Station touristique de l'État de São Paulo, dite la « Suisse brésilienne » pour son climat froid dû à l'altitude et ses maisons à colombages.

pour capter un signe que personne ne captait, parce que personne ne faisait attention, comme ces alarmes de voiture qui, à force de sonner, ne font plus réagir personne. J'avais mis du temps à comprendre que je n'avais aucun talent quelconque, et que la recherche de ce signe dans ces images n'était rien d'autre qu'une façon pathologique de raviver de vieilles sensations liées à la mort de ma mère.

Le Palais de Justice de Cruzeiro do Sul était installé dans un caisson mélancolique, à la façade prétentieuse ornée de losanges de béton, aussi laide que les édifices des banques et des boutiques alentour, et très différente de la grande maison de maître typique toute proche, la bâtisse la plus ancienne de la ville, dotée en son centre d'un deuxième étage et d'une balustrade en bois, qui accueillait à présent le musée de la ville.

Je suis entrée dans le tribunal en même temps qu'une vieille indigène, qui parcourait les couloirs à la hâte et se rendait sans doute à la même audience que moi. Elle portait un t-shirt délavé marqué d'un logo de la Batavo[1], une jupe rouge en jean, des sandales très usées aux talons, et sur son visage ridé se détachait une large bande de couleur ocre autour des yeux. Je l'ai suivie et, une fois entrées dans la salle, je me suis installée sur la chaise à côté d'elle avant de constater, avec surprise, que j'étais la seule, dans ces rangées à la gauche de la salle, à ne pas avoir le visage peint. Et que cette peinture, d'une certaine façon, leur rendait la dignité

1. Marque agroalimentaire brésilienne fondée en 1928 et appartenant depuis 2014 à la plus grande multinationale laitière mondiale.

ethnique que les vêtements et les chaussures misérables leur dérobaient.

Du côté opposé de la salle se trouvaient les non-indigènes. Beaucoup possédaient le même biotype qu'eux, certains semblaient être des caboclos, mais l'atmosphère hostile que je percevais entre les deux ailes de l'assemblée m'a rappelé la rivalité à laquelle j'avais récemment assisté dans un stade de football entre les clubs de supporters du Corinthians et du Palmeiras.

Par politesse, j'ai demandé à ma voisine si mon siège n'était pas réservé à quelqu'un du village, même si je sentais que cette chaise était la mienne, celle où j'étais à ma place, celle où je voulais être.

En voyant son expression vide, j'ai pris conscience de sa tragédie. Elle allait assister au procès concernant une jeune de son clan, morte de la pire des façons possibles, sans en comprendre un seul mot.

Janina, la sœur de Txupira, a raconté :

– « J'ai mal aux doigts, j'ai mal aux pieds, j'ai mal aux jambes et j'ai mal aux bras », disait ma mère, c'était une petite douleur comme ça, toute fine, fatigante, « maintenant elle est là pile dans mon dos, maintenant elle me pique ici en plein dans la poitrine », disait ma mère, « on dirait même un serpent chasseur qui fait son chemin dedans moi, que dans le mauvais, ce serait un mauvais sort peut-être ? Parce que ça fait mal quand je lève les bras, quand je m'allonge, quand je m'assois », disait ma mère, ça faisait si mal que la langue de la vieille ne voulait même plus parler, rien que « aïe aïe aïe ». C'était Txupira qui préparait la tisane de ma mère, parce que quand ma mère avait rendu visite au chaman, là-derrière, ma mère avait emmené Txupira avec elle, parce que Txupira était la plus âgée et celle qui savait le plus et celle qui pensait le plus. « Tu prends les feuilles de marupá », avait dit le chaman, « tu en remplis tes mains, tu les froisses et les écrases avec la caroba, et tu jettes de l'eau comme ça, et tu le donnes à boire à ta mère ». « C'est bon, chaman », avait répondu Txupira. Et le lendemain, en sortant de l'école, Txupira avait prévenu Janina : « Aujourd'hui on doit aller chercher de l'écorce de caroba pour maman. » Janina ne voulait pas marcher dans la forêt détrempée, mais elle ne voulait pas non plus rentrer toute seule au village, parce qu'il pleuvait, et Janina avait peur de l'orage, même depuis que Txupira lui avait expliqué que l'orage c'était ça : quand Dieu éternue il fait braoum, et ce jour-là, qui ressemblait à la nuit, braoum, et pas de caroba, Txupira allait plus loin, parce que la caroba était plus loin dans la forêt, plus près de la rivière, parce que la forêt n'est plus la même, la forêt ne fait qu'empirer, que réduire, « juste encore un peu », lui demandait Txupira, « juste un tout petit peu, jusqu'à là-bas », ses pieds s'enfonçaient dans la boue, la forêt se refermait, et Janina toute petite, de la boue jusqu'aux chevilles, s'était mise à avoir peur, avait voulu rentrer, « attends ici alors », lui avait dit Txupira, braoum, « j'y vais seule », et elle y était allée, y était allée et avait disparu. Au début, Janina entendait les craquements des pas de sa sœur, pof, crac, puis seulement la pluie qui tombait, tombait. Puis elle avait entendu un cri. Et le moteur d'une voiture. Et elle avait eu peur. Janina avait attendu, attendu, la pluie s'était arrêtée et avait repris et s'était arrêtée de nouveau et Txupira n'était plus jamais revenue.

Si quelques indigènes Kuratawa parlent le portugais et l'espagnol, ce n'était pas le cas de Janina, appelée à témoigner. Comme la plupart des membres de son village, elle s'exprimait uniquement dans une langue de la famille pano et une bénévole du centre de jeunesse indigène traduisait ses propos.

Les longues pauses et la timidité de la traductrice m'ont d'abord fait croire qu'elle ne maîtrisait pas totalement la langue. J'ai mis du temps à saisir que son problème, pendant la traduction, était de retenir ses larmes. Elle n'y arrivait pas toujours.

Janina, au contraire, restait calme.

Quand la parole a été donnée à l'accusation, le bruit de la voiture que Janina disait avoir entendu cet après-midi-là a largement été remis en question.

– Janina n'a pas inventé ce bruit, a argué Carla Penteado, la jeune avocate générale, avec son accent de São Paulo.

Sa chevelure épaisse et volumineuse, son beau visage dépourvu de maquillage lui donnaient un air simple et sympathique.

– Il ne s'agit pas d'un « bruit de la forêt », comme la défense veut ridiculement nous le faire croire, a-t-elle poursuivi. Ce véhicule, plein du sang de Txupira, figure dans les pièces à conviction.

Et alors j'ai pris connaissance des détails de la déposition du pompiste, José Agripino Ferreira.

C'était Agripino qui avait porté le cas devant le commissaire de police, après avoir été appelé par Luís Crisântemo Alves pour laver son 4x4 Mitsubishi. Ce dernier avait alors été arrêté et avait avoué le meurtre de Txupira, dénonçant par la même occasion ses deux amis, ceux-là mêmes qui se trouvaient sur la photo dans le journal du matin.

D'après Crisântemo, il se rendait à la fazenda* de son père avec ses camarades de classe, Abelardo Ribeiro Maciel et Antônio Francisco Medeiros, quand ils avaient vu Txupira marcher dans la forêt, près de la route. Ils avaient prévu de jouer au billard à la fazenda, où ils devaient être seuls, et de boire le whisky de son père, mais l'indienne était là à présent, à les aguicher. Il avait ralenti.

– Mazette ! s'était exclamé l'un.

– T'as vu ? Ça c'est ce que j'appelle une bombe du coin, avait affirmé l'autre.

– De quoi se faire une bonne chouille, avait ajouté le troisième.

Ça les avait amusés. L'indienne, là, disponible. Quand ils avaient fait marche arrière et dit : Viens, viens, la sauvage avait pris ses jambes à son cou. Alors, l'un d'eux avait dû lui courir après. Chasser la fille. La fourrer dans la voiture. De force. Pas pour la violer, ni pour la tuer, mais pour s'amuser, parce que ça les avait amusés de voir l'indienne effrayée, comme une bête, ça les avait amusés sans savoir expliquer pourquoi c'était drôle, peut-être parce qu'ils étaient déjà soûls, et puis elle ne bittait rien à ce qu'ils disaient, elle les regardait avec de grands yeux, et une tête d'idiote, et ça aussi ça les avait fait rigoler, et puis – il ne savait même pas expliquer comment ça avait commencé, mais ça s'était passé comme ça, une chose après l'autre, elle n'arrêtait pas de crier, alors ils avaient déchiré son t-shirt pour la bâillonner. Tout ça, dans l'automobile. Et alors, bon, elle avait les seins à l'air, et Txupira était une indienne très belle, et puis ils étaient arrivés à la fazenda, et puis, bon, ils avaient continué à boire, et la chose s'était passée comme ça, disons, « naturellement », vous voyez ? Antônio Francisco avait passé sa main sur la poitrine de Txupira, et voilà pas que cette folle lui avait flanqué une gifle ? Alors, ils lui avaient attaché les mains, mais l'idée c'était pas de la violer, ça non. Ni de la torturer. Mais l'indienne, putain, l'indienne était vraiment sauvage, et même avec les mains attachées, elle s'était mise à leur flanquer des coups de pied. Et alors Abelardo était revenu de la cuisine avec un couteau, pas pour la tuer, ni pour la torturer, juste pour lui faire peur, et Crisântemo craignait que ce petit jeu finisse par salir le tapis du salon – sa mère allait piquer une crise –, alors ils avaient atterri dans le cellier, où Txupira avait été suspendue à un croc de boucher pour qu'elle « se calme ». Et alors ils avaient fini par violer, torturer et tuer Txupira. Mais l'idée c'était pas de la tuer, non. Ni de la violer. Ils l'avaient fait sans le vouloir. Lui, il avait même pensé à offrir de l'argent à Txupira, la pauvre. Le problème, c'est qu'elle avait fini par mourir avant. Et alors ils avaient jeté son corps sur le plateau de la voiture, cette voiture que José Agripino, ex-saisonnier de la fazenda de son père, avait lavée.

Le corps avait été balancé dans un igarapé. La famille de Txupira et les indigènes du village, à sa recherche, avaient déjà retourné la forêt de fond en comble. Son père était allé demander de l'aide à la FUNAI[1]. Et avant même que le commissaire de police reçoive l'information du sang dans la voiture et arrête les garçons, le corps de Txupira avait été retrouvé flottant à la surface, de dos, les bras attachés. Ses mamelons avaient été découpés. Et on avait découvert des tessons de bouteille dans son utérus.

1. Fondation nationale pour les Indiens, organisme public chargé des questions indigènes au Brésil.

5

TUÉE PAR SON EX-PETIT AMI

TRT,
cheveux lisses et châtains,
yeux *idem*,
l'autopsie constate
rigidité musculaire généralisée du corps,
onze blessures
aux bords réguliers dans :
thorax droit (2 cm)
bras droit (2 cm, 0,5 cm)
carotide gauche (2 cm)
bras gauche (2 cm)
cuisse interne droite (1,5 cm)
cuisse externe droite (1,5 cm)
fosse iliaque gauche (1 cm)
frontal (2 cm)
pariétal droit (6 cm)
pariétal gauche (2 cm).
Le putain de salopard !

F

Le soir, au restaurant, un contact glacé sur mon épaule m'a fait sursauter. C'était Juan, le patron de l'hôtel et père de Marcos. Son penchant pour le mauvais goût devait lui faire croire que coller un verre glacé contre mon dos était une façon sympathique de m'aborder.

Ses cheveux en brosse et son bouc taillé avec une vanité géométrique étaient si voyants qu'ils donnaient à son visage un aspect irréel, caricatural. Après m'avoir offert le jus de cupuaçu qu'il avait dans les mains, il s'est assis à ma table, sans gêne, et a discouru sur les fruits de la région : la sapotille, sucrée, et le rambutan, sucré et charnu, et la pitomba, succulente et sucrée, et le camu camu, plus acide que sucré, et la maná-cubiu, très acide, et beaucoup d'autres saveurs, il vous faut les découvrir, jeune fille. Et les beautés de notre État ? Conférence sur l'Acre comme nombril du monde. J'ai remarqué qu'il ne parlait pas portugais couramment. À dire vrai, il ne parlait pas non plus espagnol. Manifestement, il avait oublié l'espagnol sans pour autant apprendre le portugais.

– Qu'es-tu venue faire ici, jeune fille ?

Quand je lui ai raconté que je suivais les audiences en cours au tribunal local, son sourire et sa galanterie se sont subitement évanouies.

– Nos crimes seraient donc différents des crimes de chez toi ?

Pas quand il s'agit de tuer des femmes. Ou plus exactement : pas si l'on considère la souffrance infligée aux femmes avant l'exécution. Ou les instruments utilisés par les assassins. De ces points de vue-là, l'anéantissement des femmes dans l'Acre n'est pas différent de l'anéantissement des femmes dans le reste du Brésil. Mais j'ai préféré ne pas entrer dans les détails et me suis contentée de faire une moue.

– Que vas-tu faire de ces informations ? a-t-il insisté.

– Le cabinet où je travaille prépare un livre sur le sujet.

– Hum. Alors tu viens ici parler de nos problèmes ?

Silence. Quand Zenóbio, le fils adolescent de la cuisinière – qui faisait parfois office de porteur de valises, de réceptionniste ou de serveur –, est passé devant nous, je lui ai demandé de m'apporter l'addition.

Dans le silence qui venait de se former à ma table, j'ai eu l'impression d'être pesée avant l'abattage.

– Je me demande pourquoi tu n'écris pas sur les crimes de ta ville. Tu vis à São Paulo non ? Là-bas c'est la jungle, oui.

– Merci pour le jus, ai-je dit en me levant, après avoir signé la note du dîner.

Je suis vite rentrée dans ma chambre, avec la sensation de ses yeux de boucher rivés à mes fesses.

Mais le pire de la soirée est arrivé après. Par e-mail.

« *Ma kryptonite* (Amir m'appelait comme ça, avant la gifle), *je suis là, et je n'arrive plus à travailler, je n'arrive plus à dormir, je n'arrive plus à rien faire du tout.* »

La différence qu'il y avait entre moi et ces femmes qui finissaient empalées, mutilées, empoisonnées ou étranglées, dans les plaintes et les livres que je lisais, l'avantage que j'avais sur ces femmes violées, tuées et balancées dans des igarapés, comme Txupira, c'est que je connaissais le nom de cette étape : la phase deux. J'avais fait quelques lectures sur le schéma émotionnel de ces tueurs de femmes. Leur sport se déroule comme dans un jeu vidéo, en plusieurs phases. Après avoir tapé la femme, après avoir dessoûlé, après avoir tout gâché, ces assassins passent un bon moment à essayer de convaincre leurs partenaires qu'ils sont toujours aussi adorables qu'à la première rencontre. C'est la stratégie pour la phase suivante, dans laquelle la simple raclée se transforme en torture, à coups de couteau, coutelas, fil électrique, botte, scie, briquet, ou tout autre objet capable de trouer, couper, casser ou brûler. Certains sont très originaux, comme ce type qui avait noyé sa femme chez eux dans la baignoire. Mais ça c'est la phase finale, la « cerise » sur le gâteau de la violence. Dans les étapes antérieures, le criminel avertit toujours sa victime que ses jours sont comptés : « Tu vas mourir », dit-il, sans métaphore. Il boit et informe : « Tu vas mourir. » Mais avant, il bat la malheureuse. Parfois, sans boire. Il brûle sa femme avec une cigarette. Il la viole. Il charcute son corps. Il la jette dans l'escalier, lui brise les bras, les jambes, toujours en l'avertissant. « Tu vas mourir ! » Sur le marché du travail, cela porte un nom : préavis de départ. Dans le massacre de femmes, Amir en était à la phase deux. Je m'attendais donc à ce que le reste de son message soit dans le même ton, « ma kryptonite chérie », avec demandes de pardon et promesses d'un avenir heureux. Mais voilà que j'ai lu : « *Ta grand-mère, que j'admire énormément et que j'aime comme un membre de ma famille – et tu le sais très bien –, m'a parlé de ta mère...* »

Sans y croire, j'ai relu la fin de la phrase : « *m'a parlé de ta mère* ».

Je suis allée dans la salle de bains, croyant que j'allais avoir un malaise. Je me suis allongée sur le carrelage, avec la sensation qu'on m'avait arraché quelque chose, volé un trésor.

Et alors, en un flash, la scène m'est revenue en mémoire. Le plancher, mes pieds nus, sales – je devais avoir trois ou quatre ans, je courais après le chien, qui s'appelait Tintin, quand j'ai entendu la voix de ma mère. Soudain, elle était là, à l'entrée de la nouvelle maison de mon père. Belle, robe noire à pois blancs, lunettes de soleil au-dessus du front. Longs cheveux noirs comme les miens. « Viens me faire un câlin », avait-elle dit, et je m'étais jetée dans ses bras. J'avais senti son odeur, l'odeur douce et chaude dont était imprégnée sa robe de chambre blanche à fleurs jaunes, que j'avais gardée accrochée derrière la porte de ma chambre de longues années après sa mort. « Prends tes affaires, on rentre à la maison », avait-elle ajouté. J'avais couru vers ma nouvelle chambre, dans cette maison étrange où mon père vivait, pour chercher mes sandales, mon loup en peluche, mon sac, et puis, alors que j'étais prête à partir, j'étais tombée sur mon père dans le couloir, venant de sa chambre. Il s'était baissé pour me parler : « On va faire une surprise à ta mère », m'avait-il murmuré. « Rentre dans ta chambre et ne sors que quand je te le dis, d'accord ? » J'étais restée immobile, refusant d'obéir. « Dans ta chambre », avait répété mon père. Tout était très simple, très clair, très facile : je voulais juste partir avec ma mère. « Fais ce que je te dis », avait-il conclu, cette fois-ci à bout de patience.

Je me suis levée avec difficulté, comme si j'avais été brisée et éparpillée sur le sol, comme s'il fallait d'abord passer par la section de montage, rassembler mes morceaux, remettre chaque pièce à sa place, avant de revenir dans la chambre et de téléphoner à ma grand-mère.

– Comment as-tu pu me faire ça ? lui ai-je demandé dès qu'elle a décroché.

Elle a poussé un long soupir.

– Mon Dieu ! Je ne savais pas du tout qu'Amir n'était pas au courant.

Et elle m'a raconté que notre dernière conversation téléphonique l'avait tracassée, « tu sais que je suis nerveuse », a-t-elle affirmé, « tu le sais très bien », « je suis très anxieuse et soucieuse, tu me connais » ; elle m'a expliqué qu'elle avait la tête tout embrouillée depuis que j'avais insinué qu'Amir m'embêtait, la simple hypothèse qu'il puisse me causer des problèmes lui avait ôté le sommeil et l'appétit, et par coïncidence, Amir l'avait appelée à ce moment-là, ils étaient assez proches pour qu'il lui téléphone, oui, en fin de compte ils étaient amis tous les deux, est-ce qu'il n'était pas tout le temps fourré à la maison, quand on se fréquentait ? Et Amir avait été très gentil, il avait demandé de mes nouvelles, alors elle-même lui avait proposé de boire un café, et ils avaient fini par se retrouver tous les deux au bar Le Vin, juste à côté de la maison, et la conversation avait été très agréable, Amir m'aimait beaucoup, Amir m'aimait vraiment beaucoup, et il lui avait dit que j'avais peur d'assumer une relation plus sérieuse, et c'était pour ça que notre relation s'était terminée, et c'était dans ce contexte qu'elle lui avait parlé de notre passé, et elle s'était sentie bête de voir qu'il n'était au courant de rien, d'absolument rien, elle avait vu à quel point il s'était retrouvé perdu, et elle avait été encore plus perturbée qu'Amir lui-même, elle en était sortie convaincue que j'avais besoin d'aide, elle comprenait que j'aie du mal à parler de ça avec elle, bon, ça elle le comprenait vraiment, c'était peut-être ma façon de l'épargner, « ton grand-père non plus n'aimait pas en parler, les familles qui vivent notre tragédie finissent par bâtir ce silence », a-t-elle commenté, « et ça je le comprends » ; elle pouvait comprendre tout ça et beaucoup d'autres choses, elle pouvait concevoir que j'aie un trou énorme en moi, et que j'aie peur de faire confiance aux gens, surtout aux hommes, ça elle pouvait le concevoir, oui, elle pouvait tout à fait le concevoir, vraiment, totalement, mais elle n'arrivait pas à saisir pourquoi diable je n'avais pas raconté à mon petit ami, un vrai petit ami, avec qui j'avais même envisagé la possibilité d'une vie à deux, que ma mère avait été assassinée.

Je ne savais pas quoi répondre. Avoir une mère assassinée était peut-être mon identité secrète. C'était le trou noir de mon existence. Pendant mon adolescence, je savais exactement jusqu'où allait ma relation avec les gens. Jusqu'au moment où surgissait la question : « De quoi est-elle morte ? » Cette question était la clôture de barbelés qui me séparait du reste du monde. Je ne sortais pas au-delà. Je ne sortais pas au-delà parce que je n'avais jamais voulu être cette personne pour qui la phrase « sa mère a été assassinée » est une sorte d'apposition obligatoire. Assassinée par son père. Pas le père de ma mère, mais mon propre père. *Son père à elle a tué sa mère à elle, tu piges ?* Mon origine implosait en une seule phrase. Ma famille. Mon histoire. On me collait une étiquette sur le front : mère assassinée, père assassin. Bien sûr que j'avais parlé de ma mère à certaines personnes. À de rares personnes. Bien sûr que je l'aurais peut-être un jour raconté à Amir, s'il n'avait pas tout foutu en l'air en me giflant à cette fête, avant de me traiter de salope.

– Tu as honte ? m'a demandé ma grand-mère. C'est ça ?

Et alors elle s'est mise à dire que c'était sa faute. Parce qu'elle ne m'avait pas obligée à suivre une psychanalyse. Qu'elle avait respecté ma volonté de ne pas suivre une thérapie pendant mon adolescence. Et que c'était une erreur. Une erreur ridicule.

– Mon Dieu, ça s'est passé il y a si longtemps, a-t-elle poursuivi. J'aurais dû t'obliger à suivre une thérapie. La psychanalyse c'est la clé de tout. Je peux le dire pour l'avoir vécu. Sans la psychanalyse je n'aurais que ce trou béant dans la poitrine, la panique, le vide, l'intérieur en vrac, le sentiment de l'astronaute, je t'ai déjà parlé de l'entretien que j'ai vu un jour, dans lequel un type expliquait ce qui était arrivé à Armstrong et aux autres astronautes, quand ils étaient sur le chemin du retour vers la Terre ? Ils avaient tous perdu cette assurance qu'on éprouve quand on sort de chez soi, cette assurance de savoir qu'on sort et qu'on revient vite, cette assurance qui est notre terre ferme, sans laquelle on n'arriverait même pas à se lever du lit. La mort de ta mère m'a fait ça. J'ai perdu le sol. À chaque fois que tu sortais de mon champ de vision, je paniquais. Comme si je vivais dans un monde sans aucune solidité. Tout était devenu terminal. Je sais bien qu'on va tous mourir un jour, que tout a une fin, l'eau sur la planète, l'argent, l'amitié, les mariages, mais à l'époque j'étais devenue folle, je regardais ton grand-père et je me disais qu'il allait mourir, je te regardais et je me disais que tu allais mourir, que tout le monde allait mourir, j'étais consumée par ce « va mourir ». Sans la psychanalyse je serais à l'asile. Ou au cimetière. Comment ça se fait qu'on n'en ait jamais parlé ? C'est la psychanalyse qui m'a sauvée. La psychanalyse c'est comme l'aspirine. Comme le vaccin contre la variole. Tu es à jour de tes vaccins ? Si aujourd'hui je vais mieux, si aujourd'hui j'arrive à regarder la mort de ta mère comme du passé, c'est parce que j'ai fait une psychanalyse.

C'est cette nuit-là que j'ai compris notre différence avec clarté. Pour ma grand-mère, la mort de ma mère relevait du passé. Mais pour moi c'était différent ; ce que je suis, j'aurais pu dire à ma grand-mère, comme dans ce poème, ce que je suis c'est d'avoir perdu ma mère. Ce que je suis c'est que mon père a tué ma mère. La mort de ma mère était plus que mon identité. C'était un gilet d'explosifs collé à mon corps. Et pour actionner le détonateur il suffisait d'aborder le sujet. Je ne voulais pas en parler. Avec personne. Mais d'une certaine façon, à ce moment-là, j'ai réussi à le lui dire. Pas d'une façon logique. Ou linéaire. Je pleurais comme une enfant, comme je n'avais pas pleuré depuis longtemps. Et quand j'ai arrêté, restant à renifler sans le vouloir, elle m'a demandé :

– Qu'est-ce que tu fais là-bas, en fin de compte ?

Elle ne m'a pas laissée répondre.

– Ça ne t'avance à rien de devenir avocate, ça ne t'avance à rien d'être là-bas, de suivre ces procès de femmes qui sont mortes comme ta mère, si tu n'as pas appris la leçon numéro un de cette histoire : notre silence c'est la merde. Ta mère est morte à cause de ce silence. Ces femmes meurent parce qu'elles n'ont pas réussi à parler. Ne pas parler, c'est une tragédie.

Je ne sais plus comment cette conversation s'est achevée. Mais je me souviens que je ne lui ai pas raconté qu'Amir, cet Amir qu'elle aimait tant, cet Amir dont j'étais amoureuse, m'avait collé une gifle en plein visage.

G

– J'aimerais vous prévenir que les photos que nous allons montrer à présent sont très dures, a averti Carla Penteado, l'avocate générale, avant de demander à l'expert de présenter les éléments au jury.

Puis elle a suggéré qu'on informe la mère de Txupira, une indigène aux cheveux lisses, assise à la rangée de devant, de ce qui allait se passer, et qu'on la fasse sortir, si c'était son choix.

Quand la vieille femme a quitté la salle, toutes les femmes du village l'ont suivie, laissant la moitié de l'espace réservé au public vide.

La petite indigène solaire qui illustrait les pages de la presse locale sous l'objectif d'un anthropologue, et dont le corps menu était orné de caudales d'ara rouge et de plumes de huppe de hocco à face nue, n'avait rien à voir avec le morceau de chair sanglante que l'expert nous a présenté. Un visage défiguré. Deux côtes cassées. La bouche bâillonnée. Des ecchymoses dans le dos, sur le ventre, la gorge, le thorax. Les mains attachées. Les dents de devant détruites.

Certains des jurés ont à peine pu regarder les images.

Carla a particulièrement travaillé le fait que l'un des accusés, Crisântemo, soit revenu sur les aveux qu'il avait signés au commissariat. Ceux-ci comportaient nombre d'informations qui coïncidaient avec les rapports d'expertise et qu'aucune personne étrangère au crime n'aurait pu inventer.

Avant la séance, le juge, à la demande de Robson, l'avocat de la défense – un individu aux cheveux bien coupés et au costume de qualité –, avait appelé Carla pour une discussion en tête-à-tête.

– C'est un déguisement ? avait demandé l'avocat. Ne me dites pas que c'est une nouvelle mode de maquillage.

Carla avait soupiré. Elle était entrée dans la salle avec les yeux peints à la façon des femmes indigènes du village de Txupira, ce qui avait provoqué la gêne de la défense. Elle avait expliqué qu'il ne s'agissait pas de maquillage, que les rites du village de Txupira avaient une relation profonde avec les morts et que la peinture faite quelques minutes plus tôt dans les toilettes du tribunal par les femmes du village, avec une teinture extraite du roucou qu'elles avaient elles-mêmes apporté à cet effet, était en réalité un important rituel funéraire dans la vie des Kuratawa.

– Vous n'appartenez à aucune tribu, que je sache.

– Village, l'avait corrigé Carla. C'est un geste de solidarité.

Robson avait répliqué :

– Nous ne sommes pas en train de prendre part à des rituels primitifs. Notre collègue recourt à des artifices pour attirer la sympathie des jurés et de la presse, bafouant la règle de base de la cour d'assises, selon laquelle les parties doivent recevoir une égalité de traitement.

Le juge avait donné raison à la défense, et obligé Carla à retirer la peinture de son visage avant de reprendre.

C'est Carla elle-même qui m'a raconté cette histoire plus tard, chez elle. Entre nous était née une empathie mutuelle et immédiate. Je lui ai demandé d'où elle était, pour confirmer ce que son accent m'avait déjà révélé.

– Je suis une Paulista de Mooca[1]. Quand j'ai été mutée ici, je ne savais rien de l'Acre, alors je me suis mise à lire tout ce qui me tombait dans les mains. J'avais l'impression de revenir sur les bancs de l'école, et de réétudier l'histoire du Brésil : terre indigène, forêt vierge, l'homme blanc arrive et fout tout en l'air, ce laïus que l'on connaît bien. Sauf que ça, c'était hier. Au XXe siècle. Les types venaient ici, depuis le Nordeste, pour fuir la sécheresse, pour travailler dans les exploitations d'hévéas, et ils venaient seuls. Sans femme. Ils tuaient les indigènes malavisés. Les femmes étaient un produit de luxe ici. Alors on les volait. À leur père, leur mari, leur village. Et on les vendait. On achetait une femme pour le prix de cinq cents kilos de caoutchouc. Quand j'ai su ça je me suis dit : putain, moi, putain, moi, avec mon caractère pas gentillet pour un sou, avec mon sang chaud, moi, qui vis de mon argent, qui ne courbe l'échine devant rien, moi, avec ma langue bien pendue, célibataire, sans enfants, avec mon cœur plein de haine à déverser, je vais maintenant travailler dans cet endroit où hier encore on chassait les femmes

---

1. Quartier résidentiel de São Paulo, marqué par l'immigration italienne du XIXe siècle, la présence d'industries et un fort tissu militant, aujourd'hui touché par la gentrification.

dans la forêt, au lasso ? Où les femmes étaient vendues, commandées, volées ? Moi ? Ça sent mauvais pour l'Acre, je me suis dit, m'a-t-elle raconté en lâchant un éclat de rire sonore, presque scandaleux. J'aime bien être le caillou dans la chaussure de ces gens-là.

Je l'avais abordée dans la salle d'audience, dès que le juge avait annoncé que la cour allait se retirer pour délibérer et que le verdict serait prononcé le lendemain dans la matinée.

– Tu as faim ? m'a-t-elle demandé. Tu veux venir manger une pizza avec moi ?

Je pensais qu'on irait dans une pizzeria de la ville, mais Carla m'a emmenée chez elle, un lieu accueillant et frais, avec vue sur la rivière Juruá, et montré la casserole de sauce tomate très parfumée et la pâte qu'elle avait préparées la veille au soir.

– Je suis petite-fille d'Italiens et j'ai vraiment besoin d'une pizza, m'a-t-elle dit en me donnant une bouteille de vin à ouvrir. J'ai la flemme de cuisiner, mais après une journée comme celle-là, j'ai besoin d'émincer, d'écraser, de battre. Pour me détendre, a-t-elle expliqué tout en pétrissant la pâte avec des gestes rapides, avant de l'étaler sur la plaque.

De fait, le dernier jour du procès du crime de Txupira avait été long, avec des moments compliqués pour l'accusation.

Le pompiste José Agripino, un type menu, avec de grandes dents en avant, qui avait dénoncé les assassins de Txupira, avait été appelé à déposer dès le début de l'audience. Il ressemblait à un lapin effrayé et on voyait, parfois, qu'il ne comprenait pas les questions. Néanmoins, il avait raconté son histoire à l'avocate générale de façon efficace. Il avait expliqué que, le lendemain de la disparition de Txupira, quelques indigènes du village des Kuratawa étaient passés au poste à essence, où il travaille, sur la route 317, et lui avaient montré la photo d'une adolescente.

– J'ai regardé un bon moment la petite. Avec peine, voyez ? Je regardais la petite indienne là, souriante, la pauvre, en train de jouer, la pauvre, et je pensais à la mare de sang dans la voiture de Crisântemo. J'ai senti un truc, un truc pas bon, voyez ?

Mais si Agripino avait servi l'accusation, il avait encore plus profité à la défense.

– À quelle heure mon client est-il arrivé au poste avec son pick-up à laver, le 4 ? avait demandé Robson, l'avocat.

– En toute fin d'après-midi. C'est ça, à la tombée de la nuit, voyez ?

– Il faisait sombre, donc. Et néanmoins vous avez remarqué qu'il y avait du sang dans la voiture ?

– Sur la carrosserie, oui, monsieur, cette espèce de sang visqueux, tout barbouillé, voyez ? Et cette senteur, voyez ? De sang. Ça c'était avant que je la brique à grande eau, voyez ?

À l'aide de photos du poste à la même heure, qui montraient le système d'éclairage précaire des lieux, Robson avait rejeté la possibilité d'une bonne visibilité pendant le nettoyage de la voiture. Et il avait continué :

– Et même en supposant que c'était du sang, vous avez nettoyé le pick-up, au lieu d'appeler la police.

– Il m'a demandé de le laver. Crisântemo, voyez ? C'est lui qui m'a demandé.

– Mon client est-il votre patron, par hasard ?

– Non, monsieur.

– Alors vous n'étiez pas sous ses ordres. Vous auriez dû aller voir le commissaire de police avant de nettoyer ce véhicule.

– Oui ça aurait été bien.

– Mais vous ne l'avez pas fait ?

– Seulement le lendemain.

– Après avoir nettoyé la voiture.

– C'est seulement après avoir vu les indiens que j'ai mieux pigé. J'ai eu peur, voyez ?

– Peur de quoi ?

– Que quelqu'un dise que je savais et que j'avais rien dit, voyez ? Après ils auraient dit que j'avais rien dit. Ils auraient dit ça, si je disais rien.

Dans la salle, quelques personnes avaient ri du côté simplet d'Agripino.

– Pouvez-vous être plus clair, monsieur ? avait demandé Robson.

– Ils auraient dit que je savais.

– Ils qui ?

– Crisântemo et ses copains.

– Que vous saviez quoi ?

– Qui ?

Rires. C'était évident : Agripino jouait à l'idiot du village.

Robson :

– Vous avez dit que vous avez eu peur que Crisântemo révèle ce que vous saviez. Vous saviez quoi ?

– Eh bé, pour le sang. Et si c'était un crime ? C'est ça que je me suis dit. Et s'ils avaient tué la petite ?

– Pouvez-vous lire, s'il vous plaît, ce document ? lui avait demandé l'avocat en lui tendant un papier.

– Je sais pas lire, monsieur.

– Il s'agit d'une ordonnance vétérinaire, avait poursuivi Robson en remettant le document aux jurés. Mon client a amené son chien chez le vétérinaire cet après-midi-là. Le sang que vous avez vu était celui du chien de mon client. Du sang qui, si vous ne l'aviez pas nettoyé, aurait pu être analysé par les experts, afin de prouver que ce n'était pas celui de Txupira.

– Ça je peux pas dire, parce que c'est vous qui le dites.

– Monsieur Agripino, est-il vrai que vous avez travaillé pour le père de mon client ?

Pause. La réponse avait surpris tout le monde.

– Oui, monsieur. Y a longtemps, une paire d'années, voyez ?

À partir de là, Robson avait pris un malin plaisir à détruire la crédibilité de la déposition d'Agripino de bout en bout. En effet, ce dernier avait été employé dans la scierie du père de Crisântemo.

Agripino avait affirmé que « c'était du passé », mais l'avantage de la défense est qu'elle n'a pas besoin de prouver que l'accusé est innocent. Il suffit de susciter le doute.

– Tu peux parier : demain je vais passer quelques coups de fil et découvrir que tout était du théâtre. Et d'ici quelques jours, Agripino va se mettre à dépenser de l'argent, a conclu Carla.

Avant de s'esclaffer en voyant que j'avais finalement réussi à casser le bouchon, encore dans le goulot. Il a fallu l'enfoncer dans la bouteille pour le libérer. J'ai rempli nos verres à pied. De petits morceaux de liège flottaient dans la boisson.

– J'attendais le moment où Txupira serait traitée d'allumeuse et de profiteuse, ai-je dit.

Il était vrai que la défense, au lieu d'attaquer la crédibilité de Txupira, avait tenté de convaincre le jury du passé exemplaire des accusés. Des professeurs avaient été appelés à la barre. Les accusés étaient présentés comme des garçons affables, gentils, « appréciés de tous ». « C'est un gentleman », avait dit la professeure d'anatomie des animaux domestiques. « Tout ce que je peux dire, c'est qu'il est trop chouchou », avait assuré Joslaine, la petite amie de l'un d'eux, montée sur des talons très hauts et portant un blazer court ourlé de doré, comme si elle se rendait à une fête. « Crisântemo sait s'y prendre avec une femme. Il n'est même pas capable de tuer une mouche. Alors une indienne ! »

La future belle-mère de l'autre accusé, propriétaire d'un élevage de chevaux, nous avait barbés en expliquant combien ses bêtes étaient contentes quand le jeune homme arrivait dans l'écurie. « Vous devriez voir ça ! »

À un moment donné, Robson s'était tourné vers les jurés.

– Réfléchissez, pourquoi diable ces messieurs, issus de bonnes familles, bien faits, ayant de belles petites amies et un avenir brillant devant eux, auraient séquestré, torturé et tué une femme ?

– Pour se divertir, avait répliqué Carla quand elle avait pu intervenir.

Pour Carla, il s'était passé la chose suivante :

– Après s'être amusé avec Txupira, après avoir tué la jeune fille de la pire des manières et avoir jeté son corps à la source d'un igarapé, Crisântemo et ses deux amis ont amené le pick-up à laver au poste à essence où travaille Agripino. Ils connaissaient Agripino et lui ont donné un joli pourboire, en pensant qu'il la bouclerait. Sauf qu'Agripino est, avant tout, un froussard. Il n'a jamais aimé Crisântemo, probablement parce que le garçon l'a maltraité, quand il travaillait pour son père, chose dont Crisântemo, élevé pour tout résoudre sur la base de l'argent, ne se souvient même pas. Alors Agripino lui en veut. L'a-t-il fait par vengeance ? Oui. Et quand il a compris qu'il pourrait aussi se faire un peu de fric, il a décidé d'aider la défense. On a trouvé, au conseil des prud'hommes d'ici, une plainte d'Agripino contre le père de Crisântemo, qui s'est soldée par un accord. Un type comme Agripino ne coûte rien à ces gens. Il est évident que la défense a préféré une approche, disons, plus adaptée aux médias. Plus écologique. Ne pas attaquer la réputation de Txupira a été purement stratégique. Pour ces gens-là, les indigènes sont des bêtes. Tu remarqueras qu'on ne croise pas d'indigènes dans la ville. Indien égale bête. Et bête égale écologie. On ne va pas changer cette affaire en crime écologique, voilà ce qu'ils se sont dit. Ça va nous coûter plus cher. Ce truc de tuer des « indiens » et des singes en voie d'extinction pourrait arriver aux oreilles de la presse internationale. Et faire un boucan d'enfer. Et finalement ils avaient Agripino dans la poche, pas cher pour un sou, qui acceptait de jouer le rôle du clown face au jury.

J'aimais bien la façon d'être de Carla, une femme bruyante, presque agressive, et qui, malgré la violence effrayante dont elle faisait l'expérience au quotidien, gardait une attitude solaire, positive. Elle était confiante, les garçons seraient condamnés le lendemain.

– La cour d'assises est le seul espace légal où l'on peut vraiment rendre la justice dans ce pays. Moi, j'y crois encore, a-t-elle conclu.

Elle avait été très efficace lors de ses interventions.

– Je voudrais vous rappeler pourquoi nous sommes ici. Nous sommes ici parce qu'une adolescente de tout juste quatorze ans, avait-elle poursuivi en sortant de son dossier la photo de Txupira jouant au tir à la corde publiée dans la presse, a été violée, torturée et tuée par ces trois garçons. C'est leur crime que nous sommes en train de juger. On se fiche de savoir qu'ils ont eu dix sur dix à l'examen d'anatomie d'animaux domestiques. Ou de savoir qu'ils envoient des roses à leurs petites amies tous les jours. Ce que nous jugeons ici, c'est le crime qu'ils ont commis, et non pas la façon dont ils traitent les chevaux ou leurs petites copines.

Puis Carla avait de nouveau montré au jury les tessons de verre retirés du vagin de Txupira. L'un d'eux présentait un bout d'étiquette Chivas Regal. Trois bouteilles, de la même marque, avaient été retrouvées par les enquêteurs dans la fouille de la fazenda.

Il était presque déjà minuit quand le petit ami de Carla est arrivé. Il s'appelait Paulo. Au contraire de nous deux, il était du coin. Il parlait du Santo Daime*, la boisson sacrée que l'on prenait au cœur de la forêt, et des communautés indigènes de la région, comme un carioca parlerait du Pain de Sucre ou du Christ Rédempteur.

Je leur ai raconté que, quelques jours plus tôt, j'avais rendu visite, avec Marcos, à une communauté religieuse de la forêt et bu le Santo Daime.

– Qui est Marcos ? a voulu savoir Carla. Tu as déjà des amis dans la ville ?

– C'est le fils du patron de l'hôtel où je loge, ai-je expliqué avant d'ajouter que la mère de Marcos était une indigène et vivait dans un village, et qu'il m'avait promis de m'y emmener pour un rituel d'ayahuasca. La tradition chamanique de la boisson m'intéresse davantage.

– Moi aussi, a acquiescé Carla. Je n'aime pas trop ce méli-mélo d'Ave Maria et de mascarade.

Paulo a montré son agacement.

– Vous ne savez pas de quoi vous parlez. Les gens croient qu'il suffit d'arriver là-bas et de prendre le Daime pour que la chose se révèle. Personne n'invite personne à aller au Daime. Le Daime attire les gens à lui. C'est un appel. La force du Daime ne vient pas à nous si on est petit. C'est nous qui le méritons.

– De quoi tu parles, mec ? lui a demandé Carla, provocatrice, avant d'ajouter vers moi : Il fume un pétard là-bas, quand l'effet de l'ayahuasca s'est dissipé, et il arrive ici défoncé.

– Je n'arrive pas du Daime, a-t-il rétorqué.

Paulo m'est apparu comme une personne fragile. Leur couple montrait une asymétrie évidente. Elle était plus âgée. Indépendante. Brillante. Mais on percevait entre eux, et sans l'ombre d'un doute, une forte énergie sexuelle.

– Tu as eu une vision ? a-t-il voulu savoir.

J'étais déjà un peu pompette et j'ai raconté l'histoire du char allégorique féministe, plein de pines en caoutchouc. Carla a beaucoup ri.

La nuit était fraîche, agréable, et je suis rentrée à l'hôtel la tête grisée par le vin.

Ne me prends pas pour ton père, quelques phrases, ou bribes de phrases, sur l'écran de mon téléphone, *manque de confiance*, étaient plus rapides que moi, *auto-estime bousillée*, et pénétraient dans mes yeux comme des flèches, *toute cette merde qui est la nôtre*, avant même que je les efface, sans les lire, *je peux prendre le premier avion pour l'Acre*. Soit d'Amir. Soit de ma grand-mère. *On peut parler ?* Tout allait directement à la corbeille.

L'avantage de travailler avec la réalité criminelle est que l'immersion dans les malheurs d'autrui fait que l'on s'auto-évalue tout le temps. Même quand l'histoire des victimes est pareille à la nôtre, ou pire, la tragédie fumante à laquelle on assiste au tribunal nous fait admettre que notre propre drame n'est pas urgent, quoiqu'il soit bien présent. De ce point de vue-là, la profession d'avocat est comme une rage de dents subite et lancinante qui laisse au second plan notre douleur de dos chronique et existentielle.

En chemin vers l'hôtel, j'ai senti dans mes mollets pourquoi Cruzeiro do Sul était connue comme la ville des côtes.

Côte du Bode. De la Remela. Mont des Quibes. De la Glória. En gravissant les escaliers São José, je me suis retournée pour voir la rivière Juruá. En journée, ses eaux boueuses étaient moins belles.

De presque partout où je marchais, je pouvais voir la cathédrale allemande construite au siècle passé. En général, je me repérais grâce à elle. Sans beauté, sans charme, juste une énorme verrue, au plan octogonal.

Les rues étaient désertes, et il m'est venu à l'esprit qu'à São Paulo je ne m'aventurerais jamais à parcourir un tel trajet à pied, en pleine nuit. « Ne te fais pas d'illusions sur notre air bucolique », m'avait recommandé Marcos. « Ici c'est la frontière, où entre beaucoup de drogue. Et beaucoup d'armes. »

Mais je me sentais en sécurité dans cette ville. Peut-être parce que je ne la connaissais pas encore assez. Ou parce que la première chose que l'on apprend quand on plonge dans le monde du massacre des femmes est que la rue sombre, l'impasse déserte, le quartier suspect ne sont pas les lieux les plus dangereux pour nous. En réalité, il n'existe pas de lieu plus risqué pour nous que notre propre maison. Pour ma mère, ça avait été le cas. Comme dans la plupart des affaires que j'allais voir dans les semaines à venir. En réalité, le mariage est le gibet de la femme.

Avant de me coucher, j'ai remarqué qu'il n'y avait pas d'eau dans ma chambre. J'ai appelé la réception, mais il n'y avait personne non plus.

Je me suis endormie la bouche sèche et la tête grisée par le vin, tournant, tournant, tournant.

6

Sa peau était belle comme un
pétale de rose blanche,
mais, dans les journaux, on a appris
que pendant leurs disputes,
il la traitait de
merde albinos.
La police soupçonne que
Tatiana Spitzner, vingt-neuf ans, avocate,
ne s'est pas suicidée,
mais a été jetée du quatrième étage
par son mari, Luís Felipe Manvailer.
Les images du dispositif de vidéosurveillance montrent
Tatiana
frappée dans la voiture,
poursuivie dans le garage,
agressée dans l'ascenseur.
Des voisins l'ont entendue appeler à l'aide.
Ils ont aussi entendu le bruit sourd
de son corps tombant sur l'asphalte.

H

… tombant, tombant, tombant…

… mais avant, je m'étais agrippée au tronc et aux racines d'un vieil arbre, observant avec horreur, là en contrebas, le précipice et, juste devant mes yeux, les bottes d'Amir sur le gravier. À dire vrai, je ne lâchais rien, c'était Amir qui piétinait mes mains, qui envoyait des coups de pied dans mes bras, me jetant dans l'abîme, et pendant la chute, j'avais encore le temps de penser : « Quel grand fils de pute », toujours tombant, tombant, tombant jusqu'à me réveiller en panique, trempée de sueur, la gorge brûlante, la bouche desséchée par la gueule de bois. Il était quatre heures moins dix du matin, je me sentais encore grisée par l'excès de vin de la veille. J'ai de nouveau téléphoné à la réception, pour demander de l'eau, et de nouveau personne n'a décroché.

J'ai enfilé un jean et un t-shirt et suis descendue en tongs.

Depuis que j'étais dans cet hôtel, c'était la première fois que je la trouvais déserte.

Je suis montée jusqu'au restaurant, au premier étage, en humant une douce odeur de fruit mûr, mangue ou jaque peut-être, mêlée au parfum de la cire appliquée sur le parquet. De fait, les meilleures caractéristiques de ce petit hôtel sautaient au nez. J'ai essayé de me souvenir d'un frigo, quelque part, où je pourrais trouver une boisson fraîche pour étancher ma soif.

Le vacarme du vent qui soufflait dehors annonçait la pluie et couvrait le bruit de mes pas. Les lumières étaient éteintes, mais j'ai remarqué, au fond, dans la cuisine, une lueur.

J'ai avancé à pas de loup et en m'approchant de la porte j'ai vu, à ma grande surprise, trois jurés du procès des assassins de Txupira assis autour de la longue table face à l'évier, avec Robson, l'avocat des accusés, dans une sorte de petite fête privée. Ils buvaient de la bière.

– Le problème de ce pays c'est la race, a lâché l'un d'eux. À mon avis, la seule chose à faire, c'est tout détruire et repartir de zéro.

J'ai reculé. Sans réfléchir, j'ai sorti mon portable de la poche et photographié la scène.

Les membres du jury ont pour obligation légale d'observer, tout au long du procès, un devoir de réserve. Les officiers de justice en sont garants. Si ces jurés, vu la durée des audiences, étaient hébergés dans cet hôtel – chose que je n'ai apprise qu'à ce moment-là –, quel était donc ce putain de petit comité ?

Précautionneuse, craignant d'être vue, je retournais à ma chambre quand je suis tombée sur Juan, qui montait l'escalier.

– Un problème, jeune fille ? m'a-t-il demandé en espagnol.

Dans la pénombre, son bouc, qui m'avait paru ridicule de prime abord, avait à présent quelque chose de diabolique.

J'ai dû mettre un moment à répondre, car ses yeux ont pris un air inquisiteur.

– J'allais à la réception… demander de l'eau, ai-je murmuré.

Ce que je disais n'avait pas beaucoup de sens : ma chambre se trouvait dans l'aile opposée, donc je n'avais aucune raison d'emprunter cet escalier pour aller à la réception.

– Vous pouvez retourner à votre chambre. Je vais vous apporter une bouteille d'eau.

Quand j'ai verrouillé ma porte, une averse terrible s'est abattue sur la ville. J'étais ici depuis assez longtemps pour savoir que les tempêtes à cette époque de l'année n'ont rien à voir avec ce que signifie « tempête tropicale » dans le reste du pays. C'est une annonce de fin du monde, presque toujours précédée par une sorte de suspension, comme si, soudain, tout s'arrêtait de vivre. En une seconde, le ciel est envahi par le bloc massif d'un nuage noir, lourd, la température augmente, la pression dégringole, le bruit et la force du vent et du tonnerre semblent résonner à l'intérieur de l'être, et on se retrouve si tendu que, quand le déluge s'abat, noyant la ville, on a envie de crier de soulagement. Et alors tout cesse de fonctionner.

J'ai essayé de téléphoner à Carla, mais la liaison ne pouvait être établie. Mon portable avait perdu tout réseau. Les lignes de l'hôtel étaient réduites au silence. Quand la lumière s'est éteinte, Juan a toqué à ma porte.

– Je vous ai apporté de l'eau, jeune fille.

– Laissez-la là, s'il vous plaît, ai-je répondu.

À ce moment-là, je me suis rendu compte que j'avais peur de Juan. Et de ces hommes dans le restaurant. Ils étaient de mèche, cela ne faisait aucun doute. Juan avait permis que cette rencontre se tienne dans la cuisine de son hôtel. Il était de connivence avec l'infraction. Et je les avais pris en flagrant délit, la main dans le sac.

Je me suis assise sur le lit, tentant de me calmer.

Juan a insisté :

– J'ai apporté une lampe.

– Laissez tout ça là, s'il vous plaît.

Je m'étais rapprochée de la porte et pouvais entendre la lourde respiration de Juan de l'autre côté.

– Vous ne voulez pas de lampe ?

– Je suis sur mon téléphone, ai-je menti.

Il m'a fallu attendre encore quelques secondes avant d'entendre ses pas s'éloigner de la porte, sans hâte.

Je suis allée à la fenêtre, mon cœur battait plus vite et martelait mes tempes.

Quand la pluie s'est arrêtée, le jour était déjà clair. Mais je n'ai quitté ma chambre qu'après avoir entendu le bruit des autres hôtes dehors.

... Je suis caboclo de la forêt, mes plumes viennent de l'ara, mon arc de la pupunha, mes flèches de la taquara... la musique que crachait la radio du taxi m'empêchait de réfléchir. J'ai demandé au chauffeur de baisser le son.

Mon erreur a été de ne pas aller directement au tribunal. Comme il n'était pas encore huit heures, j'ai pensé que j'arriverais à voir Carla chez elle, avant qu'elle se rende au travail.

En chemin, j'ai continué à appeler son portable, mais je tombais invariablement sur son répondeur.

Paulo m'a ouvert la porte en short et en tongs, avec la tête de celui qui vient de sauter du lit.

– Elle est déjà partie, m'a-t-il dit en arrangeant ses cheveux. Je viens de faire couler du café, tu en veux ?

Je suis repartie en courant, pour essayer de rattraper, sans succès, le taxi qui m'avait déposée quelques secondes plus tôt et qui passait déjà le coin de la rue.

J'ai dû marcher jusqu'au centre et alors j'ai pris la mesure des dégâts provoqués par la pluie. Les chaussées et les trottoirs du quartier étaient inondés. Les feux rouges avaient cessé de fonctionner, et des arbres tombés bloquaient l'accès à plusieurs rues et avenues.

Au tribunal, j'ai remarqué que le public était moins nombreux que la veille, à cause de la pluie, mais les membres du village de Txupira étaient tous là, aussi trempés que moi.

La cour s'était déjà retirée pour délibérer. J'ai fait un signe discret à Carla, mais, au même moment, la porte qui donnait sur l'intérieur du tribunal s'est ouverte et l'un des hommes que j'avais vus dans la cuisine de l'hôtel ainsi que les six autres jurés ont repris leurs places. J'ai vite reconnu les deux autres hommes qui s'y trouvaient aussi, avec Robson. À la demande du juge, l'un d'eux s'est levé et a lu la décision de la cour. D'après le vote à bulletin secret des jurés, réalisé à huis clos, il n'y avait pas assez de preuves contre les accusés. *In dubio pro reo*. Simple comme bonjour.

Les accusés et leurs familles se sont pris dans les bras.

– Ah, super ! Je t'avais dit, non ? ai-je entendu dire quelqu'un.

– Tu vas au barbecue ? a demandé un autre.

C'était, donc, le résultat de la petite fête privée à l'hôtel. Un journaliste que j'avais rencontré la veille est passé devant moi.

– Ça m'aurait surpris qu'ils soient condamnés, a-t-il commenté. Ces types-là s'en tirent toujours bien.

La mère de Txupira a été la seule à rester assise, immobile, les yeux rivés sur ses pieds, chaussés de sandales usées, en plastique, qui ne couvraient pas ses talons calleux et crevassés. Peu à peu, les indigènes se sont regroupés autour d'elle, en silence, faisant de la vieille dame un vortex où convergeait toute leur douleur.

Carla, encore à sa table, prostrée, observait le chahut des vainqueurs. Son visage affichait une indignation manifeste. La veille, elle m'avait raconté qu'il n'avait pas été facile de constituer le jury. « Petite ville, tout le monde se connaît, tu vois ? Ils ont essayé de mettre le cousin d'un des accusés, imagine. » Elle croyait vraiment avoir fait un bon choix.

Quand elle a finalement remarqué ma présence, je lui ai fait signe que j'allais l'attendre dehors et j'ai quitté la salle d'audience.

Le soleil, fort à présent, enveloppait la ville d'une chaleur étouffante, poisseuse et fumante.

Plus loin, quatre hommes essayaient de dégager de la rue un vieux Combi Volkswagen en panne, qui gênait la circulation.

– Vas-y, vas-y.

– Pousse.

– Vas-y.

– Pousse.

Soudain, j'ai vu Crisântemo et les autres accusés sortir du tribunal, escortés d'une suite joyeuse et festive. Quelques journalistes attendant à côté de moi les ont entourés.

– Alors ? Heureux du résultat ? a demandé l'un d'eux à Crisântemo.

J'ai senti une décharge électrique traverser mon corps et sortir par mes yeux, comme une balle. L'assassin a été atteint aussitôt. Il m'a souri. Mon visage était durci par la haine. Tu vas mourir, lui ai-je dit intérieurement, en le dévisageant. De la pire des manières. Au terme de longues souffrances, comme Txupira. Je n'ai jamais cru à la télépathie, mais je crois que, d'une certaine façon, il a reçu le message. Je lui ai tourné le dos, ai allumé une cigarette et attendu Carla.

À son arrivée, je lui ai montré les photos sur mon téléphone. Les jurés, buvant une bière, à côté de Robson. L'un d'eux était tout sourire. Robson pointait le doigt en l'air et était le centre de l'attention.

– Où as-tu trouvé ça ?

– À l'hôtel où je loge.

– Quand ?

– Cette nuit. En allant au restaurant chercher une bouteille d'eau, je suis tombée sur cette petite fête. À quatre heures du matin. Tu remarqueras qu'ils boivent de la bière.

– C'est toi qui as pris ces photos ?

– Personne ne m'a vue. Mais le patron de l'hôtel se doute de quelque chose, je pense. Il m'a croisée dans le couloir. Et ce matin, alors que je prenais mon petit déjeuner, il s'est assis à ma table et a sorti de nulle part : « La parole est d'argent, mais le silence est d'or. »

– Mais quels salauds.

Et elle l'a répété, indignée.

– Quels salauds. Quelle bande de salauds.

BÊTA

Anô gueda iu ra rauê gueda. Chant et danse au rythme du xuatê, une maraca faite à partir d'une calebasse. *Terô, terô, terô, auê.* Zapira, une indigène corpulente du village Ch'aska, cousine de la mère de Marcos, qui m'avait donné à boire la préparation amère de carimi*, se trouvait à présent au milieu de la maloca* et agitait la maraca selon des mouvements en spirale, ascendants, qui marquaient les pas. J'essayais de la suivre, en me concentrant sur cette cadence palpitante.

Les femmes portaient des plumes caudales d'ara, tu n'es pas en rythme, m'a soufflé Marcos à l'oreille en riant, et des colliers de perles, moi aussi j'ai ri, et des brassards composés de plumes d'oiseaux multicolores, je continuais à me tromper, et elles chantaient *terô, terô, auê,* en tournant dans leurs jupes de fibre végétale, et Marcos riait aux éclats parce que je me trompais dans les pas, et les hommes avaient le corps peint de roucou frais, *terô, terô*, elle était très simple, cette danse, et leurs peaux brillaient sous le clair de lune, et ils portaient des masques faits de fibre de coco, aux couleurs criardes, c'était une danse très, très simple, mais je me trompais quand même dans les pas. Jaunes, rouges, bleus, ils allaient en avant, j'allais en arrière, ou le contraire, tous allaient en arrière, de l'autre côté de la ronde, et moi j'allais en avant toute seule, détonnant du groupe, dépourvue de rythme, comme si je tirais vers l'extérieur ce qui devait être à l'intérieur, ou l'inverse, la ronde formait une ligne claire et parfaite, que je n'arrivais pas à suivre. S'ils commençaient par la gauche, moi je me retrouvais vers la droite, je vais te montrer, a dit Marcos en mettant dans ma main une maraca pleine de graines d'arbres de la forêt, samaúma, acajou, palmier – à force, j'avais appris leurs noms –, et me disant de la secouer selon le rythme de mon cœur. J'ai suivi son conseil, je me suis synchronisée, et aussitôt les graines de ma maraca se sont mises à sonner à mon rythme cardiaque. Un bien-être m'a envahie, et j'ai senti mes pieds flotter.

Le voyage avait été long, deux heures de voiture jusqu'à un petit village au bord de la rivière Môa, où nous avions pris une voadeira* pour un trajet de quatre heures à travers la forêt, jusqu'au village des Ch'aska.

En chemin, avant d'arriver à la communauté, j'avais été émerveillée par l'air de la forêt, si dense qu'il faisait penser à un fruit charnu que l'on mange en quartiers.

Plus tard, avant de boire la décoction de carimi, et après avoir mangé une bouillie liquide de bananes, assise sur la natte de feuilles de palmier tressées, autour du feu, Zapira m'avait expliqué que la boisson nous ouvre beaucoup d'yeux, pas des yeux identiques aux nôtres, qui voient pierres et hommes et bêtes, ce sont d'autres yeux, avait-elle précisé, des yeux qui voient ce qui est caché, l'envers, l'invisible, des yeux qui voient à l'intérieur du noyau, de la pensée, à l'intérieur du ciel, du trou de la nuit, et aussi des gens morts et des esprits, ma petite tu dois savoir que tu vas vomir, et c'est bon, ça sort de nous ce qui ne vaut rien, les sorts, les colères et le mauvais œil, ma petite tu veux boire le carimi ?

– Je croyais que les chamans étaient toujours des hommes, avais-je confié à Marcos en chemin.

Il m'avait raconté que dans le passé, les femmes ne pouvaient pas participer aux rituels chamaniques des Ch'aska. Au village, leur rôle était d'engendrer des vies, préparer le feu, cuire les haricots, planter le manioc, tisser les fibres, raconter les histoires, assembler les perles pour le collier sacré, confectionner les maracas, cueillir le miel, et la routine de Zapira était la même que celle des autres femmes du village. Jusqu'à un certain matin, où elle s'était réveillée et avait appelé son père pour lui raconter son rêve prophétique : les esprits de la forêt lui avaient rendu visite, lui ordonnant d'aller au milieu de la forêt et d'y rester douze lunes, en se nourrissant uniquement de tubercules et en buvant du *titui* – une boisson à base de manioc fermenté –, afin d'accomplir un rituel préparatoire pour devenir chamane des Ch'aska. Chamans et caciques furent consultés sur le rêve de Zapira. Certains se contentèrent de rire, d'autres s'indignèrent. D'autres encore refusèrent d'écouter. Ou se moquèrent. Mais Zapira était entière et, une nuit de pleine lune, elle s'enfuit dans la forêt, obéissant aux ordres reçus dans ses songes, et elle y resta sans manger une seule bouchée de bacaba ou d'araçá-boi, ni de taperebá ou de cupuaçu, encore moins de graviola ou de jatoba, sans boire une goutte d'eau, ne prenant que le jus du manioc fermenté, des gouttes de venin de la rainette singe et du carimi, et quand les hommes Ch'aska la trouvèrent et voulurent la ramener de force à la communauté, elle les avertit que s'ils le faisaient le village serait consumé par le feu. Que faire face à un tel entêtement ? Ils traînèrent la jeune fille jusqu'aux habitations, la mirent dans la maloca avec sa famille et, cette nuit-là, un grand incendie dévora presque toutes les plantations des

Ch'aska. Effrayés, les chamans et les hommes du village se réunirent de nouveau et durent accepter que l'idée d'une femme chamane n'était peut-être pas une lubie de Zapira, mais une décision des esprits, alors Zapira fut renvoyée dans la forêt. Dès lors, à chaque pleine lune, pendant douze mois, les chamans lui appliquèrent le venin de la rainette singe et, tous les sept soleils, ils épaissirent la boisson en augmentant la dose de carimi ; Zapira déclina, maigrit, faillit mourir et, quand elle revint au village, elle connaissait mieux que personne le pouvoir de l'acapu, de l'assa-peixe, du bolbo, de la calunga, de la sucupira, du jambu, de la losna, de la pata-de-vaca, de tout ce qui est feuille et bulbe et écorce, et depuis elle soigne les Ch'aska de tout type de maladie, vers, malaria, tuberculose, diarrhée, grippe. « Elle a même déjà guéri un cancer. »

À présent je planais dans la forêt, cipó*, esprits, herbes, chamans, Zapira et les choses que Marcos m'avait racontées étaient là avec moi, volant, volant, autour de moi, comme des oiseaux, une nuée, et il y avait aussi des caisses et des pots ailés, colorés, certains petits comme un œuf de poule, d'autres géants, si grands que je pouvais y plonger jusqu'à perdre le souffle ; mais je ne perdais pas ma lucidité, je savais que je volais, et je savais que je rêvais, que j'étais dans ce village, que j'étais la fille d'une mère assassinée, qu'Amir m'avait collé une gifle en plein visage, je savais et je volais, mais soudain j'ai vu l'un des pots qui voletaient autour de moi vomir un tissu satiné. Avec des fleurs jaunes. Et des branches vertes. *Torerá, ará. Arê.* Quand je l'ai touché, j'ai compris que ce n'était pas seulement un morceau de joli tissu, mais la robe de chambre de ma mère accrochée derrière la porte de la salle de bains. La robe de chambre qu'elle enfilait quand elle se levait. La même texture fine. L'odeur douce, odeur de fleur, de parfum, de corps propre, de savon agréable. Odeur de mère morte. La robe de chambre a volé autour de moi et plané au-dessus de ma tête comme un ange parapluie. Les fleurs qui l'ornaient se sont décrochées du tissu et ont dégringolé sur mes bras, se collant à ma peau comme des tatouages. Quelque chose de tout petit s'est détaché du cœur de chacune d'elles, a glissé sur les pétales et est tombé sur mes genoux. Vivant. Aussi minuscule qu'une fourmi. Palpitant. Plein de vie. Quelque chose que je devais aimer. Pour toujours. Ne l'oublie pas dans la voiture, murmurait une voix qui venait de je ne sais où. Ne le perds pas. Ne le laisse pas tomber. Et moi je me sentais angoissée, incapable de me charger d'une telle mission. Mais c'est minuscule, pensais-je, comment aimer quelque chose de si infime ? Et bam, j'avais déjà perdu cette toute petite chose. Ah, quelle angoisse. Ah, quelle culpabilité. Ah, quelle tristesse. Quel genre de personne suis-je donc, si je ne peux aimer une fourmi ? Perdre c'est tuer, m'a dit la voix. Ceci était la vie. Ceci palpitait. Comment as-tu pu perdre ce qui dépendait de tes bons soins ? Et aussitôt les autres fleurs jaunes se sont détournées de ma peau et mises à chercher ce que j'avais perdu. Comme des pécaris, elles fouissaient la terre. Creusaient des trous. Retournaient les racines, à la recherche de cette toute petite chose, tandis que la voix me disait : Tu ne peux pas oublier. Oublier c'est perdre. Perdre c'est tuer. Et de nouveau elles m'ont remis le fardeau minuscule que je devais porter. Mais moi je tournoyais dans le ciel, excitée, évaporée, et oups, de nouveau j'ai perdu la toute petite bête. Regarde-la, là-bas, emportée par le torrent. La voix insistante : Tu ne peux pas oublier. Oublier c'est perdre. Perdre c'est tuer. Trouver c'est vivre. Cherche cette bête, m'ordonnait la voix, trouve-la tout de suite, retrouve immédiatement cette toute petite chose minuscule, parce qu'elle, cette petite chose vivante, palpitante, que tu as perdue, c'est ta mère.

Je n'ai rien raconté de tout ça à Marcos sur le chemin du retour. Nous avons voyagé en silence dans le bateau, je me sentais étourdie par mon expérience du carimi et par les sensations étranges qu'il avait provoquées en moi.

Plus tard, dans la voiture, les pieds sur le tableau de bord, le corps fatigué par la longue nuit, j'en suis arrivée à la conclusion que mon délire se trouvait certainement là : moi désirant, espérant, rêvant que la machine de ma mémoire se remette à fonctionner. Même si j'avais cru, toute ma vie, que ne pas se souvenir était une bénédiction. Une bénédiction et une condamnation. J'avais toujours cru qu'un jour quelque chose, un remède, un événement, un choc, allait actionner ma mémoire et que je parviendrais enfin à me rappeler tout ce que j'avais vu la nuit où mon père avait tué ma mère. Tous les détails que j'avais, à l'époque, racontés à ma grand-mère. C'est par moi qu'ils avaient appris que ce n'était pas un accident, mais un homicide. Si cela se trouvait au fond de moi, je devais m'en souvenir. Au final, me suis-je dit, c'est ça que je suis allée chercher avec Zapira. Ma mémoire enterrée.

Avant d'arriver à Cruzeiro do Sul, Marcos m'a raconté que les gens en ville posaient des questions à mon sujet.

– Quels gens ?

– Les gens d'ici. Ils pensent que tu es journaliste.

– Journaliste ?

– Oui. Ils disent que tu écris sur les vices des gens. Et de la ville. Voilà ce qu'ils disent.

I

C’est Alceu qui a tué Eudineia & Heroilson a tué Iza & Wendeson a tué Regina & Marcelo a tué Soraia & Ermício a tué Silvana & Creso a tué Chirley & encore plus, Degmar a été tuée par Ádila & Ketlen a été tuée par Henrique & Rusyleid a été tuée par Tadeu & Juciele a été tuée par Itaan & Queila a été tuée par Roni & Jaqueline a été tuée par Sinval & Daniela a été tuée par Alberto & Raele a été tuée par Geraldo, et tous ces crimes, qui se sont produits il y a sept, dix, douze ans, ont tous été jugés, chacun d’eux, en moins de trois heures.

Regina énervait Wendeson, elle le déconcentrait à cause de cette putain de radio & Ermício a découvert une photo de Silvana en bikini sur son portable à elle & Daniela voulait rompre avec Alberto & Rusyleid voulait se séparer de Tadeu & Degmar avait carrément déjà demandé le divorce d’avec Ádila & Iza est morte, en vérité, parce qu’elle a refusé de financer la cachaça* d’Heroilson. Iza était comme ça, a dit Heroilson au juge, une dame compliquée. Difficile, même. Vous savez à qui Silvana a envoyé sa photo en bikini ? À un de ses collègues de boulot. Moi je laissais Silvana travailler et elle, elle me faisait ça, a déclaré Ermício. En bikini ! Baisse cette putain de radio, avait prévenu Wendeson un million de fois. Mais vous croyez que Regina obéissait ?

Ermício & Henrique & Heroilson étaient ivres au moment du crime. Le problème, a affirmé l'un d'eux, c'est que ma cachaça, monsieur le juge, s'est ajoutée à sa grossièreté. Voilà le problème. Queila est morte parce qu'elle a eu une promotion au travail. D'assistante à cheffe des assistantes. Elle a commencé à se la jouer, a avoué son assassin. Et Sinval a demandé à Jaqueline, en larmes : tu as niqué avec ce type, Jaque ? Ce à quoi la victime a répondu : oui, j'ai niqué avec lui toute la nuit, Sinval, lui il arrive à bander, Sinval, et à trouver du boulot, Sinval, lui il a une grosse bite et il est chauffeur & un détail important : Tadeu a agi en légitime défense, il faut le souligner. En légitime défense, Tadeu a décapité Rusyleid.

Voilà la conclusion à laquelle je suis arrivée au cours de ma deuxième semaine au tribunal : nous, les femmes, nous tombons comme des mouches. Vous, les hommes, vous prenez une cuite et vous nous tuez. Vous voulez baiser et vous nous tuez. Vous êtes furax et vous nous tuez. Vous voulez vous amuser et vous nous tuez. Vous découvrez nos amants et vous nous tuez. Vous vous faites larguer et vous nous tuez. Vous vous trouvez une maîtresse et vous nous tuez. Vous vous sentez humiliés et vous nous tuez. Vous rentrez fatigués du travail et vous nous tuez.

Et au tribunal, vous dites tous que c'est notre faute. Nous, les femmes, nous savons provoquer. Nous savons vous taper sur les nerfs. Nous savons rendre la vie d'un mec impossible. Nous sommes infidèles. C'est notre faute. C'est nous qui provoquons. Au final, qu'est-ce qu'on fabriquait à cet endroit-là ? À cette fête-là ? À cette heure-là ? Dans cette tenue ? Au final, pourquoi avons-nous accepté la boisson qui nous a été offerte ? Pire encore : comment avons-nous pu accepter cette invitation à monter dans cette chambre d'hôtel ? Avec cette brute ? Si on ne voulait pas baiser ? Et ce n'est pas faute d'avoir été prévenues : ne sors pas de la maison. Encore moins le soir. Ne te soûle pas. Ne sois pas indépendante. Ne va pas ici. Ni là. Ne travaille pas. Ne mets pas cette jupe. Ni ce décolleté. Mais vous croyez que nous suivons les règles ? Nous portons des mini-jupes. Des décolletés jusqu'au nombril. Et des shorts au ras du cul. Nous poussons le bouchon. Entrons dans des impasses sombres. Avons le feu à la chatte. Nous extrapolons. Travaillons toute la journée. Sommes indépendantes. Avons des amants. Rions aux éclats. Entretenons la maisonnée. Envoyons tout se faire foutre. Le plus curieux, c'est que nous ne tuons pas. Incroyable ce que nous tuons peu. Nous devrions, vu les statistiques montrant à quel point nous mourons, tuer beaucoup plus. Mais, en raison d'un problème hormonal peut-être, ou structurel, ou éthique, ou physique, nous préférons ne pas tuer. Et alors nous finissons jetées dans un terrain vague, comme Chirley. Pour insubordination. Nous sommes découpées en morceaux et enterrées, comme Ketlen. Dans le jardin. Pour désobéissance. Voilà ce que j'ai vu cette semaine-là.

On aurait pu remplir un stade, un de ces stades immenses, avec les pères et mères et frères et sœurs et fils et filles et petits-fils et petites-filles et grands-pères et grands-mères et tantes et oncles et neveux et nièces et cousins et cousines et amis et amies qui venaient au tribunal pleurer la mort de ces femmes. Sous le soleil brûlant comme sous la tempête, je les voyais arriver en groupes, aussi abattus que les indigènes du village de Txupira, et mon cœur s'emplissait de tristesse. De certains, j'ai pris des photos. La mère de Rusyleid était aussi belle que sa fille assassinée. « Vous voulez voir ma petite ? » a-t-elle demandé en montrant Rusyleid souriante sur une photo 3x4 si usée qu'elle avait déjà pris cette texture veloutée des vieux billets de banque. Rusyleid était comme ça, toute joyeuse, travailleuse, une bonne jeune fille, elle ne se brouillait avec personne, je ne comprends pas pourquoi on a tué ma petite. Cauã, le fils de sept mois que Silvana avait laissé, savait déjà lire et écrire, m'a raconté sa grand-mère. « Quand il a commencé à aller à l'école, il s'est mis à m'appeler maman. Je pense que c'est à cause des autres enfants. Il veut avoir une maman lui aussi, le pauvre. » J'ai songé à rapporter ces photos à Denise, ma cheffe. Pour lui montrer la jolie bouille de Cauã, qui pleure encore du manque de sa mère. Mais les enfants des femmes mortes ne valaient rien dans le livre de statistiques de ma cheffe. Alors je les ai collées dans mon carnet, le carnet dans lequel j'empilais chaque jour mes femmes mortes. Celles du tribunal et celles que je pêchais dans le journal. Mon carnet débordait déjà de femmes assassinées et il me restait encore une semaine de travail sur place.

Il y a encore eu, ces jours-là, deux procès plus longs, des prévenus blancs, une défense payée par les accusés. Ils ont été acquittés. Dalton et Reinaldo s'en sont tirés. L'un était commerçant, l'autre dentiste. L'un riche, l'autre millionnaire. Libres. Quand j'ai commenté cela avec l'avocat commis d'office, il m'a dit : « Faire la typologie des crimes au Brésil donne toujours ça : le seul facteur qui augmente, c'est le temps que les Noirs et les pauvres passent en prison. »

Le dentiste assassin s'était blessé le bras droit avec le couteau qui lui avait servi à tuer sa femme. Avant de se présenter à la justice avec son avocat hors de prix, son état s'était compliqué, et il avait perdu son bras. Le jury a trouvé que cela était déjà, en soi, une punition suffisante. Un dentiste sans bras droit est comme un chanteur sans voix. Un narrateur sans langue. Un joueur de foot sans pied. Le pauvre. Alors, le dentiste homicide est sorti du procès par la grande porte du tribunal, tout sourire, sa nouvelle petite amie accrochée à son bras bionique.

L'autre accusé, bien que considéré comme coupable par le jury, a connu la même issue. Le juge, en tenant compte du fait que l'accusé était distributeur de sodas dans tout l'État, grand sponsor de la vie culturelle de la ville, sans antécédents judiciaires et bon père, a décrété une peine d'un an de prison. Un an ! Mais avec le sursis qui lui a été accordé immédiatement, l'assassin est aussi sorti par la grande porte, libre comme un oiseau.

Dans neuf des quatorze affaires, les victimes connaissaient leur bourreau. Cinq avaient été tuées par leur mari, trois par leur petit ami, une par son voisin. Cela faisait aussi partie de mon travail : penser en termes statistiques. Toutes étaient battues par leur compagnon. Certaines avaient déjà porté plainte.

– Ça a l'air de te surprendre, a dit Carla en souriant. Tape « tuée par… » dans Google et regarde le résultat.

J'ai vérifié plus tard :

« Tuée par »

Tuée par son petit ami

Tuée par son mari

Tuée par son ex

Tuée par son compagnon

Tuée par son père

Tuée par son beau-père

Le problème quand on apprend ce genre de choses, c'est qu'on en devient obsédé. À tout moment, je tapais « tuée par » et je me prenais ce torrent de sang en plein visage. Peu importe qui vous êtes. Peu importe votre classe sociale. Peu importe votre profession. Être une femme est dangereux.

– Attention, m'a avertie Carla, au cours de la semaine, alors que nous dînions en ville.

Et elle m'a raconté que son frère avait commencé à avoir des crises de vomissements, sans raison.

– Il se réveillait au beau milieu de la nuit pour vomir. Il mangeait normalement, il avait de l'appétit. Mais il vomissait. Il allait bien, il était en train de conduire ou de faire quelque chose et, d'un coup, il fallait qu'il s'arrête pour vomir. Le matin, l'après-midi, à n'importe quelle heure. Tu sais comment c'est : famille italienne, ma mère a pété un câble. Elle l'a emmené passer une endoscopie et tout un tas d'examens, qui n'ont rien donné. On a mis un moment à relier ses vomissements au cours d'anatomie qu'il suivait à la faculté de médecine. Lui-même ne faisait pas le lien. En réalité, mon frère adorait percer des cadavres avec un bistouri. Ouvrir leur tête. Voir leurs intestins. Leur foie. Il adorait à l'extérieur. À l'intérieur, il partait en vrille. Et il a commencé à faire ce truc que j'appelle vomir la mort. D'une façon différente, moi aussi j'ai eu ma période de vomissement de la mort quand je me suis mise à travailler sur cette montagne de femmes assassinées. Parce que c'est impressionnant : on dirait une usine. On meurt à échelle industrielle. Sauf qu'au lieu de vomir, comme mon frère, je n'arrivais plus à me lier à des hommes. L'homme, pour moi, était devenu un truc un peu bizarre, tu vois ? Comme un ennemi. Maintenant, depuis le temps, je les passe au banc d'essai. J'en essaie un, j'en teste un autre. Toujours sur mes gardes. Toujours avec mon gourdin à côté du lit. Quand le type apporte sa brosse à dents chez moi, j'ai la puce à l'oreille. Paulo, par exemple : c'est un amour. Une crème, vraiment, mais je ne le laisse jamais dormir chez moi plus de deux nuits par semaine. C'est une règle d'or. Mieux vaut prévenir.

J'aimais beaucoup Carla. Après les audiences, nous allions toujours boire un verre ou nager dans les igarapés, avant de nous étendre au soleil en discutant des procès. J'admirais son intelligence et, surtout, son sérieux. Je ne lui ai jamais montré mon carnet de femmes empilées. Peut-être l'aurait-elle vu comme une sorte de vomissement de la mort. Peut-être même aurait-elle eu raison. Empiler n'est pas très différent de vomir, sous un certain angle.

Et manifestement, seul mon carnet permettait de prendre la mesure de cette pile de femmes assassinées. Dans la presse, pas une ligne à ce sujet. Rien sur Chirley, Queila ou Daniela. La seule chose qui intéressait les journalistes était l'affaire Txupira. Non pas qu'ils aient aimé Txupira. Ou qu'ils aient clairement eu conscience de la tragédie qu'avait été sa mort, à l'âge de quatorze ans. En réalité, ils s'en foutaient, de Txupira. Txupira n'était pas blanche, elle n'entrait pas dans la catégorie des victimes que la presse aime exploiter. En plus elle était indigène. Et indigène, dans notre système de castes, dont le sommet est dominé par riche et blanc, se situe en dessous de noir, qui se situe en dessous de pauvre, qui se situe en dessous de femme. La vie des indigènes, dans notre système de castes, a la même valeur que la vie des fous dans les asiles ou celle des enfants plantés aux feux rouges à faire la manche. On chie sur nos indiens. Ce que la presse aime, en réalité, ce sont les assassins. Surtout quand ils sont blancs et riches, comme Crisântemo. Ou issus, au moins, de la classe moyenne. Blanche, bien sûr. Ceux-là sont traités comme des stars. D'une certaine façon, je me sentais en partie responsable du succès de Crisântemo et de ses comparses en tant que héros tragiques de Cruzeiro do Sul.

En fin de semaine, le vendredi soir, avant de quitter la ville avec Marcos pour aller boire la décoction de carimi dans le village Ch'aska, j'étais passée à la rédaction du journal *O Diário da Estrela*, suivant les conseils de Carla : « Va voir Rita, la rédactrice en chef, montre-lui cette photo et raconte-lui ce que tu m'as raconté. »

Carla avait déposé un recours pour la révision de l'affaire Txupira, faisant appel de la décision du jury en raison de nouveaux éléments, en l'occurrence la photo que j'avais prise à l'hôtel. Dans sa demande de réexamen, elle exigeait, en plus de la nullité du jury, le placement en détention provisoire des accusés. « Ça signifie encore deux, trois ans de bataille, au minimum, et seul le bruit de la presse peut accélérer ça », avait-elle affirmé.

Ma rencontre avec Rita avait été rapide. Elle portait un débardeur moulant, des santiags avec une jupe colorée, longue et vaporeuse. J'avais aimé son franc-parler et sa présence qui exhalait énergie et compétence.

Après avoir analysé la photo, elle avait commenté, pleine d'enthousiasme :

– Ça, ce n'est pas *bregueço*, je peux te le garantir.

– *Bregueço* ?

Elle avait ri.

– Une broutille. De la gnognotte. Tu dois apprendre les expressions de l'Acre. Tu veux un conseil ? m'avait-elle demandé avant que je quitte les lieux. Sors par la porte du fond. À l'heure qu'il est, la ville entière sait déjà que tu es là.

Trois jours plus tard, le résultat de ma visite faisait la une du *Diário da Estrela*. « C'étaient eux », accusait le titre en gros caractères. Des photos de Luís Crisântemo Alves, d'Abelardo Ribeiro Maciel et d'Antônio Francisco Medeiros illustraient le reportage, montrant les garçons dans le pur style play-boy : en train de surfer, de sortir de boîte, de monter sur un bateau, de piloter des motos ou des voitures de luxe, toujours accompagnés de beautés. Mais la photo en exergue était celle que j'avais prise, celle de Robson l'avocat et des jurés dans la cuisine de l'hôtel.

L'article était dur. Avec justesse, il accusait la défense de violer le devoir de réserve des jurés, mais il avait tort sur un point : il affirmait la culpabilité des accusés, avant même que se tienne un nouveau jugement.

– Le propriétaire du journal est l'ennemi politique de la famille de Crisântemo, m'avait expliqué Carla, j'en profite juste un peu.

Mais notre tir est sorti par la culasse. L'article a produit l'effet inverse de celui que nous espérions. Il n'y a pas eu de clameur publique, personne n'est descendu dans la rue en réclamant justice pour Txupira ou en criant : « Txupira, parmi nous ! » Le seul mouvement de révolte qui s'est produit a été contre le journal. La ville a simplement pris le parti des assassins. Les pauvres garçons, disaient les gens. Lynchés par les médias. Regardez le pays dans lequel on vit. Ils disaient aussi : la justice acquitte, les médias condamnent. Et puis : dans ce pays, on ne peut même pas boire une bière entre copains sans être accusé d'association criminelle.

Le patron de l'hôtel a été le premier à prendre le parti des assassins de Txupira. Mais avant, il en était arrivé à la conclusion que j'étais la seule à avoir pu prendre cette photo.

Le jour où le reportage a été publié, Zenóbio, tout honteux, est venu m'informer que je devais quitter ma chambre parce que « l'hôtel était plein ».

– Oui, plein de moustiques, ai-je répondu.

Il a baissé les yeux.

Carla a éclaté de rire quand je lui ai raconté la scène. Elle m'a hébergée pendant deux jours, jusqu'à ce que je loue la maison de son amie Lena, avocate en droit de la famille, native de Cruzeiro do Sul, qui suivait à ce moment-là une formation à São Paulo. « Tu peux utiliser ma voiture aussi », m'a dit Lena au téléphone. « Tu peux tout utiliser, du moment que tu récupères mon chien, qui est chez ma mère, et que tu t'en occupes avec amour. »

La maison de Lena était très accueillante et colorée, truffée d'objets indigènes, arcs, flèches et coiffes, elle disposait d'un jardin aux allures de forêt et avait l'avantage supplémentaire d'être éloignée de la ville. Je m'entendais très bien avec Oto, son chien (un bâtard avec une tache noire autour des yeux qui ressemblait à une paire de lunettes), et chaque matin, avant de me rendre au tribunal, nous faisions une longue promenade dans la nature environnante. C'est là que j'ai commencé à saisir ce que Marcos me disait toujours, en plaisantant, sur l'Acre. « Nous n'avons pas de minerais ni de pierres, nous sommes une réalité végétale dans le quatrième état de la matière. Nous avons le solide, le liquide, le gazeux et l'Acre. » Au cours de mes balades, j'en suis venue à la conclusion que le quatrième état de la matière était le mélange du solide végétal et du gazeux végétal. L'air semblait pâteux, légèrement solide, une masse compacte d'oxygène, trop dense pour être considérée comme gazeuse, au parfum de mousse, terre, fleur, forêt, fumier, piment, bois pourri, bête, brise, dont je n'avais jamais éprouvé la fraîcheur, et qui restait dans la bouche pendant des heures, comme quand on boit un bon vin.

Je me sentais si bien dans cette atmosphère, avec toute cette nature, ces arômes de sylve, que j'ai fini par faire la paix avec ma grand-mère. « Je me suis dit, maintenant que tu es mieux installée, ce serait une bonne occasion pour que je découvre l'Acre, non ? » Voilà comment était dona Yolanda. Je lui donnais la main, et elle me prenait le bras.

Le samedi, Carla et moi sommes allées nager dans l'igarapé proche de ma nouvelle maison avec Paulo et Marcos.

Le soir, pour la première fois, j'ai cuisiné pour eux un poisson que Marcos avait pêché la veille, avec des oignons, du gros sel et des pommes de terre. Il a préparé de la farofa* à la façon indigène, comme sa mère le lui avait enseigné, et pour le dessert nous avions de la glace de cupuaçu achetée plus tôt en ville.

Ce fut une soirée spéciale. Je ne m'étais pas sentie aussi détendue depuis longtemps. Comme si cette maison était la mienne. Comme si j'étais de l'Acre. Après le dîner, nous nous sommes assis sur la terrasse, et je crois que le vin a fait effet parce que chacun, tout à coup, s'est mis à raconter son histoire. Ses problèmes. Marcos adorait sa mère. Et s'entendait mal avec son père. « Indienne débile », voilà comment son père traitait sa mère, avant leur séparation. Sa mère l'avait emmené au village, après le divorce. Mais son père était venu le chercher avec la police. « Je n'ai renoué avec ma mère qu'après mes quinze ans, quand j'ai commencé à rendre visite à la communauté. J'ai mis très longtemps à être fier de ma mère, à comprendre qu'elle n'était pas débile. » Carla adorait ses parents. « Loin de moi. Ma famille est un blender en marche. Avec tout le monde dedans. Nous sommes une soupe épaisse, tous ensemble et mélangés, j'ai dû m'enfuir dans l'Acre pour mener ma propre vie. » « Normal », a dit Paulo quand on l'a interrogé sur ses parents. « Père normal. Mère normale. Rien à dire. » Je crois que c'est ça qui m'a fait parler. « Ma mère a été tuée par mon père quand j'avais quatre ans. J'ai tout vu, mais je ne m'en souviens pas. »

Tous trois m'ont adressé un regard pareil à celui que l'association protectrice des animaux poserait sur un chien errant tué à coups de pierre. Ainsi s'est clos le sujet « voilà mon histoire ». Pendant la soirée, j'ai surpris leurs coups d'œil qui m'épiaient à la dérobée, d'un air songeur. « Alors ton père a tué ta mère ? » Mais aucun d'eux n'a eu le courage de poser la moindre question.

Heureusement, Paulo avait apporté de l'herbe et, après avoir fumé, l'atmosphère s'est de nouveau détendue. Nous avons ri des histoires que Marcos et lui nous racontaient sur la forêt.

– Ici, a conseillé Paulo, il vaut mieux apprendre à vite reconnaître le bruit du singe et le grognement du jaguar.

Il nous a parlé de grenouilles de la taille de jeunes veaux, d'araignées aux pattes de quinze centimètres de long et de serpents de sept mètres « hautement doux ». Carla a eu un fou rire en entendant « hautement doux » et Paulo a voulu savoir pourquoi il ne pouvait pas dire « hautement doux », dans la mesure où on disait « hautement dangereux ».

– Je ne dis pas que tu ne peux pas. Je dis que c'est drôle, c'est tout !

Paulo s'est tu pour le reste de la soirée. Il n'a rouvert la bouche que lorsque l'affaire Txupira est venue sur le tapis. À un moment donné, j'ai déclaré que j'aimerais que les assassins de Txupira meurent d'un cancer au cul.

– Ça ne devrait pas être difficile, a commenté Paulo en rigolant. Nous sommes une terre de chasseurs d'humains. Ça ne coûterait même pas mille *reais* d'embaucher un fou pour supprimer ces types.

– T'as pas entendu ce qu'elle a dit ? a répliqué Carla. Elle ne veut pas qu'ils meurent de n'importe quelle façon. Elle veut que ce soit d'un cancer.

– Au cul, a complété Marcos.

Et nous avons éclaté de rire.

J'ai dormi avec Marcos, ce soir-là. Nous avons fait l'amour. C'était la première fois, depuis la gifle. Ça aurait été super si, à la fin, il ne m'avait pas dit qu'il voulait que je sois la mère de ses enfants. J'ai ri, effrayée. Une chose minuscule à aimer et à ne pas perdre, il ne me manquait plus que ça, ai-je pensé. Ça a bien cassé l'ambiance.

Au petit matin, Carla m'a téléphoné.

– On a trouvé le corps de Rita.

J'ai mis du temps à piger.

– Rita. La journaliste qui a écrit sur les assassins de Txupira. Elle a été retrouvée morte.

7

TUÉE PAR SON BEAU-FRÈRE

Quand la police est arrivée, la fille de quatre ans
d'Alessandra Fernandes Silva a averti :
« Ma mère est mourue dedans. »
L'enfant, qui a assisté au meurtre et passé
une partie de la nuit
à côté du cadavre de sa mère,
a aussi révélé à la police que
l'assassin était son oncle.

J

J'ai des tremblements, des sueurs, des vertiges et d'autres choses très bizarres, je sais très bien ce que c'est.

J'ai désigné le tatouage. Dans le cercueil, il m'apparaissait comme un paradoxe terrible : le mot « rêves » tatoué sur le dessus du pied droit de Rita. De nombreuses fleurs entouraient son corps.

– Je n'avais jamais vu Rita sans ses bottes, a commenté Carla.

– Le tatouage, ai-je dit.

– Qu'est-ce qu'il a ?

– C'est triste de voir le mot « rêves » tatoué sur le pied d'une fille morte.

Elle n'a même pas entendu ma réponse, allant à la rencontre de Denis, le frère jumeau de Rita, qui venait d'arriver à la veillée avec ses parents.

Syndrome d'abstinence. Quasiment une semaine plus tôt, le samedi matin très tôt pour être précise – le lendemain du dîner chez moi –, Carla avait remarqué, en se levant pour boire un verre d'eau, que Rita lui avait laissé un message sur son portable. Toutes deux n'étaient pas intimes, mais elles se vouaient une admiration professionnelle réciproque et parlaient assez souvent, surtout depuis que Rita avait publié l'article sur les assassins de Txupira.

Loin de là et quarante minutes après avoir laissé son message sur le téléphone de Carla, Rita avait été trouvée morte par son frère Denis, qui était agronome et vivait à Rio Branco. Denis venait à Cruzeiro do Sul – en général en voiture parce qu'il détestait l'avion – pour visiter les fazendas de ses clients dans les alentours, et ces voyages étaient si fréquents que Rita lui avait donné un double de ses clés. Ils étaient tous les deux très proches, se parlaient presque tous les jours au téléphone et avaient l'habitude de courir ensemble sur les pistes de la communauté rurale, quand il était sur place. Ce matin-là, Denis avait trouvé bizarre que la porte d'entrée de sa sœur soit déverrouillée. Surtout qu'il ventait beaucoup, et dans les régions où les bourrasques abattent des arbres et détuilent des maisons souvent, les gens sont prévoyants. En entrant dans le salon, il avait vu le corps de Rita au pied de l'escalier.

J'ai besoin de tes enzymes amoureuses et de tes acides hilarants coulant au bout de mes chargeurs de glucose.

Ce jour-là, quelques heures plus tard, quand j'étais allée chercher Carla chez elle, elle était dévastée. Elle venait de parler avec Denis.

– Écoute ça, m'avait-elle dit en approchant son portable de mon oreille : « Salut Carla, c'est Rita, je sais qu'il est tard, mais j'ai une information qui va t'intéresser. Appelle-moi à ton réveil. »

Carla m'avait raconté qu'elle avait eu du mal à attendre que le jour se lève pour rappeler Rita, et c'était Denis qui avait décroché. Pour lui apprendre la mort de la journaliste.

Avant même d'arriver chez Rita en ce matin fatidique, Carla ne croyait pas que sa mort puisse découler d'un accident dans l'escalier, comme l'avait suggéré Denis, qui suivait à ce moment-là, totalement perplexe, le travail de la police. Rita était jeune, athlétique, musclée : difficile d'imaginer qu'elle avait roulé jusqu'au bas de l'escalier comme un sac de patates, sans tenter de s'agripper à la rampe ou sans protéger sa tête.

– Ce n'est pas un accident, répétait Carla sur le trajet, avant même d'avoir vu le corps de Rita.

Et elle argumentait :

– Pas après la publication de cet article, où elle accuse Luís Crisântemo Alves et ses amis de la mort de Txupira de façon si catégorique.

Le reportage, basé sur ma photo, avait fini par devenir viral et par se propager à d'autres journaux et sites, et l'État faisait à présent pression pour que l'affaire Txupira fasse l'objet d'une enquête plus rigoureuse. « C'était logique », d'après Carla. Les trois garçons venaient de familles importantes, des gens qui étaient au pouvoir depuis l'annexion de l'Acre au Brésil, des gens habitués à résoudre leurs problèmes par les balles.

Carla se sentait évidemment coupable, même si elle savait que Rita aurait écrit ce reportage de toute façon. Avec ou sans son aide. Avec ou sans ma photo. Rita était connue pour son courage. Pour ne pas mâcher ses mots.

En lisant le rapport de police, plus tard, nous avions constaté que la version des autorités était tout autre. Il n'y avait pas eu d'effraction, ni de vol. Aucun signe de lutte. La seule chose qui avait attiré l'attention des policiers était une bouteille de vin rouge sur la table, vide. « À tous les coups elle a trop bu », avait lancé un enquêteur à Denis.

Carla avait convaincu Denis d'engager un expert privé. Non sans raison. J'avais passé ces dernières semaines à lire les rapports techniques des crimes jugés lors de la campagne judiciaire, et c'était précisément là, au moment de l'expertise, que commençait le problème de l'impunité. Parce que les experts arrivent sur les lieux du crime comme ils peuvent, dans des véhicules en mauvais état, parfois à pied, sans équipement, sans matériel adéquat, sans avoir perçu leurs derniers salaires, et ils doivent courir pour répondre à d'autres demandes, d'autres cadavres les attendant plus loin – en particulier le week-end. Alors, ils regardent la victime comme ils peuvent, enquêtent comme ils peuvent et ça y est, « le lieu est vu ». *En langage moins scientifique, j'ai besoin de tes jambes enroulées autour des miennes. Je t'aime, Amir. P.S. : Je n'abandonnerai pas.*

Lors de la veillée, après avoir installé ses parents, Denis nous a raconté qu'il avait rendez-vous lundi avec l'expert engagé, qui aurait certainement des informations sur la mort de sa sœur. J'ai compris que Carla et lui voulaient se parler en tête-à-tête. Je les ai laissés là, et suis sortie fumer.

Il avait beaucoup plu dans la matinée, et la place en face était couverte de flaques d'eau. Je me suis assise sur le muret qui entourait le jardin, j'ai allumé une cigarette et lu d'un bout à l'autre le message qu'Amir m'avait envoyé. *J'ai des tremblements, des sueurs, des vertiges et d'autres choses très bizarres, je sais très bien ce que c'est. Syndrome d'abstinence. J'ai besoin de tes enzymes amoureuses et de tes acides hilarants coulant au bout de mes chargeurs de glucose. En langage moins scientifique, j'ai besoin de tes jambes enroulées autour des miennes. Je t'aime, Amir. P.S. : Je n'abandonnerai pas.*

Acides hilarants. On s'amusait pas mal ensemble, ai-je reconnu. Amir et moi. Je me suis souvenue de nous deux au lit, épuisés, encore essoufflés, après l'amour. « Tu vas finir par casser ma bite », blaguait-il, tandis que je me sentais totalement comblée par notre vie sexuelle. J'ai relu le message. Encore. Et encore. C'était le genre de message auquel j'avais envie de croire. Ça me démangeait les doigts. Il suffisait d'appuyer mon index sur l'icône du téléphone à côté du message. Allô, Amir, toi aussi tu me manques. Ton humour me manque. Ton intelligence. J'adorais coucher avec toi, Amir. J'adorais parler avec toi. Passer le dimanche au lit, accrochée à ton torse, à regarder des séries américaines. C'est si facile, la vie, pourquoi se la compliquer ?

Puis la colère de m'être autorisée une telle pensée m'a envahie. Au final, cette troisième et dernière semaine de campagne judiciaire m'avait aidée à dresser un portrait brûlant du type d'homme qui gifle le visage d'une femme. Un type qui considère la relation affective comme une sorte de permis de tuer. Un type qui croit que sortir les poubelles est le maximum qu'il puisse faire pour vous, qui êtes épuisée. Vous, qui passez huit heures par jour à travailler en dehors de la maison, à nettoyer, organiser, frotter, diriger, opérer, enseigner, vous démener. Et qui, à la maison, cuisinez, lavez, repassez et couchez les enfants. J'ai vu tout ça au tribunal. Avant la gifle, les offenses verbales. Allumeuse. Paresseuse. Sale pute. Pour Helena ça s'était passé comme ça. Pour Marta, *idem*. La ferme, salope. Aguicheuse. Espèce de traînée. La gifle est un tournant. Elle inaugure la phase de la raclée. Bousculades. Coups de poing. Coups en tout genre. Ça s'était passé comme ça pour Rayna. Ils vous flanquent par terre, comme si on était à l'âge de pierre. Certaines femmes, comme Lindalva, perdent l'ouïe avant de mourir. Ces hommes font éclater le tympan des femmes qu'ils appellent ma chérie. Mon amour. Ma princesse. Ma belle. Ils suivent à la ligne la méthode pour démolir une femme. Enfin, il peut arriver qu'ils vous cassent le bras avant même de vous insulter, bien sûr. Certains sont hardis. Ils veulent clore le sujet le plus tôt possible. Mais ce qui est certain, c'est que la façon dont vous allez mourir dépend de nombreux facteurs : dosage alcoolique du mâle. Niveau de frustration du mâle. Degré de pression à son travail. Et bien sûr, si vous lui riez au nez, les choses vont s'enchaîner à un rythme hallucinant. Ne l'oubliez pas, jamais. Sachez que les coups de pied font aussi partie de cette phase qui débute par la gifle en plein visage. Ils aiment en flanquer dans votre ventre, vos jambes, votre visage au moment où vous êtes déjà à terre, sans forces. Pour que vous reteniez la leçon, disent-ils. Ils préviennent : si tu t'en vas, je te supprime. Je tue tes parents. Je tue nos enfants. Ce n'est qu'après, quand utiliser leurs propres mains et pieds pour taper et frapper ne les amuse plus, que vient la phase où ils prennent la cocotte-minute, le couteau, le fil de l'aspirateur ou tout autre objet résistant, lourd ou pointu, toute chose qui brûle, troue ou comprime, pour mettre un point final à la vie de leurs petites amies. Épouses. Compagnes. Maîtresses. J'ai vu tout ça de mes yeux. Les preuves étaient irréfutables : photos, vidéos, enregistrements de caméras de vidéosurveillance. J'étais là, au tribunal.

Cependant, ne croyez pas que tout se passe en une seule fois. Ils font comme Jack, l'éventreur. Par étapes. Une chose après l'autre. D'abord ils nous conquièrent. Ensuite ils nous frappent. Et après, ils nous tuent. J'ai vu les photos. Entendu les dépositions. Lu des rapports de police. La bouche de Marciane déchirée de son oreille gauche à son oreille droite avec un canif. Parce qu'elle était allée au commissariat après avoir été frappée. « Retournes-y et démêle toute cette merde », lui avait dit son mari. Avant de tuer, avant de frapper, avant d'y aller à coups de poing et avant de flanquer la première gifle, Wevi avait été un prince. Comme Amir. Au moins – voilà ce que la mère de Magali avait raconté devant la cour. « J'ai rencontré un prince », avait dit Magali à sa mère, quand elle avait connu son futur assassin. Moi-même j'avais affirmé à ma grand-mère qu'Amir était un gentleman. Et Raul s'était même agenouillé en pleine rue devant Lívia, en lui demandant pardon de lui avoir cassé le bras droit. En la suppliant de revenir. « Je ne te casserai jamais plus un seul os. » Lívia avait accepté, était tombée enceinte. Et avait été trucidée. Enceinte. « Elle était tout pour moi », avait dit Raul en pleurant. Dix ans de réclusion.

Je l'ai vu. Dans la salle d'audience, Milton & Rondiney & Edson & Nildo & Ricardo & Ítalo & Rodrigo & Fares & Brayan, tous avaient dit la même chose. Problèmes sexuels. Problème avec la boisson. Adultère. Certains venaient au tribunal en compagnie de leurs psychiatres, invoquant l'aliénation mentale. Je ne me souviens de rien, prétendaient-ils. Ayez pitié de nous, argumentaient-ils : nous sommes épileptiques. Nous sommes bipolaires au degré maximal. Nous sommes schizophrènes. Mais la vérité, c'est que la plupart sont totalement normaux et sains d'esprit, de la même façon qu'ils sont totalement assassins. Enfants, misère, chômage, alcoolisme, rien de tout ça n'est le véritable problème. La raison est tout autre : ils tuent des femmes parce qu'ils aiment tuer des femmes. Comme on aime aller à la pêche ou jouer au football.

Bien sûr, ils ne naissent pas comme ça, avec ce désir. Certains si, les psychopathes. Mais les psychopathes sont l'élite des assassins. Ils naissent déjà prêts. La grande masse ouvrière des assassins, je veux dire la majorité, doit apprendre la haine avant de se mettre à tuer par-ci, par-là. Mon père avait très bien appris. Rien de plus facile que d'apprendre à détester les femmes. Les professeurs ne manquent pas. Il y a le père. L'État. Le système judiciaire. Le marché. La culture. La propagande. Mais ce qui l'enseigne le mieux, d'après Bia, ma collègue du cabinet, c'est la pornographie.

Ces tueurs de femmes, avais-je appris, ont un vocabulaire propre. Vous devez apprendre à traduire ce que signifient vraiment leurs « je t'aime ». Quand ils disent « je t'aime », sachez-le : ils sont en train de dire que vous avez un maître. Quand ils disent qu'ils se sentent jaloux, vous devez comprendre qu'ils sont en train de parler de droit d'usage de la propriété. Vous êtes comme leur voiture. Leur portable. Leur maison. Leurs chaussures. Il est le seigneur du moulin. Vous êtes l'esclave. Il est l'éleveur. Vous, le bétail. Il est le propriétaire. Vous, le produit. Et votre mariage, votre relation, votre lien sont votre malheur, votre condamnation à mort. Quand il vous demande pardon, quand il vous demande de revenir, il vous prévient déjà : le compte à rebours a commencé. Alors mieux vaut être futée. Fuyez cet homme. Disparaissez. Supprimez le message.

Après l'avoir effacé, je suis retournée à la veillée, en me disant qu'Amir, au final, ne souffrait pas par amour, comme il voulait me le faire croire, je n'avais pas besoin d'avoir de la peine pour mon pauvre ex. Il voulait juste trouver une façon de me reconquérir, pour ensuite me tuer. Mais je m'étais promis une chose à moi-même : je ne mourrais pas comme ma mère. Hors de question.

Dans l'entrée, je suis tombée sur Carla et Denis.

– On va prendre un café. Tu viens avec nous ?

Depuis le bar, je voyais des chèvres paître sur ce qui ressemblait à un chantier à l'abandon. C'était perturbant d'être à côté de Denis, d'entendre sa voix, tant sa ressemblance avec Rita était frappante. Le même teint, les mêmes yeux, la même bouche, le même sourire, la même gestuelle, la même taille. Comme si Rita était en vie, déguisée, essayant de nous tromper.

– Cherche dans les tiroirs, lui a indiqué Carla. Dans son ordinateur. Dans sa penderie. Ça doit être quelque part.

– Si au moins je savais ce que je cherche.

– Tu as écouté le message. Elle l'a dit elle-même : c'est une information. Ça peut être, je sais pas moi, dans une enveloppe, dans une clé USB.

J'ai senti Denis stressé. La veille, il avait fait une déposition au commissariat ; « c'était ridicule », nous avait-il raconté.

– J'ai dû présenter les factures d'essence de mon voyage. Ça a été leur façon de me demander : où étiez-vous au moment où votre sœur est morte ?

Carla a répliqué :

– Une vaste mise en scène. S'ils soupçonnaient quelque chose, ils enquêteraient pour de bon.

Après les obsèques, j'ai déposé Carla dans le centre-ville. Nous devions nous retrouver plus tard, au tribunal, où allait se conclure la campagne de jugements.

– Fais attention, m'a-t-elle recommandé.

– Tu as peur ?

– S'ils ont tué Rita, ils peuvent aussi nous tuer.

– Tu n'envisages pas la thèse de l'accident ?

– Ce n'était pas un accident. C'est toi qui as pris cette photographie. Ne l'oublie pas.

– Ils ne vont pas m'assassiner en plein jour. Ce serait débile de leur part.

– Ils sont débiles. Tuer Rita est une preuve de débilité.

Je suis rentrée chez moi, j'ai cueilli des tomates cerises dans le potager de Lena, ouvert un bocal d'olives noires et préparé une pâte. Puis j'ai fait un tour avec Oto dans les bois. C'était mon dernier jour de travail, ai-je songé, et je n'avais pas encore pris mon billet retour, ni fait mes valises.

Je n'y avais même pas pensé. Marcos m'a téléphoné pour me demander si je voulais rendre visite aux Ch'aska avec lui.

L'après-midi, dans la salle d'audiences, à part moi, il n'y avait que la mère et la sœur de Scarlath, la victime, une Noire de vingt-six ans, à qui Fares, un réparateur de pneus, avait prêté dix *reais*. Le calvaire de Scarlath avait commencé le jour où elle était allée lui rendre l'argent à son atelier. Fares avait mis deux jours entiers à tuer Scarlath, et il avait fait un travail de boucher : il avait d'abord coupé ses jambes, puis ses bras, puis sa tête, puis il avait découpé ses seins, son vagin, et filmé le tout. Sur les murs du bureau de Fares, il y avait plusieurs calendriers de l'année où il avait tué Scarlath et d'années antérieures, avec des photos de très belles femmes, nues, montrant leurs seins, leur chatte, leur cul, accroupies, les jambes écartées, la bouche entrouverte, leurs merveilleuses dents mordillant leurs lèvres parfaites, le regard aguicheur, avec cet air de « viens me manger », et Fares aimait jouer aux fléchettes sur ces calendriers. Il visait l'un des seins, les fesses, le cul, et lançait les fléchettes. Les photos étaient toutes trouées. La dernière chose qu'il faisait était de percer, avec un tournevis, les yeux de ces belles femmes. Le portable de Fares était rempli de vidéos pornographiques. J'ai tout envoyé à Bia, au cabinet de São Paulo, puisqu'elle était chargée de cataloguer les crimes qui comprenaient démembrement, mutilation ou éviscération de femmes pour le livre que Denise écrivait.

Je n'avais pas envie d'écouter l'avocate de la défense. Je savais qu'elle faisait juste son travail, selon le droit du principe contradictoire, mais c'était fatigant d'entendre ces conneries, comme si, parce qu'elle était prostituée, Scarlath avait mérité la fin qu'elle avait eue. Ou bien : comme si Scarlath ne méritait pas ce procès. Parce que c'était une prostituée. À quatre contre trois, les jurés ont envoyé Fares en prison. Dix-huit ans de détention, a décrété le juge.

En sortant du tribunal, j'ai rapidement abordé la mère de Scarlath.

– Ma mère a été tuée par mon père.

Je n'y ai même pas cru quand j'ai entendu cette phrase sortir de ma bouche. J'avais tendu la main et la phrase était venue comme un vomissement. Pendant des années je l'avais gardée bien au fond de moi, bien repliée, au fond d'un tiroir fermé à double tour. Et maintenant elle sortait de ma bouche, comme ça, comme si elle avait une volonté propre. Mais regarde-toi, pauvre fille, me suis-je dit, totalement estomaquée.

– Ma fille n'est pas une prostituée, a dit la mère de Scarlath.

Je ne saurais décrire à quel point cela m'a émue.

– J'en suis sûre, ai-je répondu.

Mais elle avait déjà tourné les talons et marchait, en boitant, vers l'arrêt de bus.

J'étais en route pour le village Ch'aska, avec Marcos, quand Bia m'a appelée, du cabinet. Elle était encore sous le choc des documents que je lui avais envoyés.

– Ces putains de féministes hardcore ont raison, a-t-elle lancé. Où est-ce que ces salauds apprennent à nous faire tout ça ?

Avant de répondre toute seule :

– Dans les cours de pornographie qu'ils reçoivent toute leur vie.

Bia planchait sur le sujet, et rien ne pouvait stopper sa logorrhée quand il s'agissait de pornographie. Elle adorait expliquer, d'une façon très didactique, ce qu'elle lisait dans les livres à ce propos : que la pornographie avait été créée « par les types qui brûlaient des sorcières. Quand ils ont perdu la possibilité de se divertir avec les sorcières et les feux d'artifice, ils ont inventé une autre manière de tuer les femmes : la pornographie. Tu piges ? »

– La pornographie, poursuivait-elle, c'est une véritable machine à produire des assassins de femmes. À force de regarder cette merde, de voir des mecs mettre des menottes à des chattes, ou nous fouetter le dos, ces types finissent par trouver normal d'étrangler leur propre femme quand ils se sentent contrariés.

Mais ce n'était pas pour me dispenser ce cours que Bia m'appelait. Elle voulait savoir si j'étais en chemin pour São Paulo.

Mon travail était fait. La campagne judiciaire était terminée. Je n'avais plus rien à faire dans l'Acre.

– À quelle heure est ton vol ? Denise veut caler une réunion lundi, première heure. Je peux confirmer ?

J'ai dit oui. Que je serais à São Paulo d'ici à lundi.

C'était bien ce que j'avais dit : Je vais rentrer, avais-je déclaré en soupirant. Mais je suis restée.

GAMMA

Et les odeurs ? Odeurs de pousses. D'organismes. De pluie déjà passée. D'écorce. De bois de rose. De liane. De pollen. D'animal vivant. Odeur de pétale. De feuille sèche. De résine. De racine pourrie. De forêt brûlée. D'animal mort. De fleur. De terre. De miel. De myrrhe. De fumier. Odeur d'huile de cumaru. D'andiroba. De piment qui fait pleurer. Par la suite, j'ai lu quelque part que cette odeur est celle du commencement, une odeur de poussière, de saumure, d'oxygène, une odeur de vie unicellulaire, de cellules en cours de reproduction, de molécules naissantes, une odeur de puissance et de vase. Ah, les odeurs de la forêt !

J'ai remarqué une lueur à l'intérieur. Un foyer lumineux au cœur de la sylve. C'est vers là que je marchais, crac et plof, j'entendais le bruit de mes pas dans l'herbe et j'avançais dans le noir, j'ai avancé, avancé jusqu'à entrevoir des torches enflammées, là d'où venait le bruit de l'eau.

En sortant de la sylve, je les ai trouvées. La lune commençait à poindre, et elles m'attendaient, je l'ai compris aussitôt. Elles étaient autour d'un petit lac où se mirait le clair de lune. De certaines, je ne voyais que les cheveux qui, longs et abondants, descendaient le long de leur corps comme une cascade, couvrant leur sexe, jusqu'à leurs pieds. Blanches, noires, transparentes, brunes, bleues, métisses, jaunes, elles étaient de toutes les couleurs, mais ça, je ne l'ai perçu que lorsque nous sommes parties pour la première bataille. À ce moment-là, j'ai vu qu'elles étaient fortes. Et nombreuses.

– Tu as mis du temps, a murmuré l'une d'elles à mon oreille.

– Tiens, m'a dit une autre en me remettant un arc et des flèches.

Alors j'ai saisi que ce qu'elles avaient dans les mains n'était pas des torches enflammées, mais des armes de guerre, qui scintillaient au clair de lune. Beaucoup s'étaient découpé un sein pour mieux caler les lances qu'elles portaient près du corps. Quelques-unes préféraient retenir leur poitrine abondante à l'aide de bandes de tissu. D'autres les laissaient libres, de petits seins, certains en fleur, d'autres fanés, des seins énormes, des seins tombants, est-ouest, asymétriques, en forme de gouttes, de cloches ou bien ronds.

– Ici tu n'as pas besoin de ces vêtements, m'a indiqué une troisième en déboutonnant ma robe.

Nue, je me suis mêlée à elles autour du lac qui reflétait la lueur de la lune, telle une grande flaque argentée.

Rien, absolument rien ne m'impressionnait, et c'était le cœur de mon étonnement : ma familiarité avec ces femmes, avec ce rituel, avec l'arc et les flèches, que je savais manier. Comme si j'étais rentrée chez moi, dans ce lieu que je ne connaissais pas, mais d'où je n'aurais jamais dû partir. C'était mon peuple. Empoignant les armes, je suis entrée avec elles dans le lac, pour le rituel de purification, appelant, de nos chants, la Femme aux Pierres Vertes.

Et alors celle-ci a émergé des eaux, telle une Vénus, nue comme nous, chevelue comme presque toutes, portant une corbeille pleine d'une substance molle et verte, aux morceaux de différentes tailles, jamais plus grands qu'un œuf et qui, aussitôt que nous les prenions en main, se transformaient en pépites de jade. La mienne affichait le dessin d'une clé.

Lorsque plus tard nous nous sommes assises autour de la Femme aux Pierres Vertes, elle a voulu connaître la signification de la clé. Rien ne me venait.

Alors elle m'a demandé :

– Tu apportes des nouvelles ?

J'ai acquiescé. Cette fois-ci, je savais de quoi il s'agissait.

– Donne-nous les noms.

– Ils ont tué Txupira. Ils ont tué Queila. Ils ont tué Daniela. Ils ont tué Eudinéia & Iza & Silvana & Degmar & Raele. Ils ont tué Juciele. Ils ont tué Regina.

À chaque nom que je citais, les guerrières autour de moi émettaient un bruit avec leur bouche, comme si elles affûtaient des couteaux.

– Ils ont tué Scarlath, ai-je continué. Ils ont tué Tatiana Spitzner. Ils ont tué Elaine Figueiredo Lacerda. Ils ont tué Rayane Barros de Castro. Ils ont tué Fernanda Siqueira. Ils ont tué Rita, la journaliste. Il manque beaucoup de noms. Je n'ai pas lu le journal d'aujourd'hui.

– Ce sont des épisodes isolés ? a questionné la Femme aux Pierres Vertes.

– Non. Ce massacre suit un modèle.

– Alors c'est une guerre, a déclaré la Femme aux Pierre Vertes.

– Une épidémie, a affirmé une femme enceinte.

J'ai ajouté :

– La réalité, c'est qu'ils tuent et que nous mourons.

– Ils sont nos ennemis, a assuré celle-ci.

– Ici, a juré celle qui était enceinte, ils ne viennent que quand nous voulons procréer.

– Nous les chassons par là-bas. Au lasso. Et nous jouons avec leur petit machin, a indiqué une autre en riant.

– Le mien avait un bel engin, a commenté celle qui était enceinte.

Elles se sont esclaffées.

– Et si naissent des hommes ? ai-je demandé.

– Nous ne voulons pas d'hommes. Pas ici, a expliqué la plus grande de toutes.

– Ils tuent des rivières, a exposé celle-ci. Ils tuent des forêts.

– Ils savent bien niquer, a argumenté celle-là en se léchant les lèvres.

– Et si ton enfant est un garçon ? ai-je demandé à la femme enceinte.

Une autre a déclaré :

– Ils tuent des femmes. Ils tuent des enfants. Ils tuent les mers.

– Ce sera une fille, a répondu la femme enceinte.

– On doit commencer par quelqu'un, a pondéré la Femme aux Pierres Vertes.

– Et si c'est un garçon ? ai-je insisté auprès de la femme enceinte.

– Nous le donnerons à son père pour qu'il l'éduque. Chez eux. S'il ne veut pas, nous le tuerons. Le père et l'enfant, a-t-elle précisé en caressant son ventre énorme.

– Je n'aime pas tuer des enfants, ai-je répliqué.

– Ce ne sont pas des enfants normaux. Ce sont des hommes. Ils deviennent des hommes.

– Nous élevons nos filles avec beaucoup d'amour, a assuré la femme enceinte.

– Et beaucoup de courage. Pour vivre pleinement et détruire les ennemis, a complété une autre.

– Nous tuons des mâles, a résumé la plus grande de toutes.

– Nous les tuons et les mangeons, a ajouté l'une.

– Grillés, a précisé une autre.

– Pas tous, a contesté celle-ci.

– Certains ne sont même pas bons à manger, a acquiescé celle-là.

– Ils sont pourris, a conclu quelqu'une.

– Pleins de toxines, a précisé quelque autre.

– J'aime les hommes. Ou plutôt : j'aime l'idée. Pas la chose en elle-même, a déclaré une autre.

– L'idée est bonne. Mais elle n'a pas bien marché, a reconnu celle-ci.

– J'aime les hommes bons. Loin. Les hommes loin. De moi, a dit une autre.

– Grillés ils sont bons, a temporisé l'une.

– Je préfère la viande de tatou, a divergé une autre.

– Ils aiment les armes, a dit l'une.

– Ils aiment attraper les femmes par la moule, a affirmé l'Américaine.

– Ils aiment violer, a ajouté celle-ci.

– Et faire la guerre, ai-je complété.

– Et la pornographie, a renchéri celle-là. La pornographie misogyne.

J'ai acquiescé.

– Bia, mon amie, ne parle que de ça. La pornographie tue.

Elle m'a assuré que Bia avait raison.

– La pornographie est un long cours qui apprend à mépriser, à humilier et à tuer des femmes, a-t-elle expliqué.

Une autre a répliqué :

– Mais ne te fais pas d'illusions : nous ne sommes pas puritaines.

– Nous avons le feu à la chatte, a déclaré l'une.

– Des chattes enflammées, s'est écriée une autre en riant.

– Les hommes sont des fumiers, a affirmé quelqu'une.

– Ils aiment frapper, a complété quelque autre.

– Et harceler, a poursuivi celle-ci.

– Ils aiment nous arracher des morceaux du corps, a dit la petite.

– Ils aiment violer, a insisté celle-ci.

– Ils aiment enfiler des bouteilles ou des choses pointues dans notre cul ou dans notre vagin, a confirmé celle-là.

– Empaler, a appuyé quelqu'une.

– Certains préfèrent ne pas tuer pour de vrai. Ils tuent à crédit, a précisé la femme enceinte.

– Ils tuent des chiens. Ils tuent des forêts. Ils tuent des rivières. Ils tuent des femmes. Pas dans cet ordre, a ajouté la rieuse.

– Il y a des hommes savoureux. Avec de l'igname. Ou de la farofa, a contrebalancé une autre.

J'ai dit :

– Mon père… a tué… ma mère.

Alors toutes m'ont regardée.

– Encore une sans mère, ai-je entendu l'une d'elles murmurer.

La Femme aux Pierres Vertes a réclamé le silence.

– Par qui commençons-nous ?

– Par Crisântemo, ai-je répondu.

Toutes ensemble :

– Mort à Crisântemo !

La Femme aux Pierres Vertes :

– Il faut un critère. Un ordre.

J'ai argumenté :

– Il a tué Txupira. Et Rita, la journaliste. Il n'a pas agi seul. Abelardo Ribeiro Maciel et Antônio Francisco Medeiros ont pris part aux crimes. Mais ces derniers, nous les tuerons plus tard.

– Et ton père ? Tu ne veux pas commencer par ton père ?

– Il est déjà mort.

– Nous savons comment le faire revenir. Nous avons ce pouvoir, a dit la Femme aux Pierres Vertes en désignant la pépite de jade dans mes mains.

– Qu'est-ce que je ferais de mon père ? ai-je demandé, troublée.

– Tu pourrais le tuer. De tes propres mains.

– Je préfère tuer ceux qui sont encore vivants. Il y en a tellement.

Alceu & Heroilson & Wendeson & Tadeu & Alberto & Geraldo & Sinval & Dalton & Reinaldo…

La Femme aux Pierres Vertes :

– Alors il vaut mieux commencer par ceux qui s'en sont tirés au tribunal. Ceux qui ont été jugés et acquittés. Même s'ils étaient coupables.

– Je commencerais par Crisântemo, ai-je insisté.

– Vous êtes d'accord ? a demandé la Femme aux Pierres Vertes.

Lances dressées en l'air. Poings levés.

Toutes ensemble :

– Mort à Crisântemo ! Mort à Crisântemo !

Moi :

– J'ai un plan parfait pour l'attirer.

– Magie ? a demandé la rieuse.

J'ai raconté :

– Nous allons nous cacher sur le terrain vague de Rui Barbosa, dans une ruelle sombre et isolée, qu'il est obligé d'emprunter pour rentrer chez lui. Là, il n'y a ni caméras, ni voisins, rien. J'ai observé sa routine. Il se lève tard. Il dit qu'il étudie, mais c'est faux. Il fait semblant de travailler sur les terres de son père. Il passe son temps devant l'ordinateur, à lire et à poster des merdes. Le vendredi soir, il sort en boîte. Il rentre tard chez lui, toujours bourré. C'est là que nous le prendrons. Nous laisserons une voiture arrêtée en pleine rue. Nous utiliserons nos fesses et nos seins comme appâts. Nous dirons : « J'ai crevé… »

Tout à coup, le goût amer de la boisson m'est monté à la bouche.

– Emmenez-la dans la forêt, a ordonné la Femme aux Pierres Vertes.

J'ai fermé les yeux, étourdie. Mon cœur palpitait. Tuer Crisântemo. Cette idée me donnait le vertige.

– Baisse la tête, a dit Marcos.

J'ai vomi un liquide jaune. À l'odeur de cipó. Il n'y avait rien d'autre dans mon estomac. J'ai ouvert les yeux et le lac n'était plus là. Marcos m'a souri.

– Respire profondément.

Je lui ai demandé :

– Comment es-tu entré ici ? Elles t'y ont autorisé ?

– Tu as oublié ? Je suis le fils de l'une d'elles, m'a-t-il rappelé en me prenant la main. Allons marcher. Marcher fait du bien.

K

T'as raté ton avion ? Où es-tu passée ?

J'aimais la façon dont Carla utilisait ses mains quand elle parlait, les joignant comme si elle allait prier, ou les agitant en spirale, d'une manière délicate, gracieuse, comme si elle dessinait des arabesques, des volutes dans l'air, des signes de guillemets, ou encore pointant des détails de ses doigts fins, aux multiples bagues en pierres colorées, aux ongles vernis de bleu marine, avec un ruban jaune de Nosso Senhor do Bonfim*, déjà bien usé, autour du poignet. C'était presque hypnotique. Et c'était dans ce ballet qu'elle attirait mon attention sur les photos de Rita morte au pied de l'escalier, posées sur la table, à côté des rapports d'expertise et du plat de gnocchi à la sauce tomate qu'elle avait elle-même préparé la veille.

La réunion a commencé. Denise a déjà demandé de tes nouvelles trois fois.

– Je l'ai dit à Denis : Serrano est cher. Il n'est plus dans le circuit, il a pris sa retraite, mais je ne connais pas de meilleur expert, a affirmé Carla en me désignant un extrait du rapport.

J'ai lu : « Hématome dans la région lombaire de 12 cm de longueur ; petites marques d'hémorragie interne dans la région cervicale côté gauche. Ecchymoses dans la région pectorale. »

Elle a ajouté :

– En considérant la hauteur de l'escalier, la taille et le poids de Rita, s'il s'agissait d'une chute, d'après Serrano, l'autopsie aurait détecté des traumas internes et externes plus significatifs. Serrano trouve aussi bizarre qu'il n'y ait aucune égratignure prononcée. Aucune trace de sang n'a été relevée sur les marches.

– Alors il écarte la piste de l'accident ?

– Du calme. Il manque quelques examens. Pour l'instant, nous n'avons que des évidences.

Pourquoi tu ne décroches pas ? Carla avait passé la matinée avec Denis, à confronter les rapports initiaux, attestant une mort accidentelle, à ceux de Serrano.

Elle a complété :

– Les examens écartent aussi d'éventuels problèmes cardiaques. N'oublions pas que Rita était sportive.

Carla ouvrait une bouteille de vin quand la sonnette a retenti. J'ai profité du fait qu'elle aille ouvrir la porte pour consulter mon portable. Sept appels manqués de Bia. Quatre messages. Premier message : *T'as raté ton avion ? Où es-tu passée ?* Deuxième message : *La réunion a commencé. Denise a déjà demandé de tes nouvelles trois fois.* Troisième message : *Pourquoi tu ne décroches pas ?* Quatrième message : *Décroche, putain*, et mon téléphone a sonné. C'était de nouveau Bia.

Préparer le rapport final de mes trois semaines de travail à Cruzeiro do Sul m'avait demandé un boulot monstre : vingt-huit procès, dix-neuf condamnations, huit acquittements et une nullité de jugement pour manquement à l'obligation d'impartialité du jury. J'avais annexé les actes, photos, commentaires, ainsi que mes analyses, et tout envoyé au cabinet dans un e-mail où j'expliquais que deux affaires étaient encore ouvertes et d'une certaine façon liées, et que je désirais continuer à les suivre : le procès des assassins de Txupira et l'enquête sur la mort de Rita.

En même temps que Bia me bombardait de questions à l'autre bout du fil, j'ai vu Paulo entrer dans le salon, après Carla.

– Je n'y crois pas que tu sois encore dans l'Acre, s'est exclamée Bia au téléphone.

Paulo m'a embrassée sur le front et s'est assis à côté de moi.

– La campagne judiciaire est terminée. Je t'ai dit que Denise te veut ici.

Carla est allée à la cuisine chercher assiette et couverts pour Paulo.

– Tu trouveras tous les détails dans mon e-mail, ai-je répondu avant de raccrocher, sans dire au revoir.

Paulo nous regardait, curieux, attentif, réceptif, attendant que nous le mettions au courant, que nous l'incluions dans notre conversation, mais Carla a continué à parler des hématomes et des ecchymoses pointés par la nouvelle expertise comme s'il n'était pas là. À la fin du déjeuner, elle a désigné de sa fourchette salie de sauce tomate la partie du rapport qui décrivait des lésions sur le cartilage thyroïde et conclu :

– Une des hypothèses est que Rita a été frappée à la tête, probablement par-derrière, avant d'être étranglée puis jetée dans l'escalier, déjà morte.

Nous avons pris le café sur la terrasse. Paulo n'allait pas bien. Il est resté là, silencieux, avec sa présence douce, à nous regarder, et quand Carla s'est tue, il nous a demandé si nous avions lu les commentaires des lecteurs de l'article en ligne portant sur la décision du juge de prononcer la nullité du jury dans l'affaire Txupira. Le reportage avait été publié la veille, avec un entretien de Carla, dont une photo illustrait la page.

J'ai remarqué une tension entre eux. Paulo a ouvert son téléphone, nous a montré le reportage et s'est mis à lire : « espèce de traînée *paulista* », « celle-là se tiendra tranquille seulement quand elle aura la bouche pleine de fourmis », « un cul bon pour le barbecue », « tout ce que je ferais avec cette petite chatte », « salut Carla, quand est-ce qu'on baise ? », « je pourrais lécher le PQ utilisé par cette avocate générale », « elle doit super bien sucer ».

– Pourquoi lire ce genre de merdes ? a-t-elle demandé.

Paulo était inquiet. Il avait raison. Je l'étais moi aussi. La mort de Rita nous avait tous préoccupés. De l'avis de Carla, cependant, Paulo cherchait juste un prétexte pour « s'incruster chez elle une fois pour toutes », selon ce qu'elle m'a confié plus tard.

– J'ai un peu perdu patience avec Paulo, m'a-t-elle raconté. Il a un côté un peu bipolaire. Depuis qu'on se connaît c'est comme ça. Tout d'un coup, il s'enthousiasme pour, disons, l'ébénisterie, c'est juste un exemple, je pourrais en citer d'autres, il en parle et parle et parle et dit qu'il voudrait ouvrir un atelier de fabrication de meubles, parce que ça va marcher, parce qu'il est fait pour monter un atelier de fabrication de meubles, qu'il a mille idées de commerce, fabrication et restauration de meubles, des meubles rustiques, des meubles « différents », des meubles faits avec du bois de démolition ou que sais-je, et il suit une formation de menuiserie en ligne, et on achète marteau et mèches et scie circulaire et mètre et perceuse et scie sauteuse et niveau, et, en fin de compte, il finit par dégoter un petit boulot de maître-nageur sauveteur sur une plage publique. Et il perd son enthousiasme pour le merveilleux monde des meubles. Et il trouve mille excuses pour ne pas monter sa boîte. Parce qu'il y a déjà beaucoup d'ateliers dans la ville. Parce qu'il n'existe pas de marché pour le type d'ébénisterie qu'il veut faire. Parce que le Brésil c'est merdique. Parce qu'au Brésil on paie beaucoup d'impôts. Parce qu'ouvrir une micro-entreprise au Brésil c'est un truc de dingue. Et tout ça c'est vrai, mais quand je découvre qu'il n'a même pas sorti ces putains de mèches de leur emballage, ça me met en boule. Et il retombe dans sa dépression. Il est déprimé de glander à ce point sur la plage, parce qu'il y passe toute la journée sous un soleil de plomb. Et il démissionne. Et là, il se met à réfléchir : et si j'ouvrais une petite affaire de jus ? De jus exotiques ? Avec les fruits d'ici ? Jus de bacuri. De péqui. De graviola. De corossol. Jus d'ingá. De cajarana. D'apuí. Il sort de sa dépression et plonge dans la folie du jus. Et il se relance dans des recherches. Et tout d'un coup je me retrouve avec plein de choses à lire sur le potentiel économique du marché des jus. Et on apprend que le gouvernement aide ceux qui veulent se lancer. Alors me voilà à la banque. À parler avec le gérant. Et nous payons une autre formation en ligne : « Comment ouvrir sa petite entreprise ». Et après l'euphorie du jus, la formation sur les jus, vient la dépression du jus. Et le jus meurt, sans être né. Et il ne se passe rien.

– C'est toi qui paies toutes ces formations ?

– Eh bien, en ce moment il est au chômage. Et quand il travaille, c'est toujours un poste précaire. Mal rémunéré. Et il a des problèmes chez lui. Avec son père. Je suis lasse, tu vois ? À son âge, dormir sur un matelas dans le salon de ses parents ? À mon époque, on était adulte à dix-huit ans. Vous, a-t-elle conclu en m'incluant dans le lot, vous mettez du temps à entrer dans la vie.

Pendant que nous rangions la cuisine, elle m'a avoué qu'elle avait du mal « avec les fins ».

– Commencer une relation, pour moi, ce n'est pas un problème. Le problème, c'est d'y mettre un terme. Je n'y arrive pas. Je tourne autour, remets à plus tard, m'invente des excuses, me défile, c'est horrible, je sais pas, je crois toujours que le type va comprendre que je ne suis plus dedans sans que j'aie à me barrer, mais certains mecs ont besoin d'un point final en béton. Alors ils téléphonent, ils insistent : je peux dormir chez toi ce soir ? Et demain ? Et samedi ? Et quand ils n'y arrivent pas, ils veulent devenir indispensables en me faisant peur, en disant qu'il me faut une protection, un homme à la maison. À ton avis, pour quelle autre raison nous aurait-il lu tout haut ces commentaires violents ?

– Qu'est-ce que tu vas faire ?

– Je l'ai déjà fait – et elle m'a raconté que quelques minutes plus tôt, en le raccompagnant à la porte, elle avait changé ses habitudes et dit à Paulo que tant qu'elle n'aurait pas résolu la mort de Rita, qui était liée à la mort de Txupira, elle n'aurait ni le temps ni la tête à rien.

Tu es très autocentrée, me suis-je dit en m'apercevant que je convertissais cette liste de défauts présentée par Carla – les siens et ceux de Paulo – en ma propre liste de défauts : je vivais encore chez ma grand-mère & je n'arrivais pas à mettre un terme à mes relations & je n'arrivais pas à faire confiance aux gens & je n'avais jamais dit à Amir en toutes lettres : c'est fi-ni & je me dérobais sans cesse & je ne savais pas pourquoi je voulais rester dans l'Acre & je n'arrivais même pas à téléphoner au cabinet pour démissionner.

Voilà ce qui occupait mes pensées en conduisant Carla au tribunal cet après-midi-là. Je devais prendre mon téléphone et parler avec ma cheffe, mais au lieu de ça j'ai enfilé un maillot de bain et suis allée nager dans un igarapé près de chez moi. J'ai plongé, me suis allongée au soleil et suis restée là à regarder le ciel, sans réussir à faire autre chose. Comme si mon flux sanguin perdait en vitesse. Ma respiration ralentissait. Tout à coup, j'ai entendu résonner en moi la voix de Zapira, *anô gueda iu ra rauê gueda*, et je voyais les pieds nus des indigènes, sur la terre battue, des pieds enfilés dans des tennis, tongs, vieilles baskets, sandales de plastique, chaussures usées jusqu'à la corde, et mes pieds, tous marquant le rythme, *terô, terô, terô, auê*, les mains de Zapira tressant des lanières de babaçu, et le vent dans les cocotiers, et la Femme aux Pierres Vertes, la promenade dans la sylve, le courbaril géant de plus de trente mètres de hauteur, moi à côté de cet arbre colossal (je suis minuscule sur la photo prise par Marcos), et le symbole de la clé sur ma pierre verte, le bain dans le lac au clair de lune, les guerrières chevelues, mes pensées semblaient être des singes sauvages, sautant de branche en branche, des petites paillotes du village à ma table de travail, pleine d'assassins, de violeurs, d'agresseurs, d'abuseurs, des odeurs de la sylve à la gifle d'Amir sur mon visage, puis à la végétation poussant librement partout, et aux aras, tinamous, toucans, harpies féroces, hoccos, agamis, et au goût du cipó, mes pieds dans l'eau fraîche, et toute cette circulation *paulista*, toutes ces voitures, freinées aux carrefours, et toutes ces heures et minutes, et la climatisation toujours en marche, tout ce temps gaspillé, en attendant que le feu passe au vert, que la file avance, et soudain tous ces immeubles sur l'avenue Paulista, où je travaillais, et tout cet asphalte, et toute cette peur qui dévaste la ville semblaient se mélanger à ma colère, une colère enfouie au fond de moi, tout au fond, et plus je plongeais dans cette colère, plus mes pensées s'agitaient, sautant vers d'autres branches, comme un singe, sautant de mon père au manque de temps dans la ville, et aux audiences, aux procès interminables – un recours de plus et un autre et encore un autre –, et de nouveau j'étais là, présente, avec ce petit bruit agréable d'eau dans mes oreilles, la maraca de Zapira en moi, la couleur du roucou, le goût du cipó, le soleil chaud, mon corps flottant dans la rivière, un monde totalement vibrant qui m'entourait de toutes parts.

Je suis passée au supermarché avant de rentrer à la maison. Puis, les bras chargés de courses, j'ai fait une halte chez le glacier, pour acheter une glace à la graviola que j'ai pris le temps de manger sur la place, assise.

– Ruan, appelait la jeune mère d'un enfant qui venait de récupérer près d'une poubelle un vieux parapluie d'une fois et demie sa taille.

Avec ses bras fins, le garçonnet l'a empoigné à la façon d'un fusil, comme ceux des trafiquants, qui peuvent arracher bras et jambes. Il a monté deux marches, la tétine à la bouche, a sauté une flaque et marché en titubant vers moi.

J'ai éclaté de rire quand il m'a attaquée en disant :

– Haut lapin !

Sa mère est venue le chercher, a jeté le parapluie à la poubelle et je suis rentrée chez moi.

Quand je me suis garée, j'ai remarqué quelqu'un sur ma terrasse.

Mais ce n'est qu'en descendant de voiture que j'ai vu clairement qui c'était : Amir était assis sur les marches, une bière à la main et son téléphone dans l'autre. À côté de lui, une valise de taille moyenne.

– Salut, m'a-t-il lancé en souriant.

8

TUÉE PAR SON MARI

Lilian Maria de Oliveira voulait
monter le volume de la télé
ou le baisser, on ne sait pas au juste.
Cleuber Elias Silva Santos,
son mari,
voulait le contraire,
baisser le volume, si elle voulait le monter,
et le monter, si elle préférait le baisser.
Peut-être parce qu'ils étaient comme ça dans la vie,
chien et chat, huile et eau.
Ce qui est sûr, c'est qu'ils se sont disputé
la télécommande.
La femme a gagné, je présume.
Le mari est allé à la cuisine, a pris un couteau et
l'a tuée
d'un coup infaillible dans le ventre.
« Tu as tué ma mère », lui a dit le fils de

Lilian,
qui a également entendu sa mère pousser son dernier soupir.

L

Cruzeiro do Sul. Ma maison. Ding dong. Amir ouvre la porte avec ce même sourire psychotique qui m'a accueillie sur la terrasse, quelques heures plus tôt. Sans la bière dans les mains. Ni la valise. Un jeune médecin, à l'allure de jeune diplômé, entre, suivi d'un ambulancier. Je suis sur le canapé, inconsciente. Ou plus exactement : morte. En notant la rigidité *post mortem* de ma mâchoire et de mon cou, le médecin déclare : « Je ne peux plus rien faire. »

Comme le médecin croit que je me suis suicidée, je suis emmenée à l'institut médico-légal. C'est même plutôt rapide, si l'on compare mon cas à celui de la Noire Indizete (poignardée par son petit ami), qui doit attendre, sur l'asphalte froid, à côté de la marmite renversée et des haricots noirs mélangés à son sang, dix, douze, dix-huit heures avant d'être, comme moi, pesée et lavée à l'eau et au savon dans la salle d'autopsie.

Ils m'incisent du cou au pubis et examinent mes viscères. À la recherche de lésions, trous, tissus rongés par le poison. Ils ouvrent mon cuir chevelu d'oreille à oreille. Remuent mon cerveau. Prennent une scie électrique pour découper le haut de mon crâne. Mes pensées, hélas, sont mortes. Sinon elles passeraient aussi par un examen minutieux, comme mon cœur et mes tripes.

Le rapport indique un suicide par ingestion d'une combinaison explosive de somnifères, d'alcool et d'une pincée de mort-aux-rats. Une lettre, trouvée par Amir à côté de mon lit, corrobore la version de l'auto-homicide.

« *Amir, ramène mon corps à São Paulo, je veux y être incinérée et que mes cendres soient répandues sur la plage des Cabritas, où nous avions passé le réveillon. Notre amour est infini. Prends soin de ma grand-mère. Ce n'est pas ta faute.* »

Plus tard, mon billet est ajouté aux pièces du dossier par Amir lui-même, qui raconte s'être rendu à Cruzeiro do Sul après avoir compris que sa petite amie, bibi, faisait une dépression.

La machine judiciaire, mue à la vapeur, est lancée. De nouveaux examens de mes cellules sont effectués. De mon estomac. De mon écriture. Le ou la procureure s'en sert pour montrer que l'écriture du billet suicidaire est celle d'Amir. J'ai été assassinée. En face, la défense engage des putains d'experts et prouve que les lettres D de dépressive, S de suicidaire, M de morbide, O d'orpheline et F de foutue ont les caractéristiques de mon écriture.

Comme je suis blanche, de classe moyenne et jolie pardessus le marché, la presse ne nous lâche pas la grappe. J'apparais tout le temps dans les journaux. Je suis l'étoile morte. Ils utilisent, sans en avoir l'autorisation, des photos que j'ai postées sur le web : moi sur la plage, à la campagne, avec des éléphants au Kenya, sur la tour Eiffel, sur un bateau, avec des amies, moi en train de courir, de manger une glace, de faire du yoga, moi avec Amir – pour illustrer la jolie face de la mort (moi = idéal de jeunesse et de pureté) et la stupide incongruité de la vie (l'envers de la vie = demoiselle morte).

Prévenu Amir est aussi un héros. Son exposition est si violente et son accès à la notoriété si vertigineux que nombre de jeunes hommes et garçons commencent à être tentés de tuer leurs petites amies pour avoir eux aussi leur buste dans la dynamique presse en ligne, à l'instar de Prévenu Amir.

Avec tout ça, le système judiciaire passe à la vitesse supérieure *ma non troppo*.

Au procès, qui se tiendrait dans sept, huit ou dix ans si j'étais noire, et qui ne se tiendrait jamais si j'étais pauvre, la défense dirait qu'il n'y a pas de personne au monde plus aimable, plus exemplaire, plus éthique, plus humaine que Prince (*sic*) Amir. Prévenu Amir et moi-princesse morte, nous formions un couple adorable.

Amir, d'après la loi, n'est pas *borderline*. Ni psychopathe. Ni *homo constantissimus*. Amir est *homo medius*. Il éprouve de la jalousie. Ne tolère pas la trahison. Ni la désobéissance. Rien ne le discrédite. Un professionnel exemplaire. Citoyen affable. Électeur de l'actuel président[1]. Applaudissements, s'il vous plaît.

Et moi, pour la loi, je suis Ève. Messieurs, elle a mangé la pomme, dira la défense. Pour me trouver, il suffit d'un

1. Référence à Jair Bolsonaro, président du Brésil à l'époque de la parution du livre en 2019.

coup d'œil au *Malleus Maleficarum*. Je suis là, à la gauche de Prévenu Amir. Nue. J'ai des intentions diaboliques. Je couche avec le démon. Messieurs, cette jeune femme a préparé des potions à base de peau de bouc et d'œil de serpent. Savez-vous ce que cela signifie ?

Ils me dissèquent tout entière au cours du procès. À quoi servaient mes ongles vernis de rouge, au final ? À griffer. Et ma bouche ? À sucer sa queue. Et mes seins ? À allaiter. Et ma langue ? À maudire et cancaner. Et mes mains ? À laver, cuisiner et repasser. À émincer, écraser, pétrir et jeter. Et mon sexe ? À procréer et trahir. Et mes fesses ? À faire joli sur les panneaux publicitaires.

Mes pensées tournaient en tourbillon tandis que j'attendais l'arrivée d'Amir au restaurant que je lui avais indiqué quelques minutes plus tôt.

J'avais refusé de lui parler sur la terrasse de ma maison. Je ne l'avais même pas invité à entrer, je l'avais vu et j'étais retournée à la voiture, effrayée. Au final, j'avais lu trop de plaintes de femmes assassinées par leur mari, petit ami, frère, père, ex-petit ami, amant, pour lui dire simplement : « Salut Amir, entre, on va boire un café pendant que je mets officiellement fin à notre relation. »

C'est à la maison que nous mourons. C'est au moment des adieux qu'ils nous tuent.

– Rejoins-moi au restaurant Pomar, lui avais-je crié déjà dans le véhicule.

J'avais eu le temps de l'entendre répondre :

– Je n'ai pas de voiture !

Argh ! Qu'il marche. Qu'il rampe. Qu'il prenne un taxi. Mais moi, je n'allais pas faire monter dans ma voiture un homme qui m'avait giflée.

– Tu vois ce que tu as fait ? ai-je demandé à ma grand-mère au téléphone. Il est ici maintenant.

– C'est un bon garçon. Et il se languit de retourner avec toi…

– Ce n'est pas un bon garçon. Je ne veux plus que tu lui parles. Plus jamais, compris ?

– Aller dans l'Acre, c'est une preuve d'amour.

– Il m'a collé une gifle en plein visage, ai-je crié en sentant immédiatement l'impact de cette révélation sur mon corps.

J'avais l'impression que tout mon sang se concentrait sur mon visage, et que les battements de mon cœur résonnaient dans mon estomac.

J'ai presque pu entendre ma grand-mère s'effondrer à l'autre bout du fil.

– Il a fait ça ?

– Oui.

Long silence.

– Il t'a tapée ?

– Oui.

– C'est pour ça que vous vous êtes séparés ?

– Oui.

– Quand ?

– À la fête chez Bia.

– Quoi d'autre ?

– Y a besoin d'autre chose ?

– Tu me caches quelque chose ? Je veux savoir exactement ce qui s'est passé.

– Une gifle. Et il m'a traitée de salope.

– Pourquoi ?

– Pourquoi quoi ? Tu veux savoir si je le méritais ?

– Ne me dis pas ça. Pas à moi ! a-t-elle crié.

Long silence.

Ma grand-mère :

– Il t'a violée ?

– Non.

– Amir t'a violée et tu ne veux pas me le dire.

– Il m'a mis une gifle. Pour moi, une gifle en plein visage est un viol moral.

– Je veux tout savoir.

– Il arrive. Je dois raccrocher.

Ma grand-mère s'est mise à crier à l'autre bout du fil.

– Ne parle pas avec lui. Ne le laisse pas s'approcher. Va-t'en tout de suite.

J'ai raccroché.

– Salut, Amir.

Il a posé sa valise à côté de la table et s'est assis. Mon téléphone s'est mis à sonner.

– Tout le long du chemin je me suis senti le plus infâme des hommes, a-t-il déclaré. Tu as peur de moi. Et le pire, c'est que c'est moi qui ai suscité cette peur.

Le serveur s'est approché pour prendre notre commande.

– Tu veux un jus ? lui ai-je demandé.

– Peu importe.

J'ai commandé un jus de fruit de la passion pour nous deux. Quand le serveur s'est éloigné, il a affirmé, avec une certaine solennité, que jamais, plus jamais, jamais, jamais, jamais, jamais, jamais il ne me lèverait de nouveau la main dessus. Plus jamais.

– Tu me crois ?

– Je te crois, ai-je menti.

J'avais décidé de ne pas batailler. De ne pas énerver. Ne pas contrarier. Ne pas diminuer. Ne tendre aucune perche. Ne mordre à aucun appât. Je voulais juste rompre.

– J'avais pris un acide à cette fête, a-t-il déclaré. Je n'étais plus du tout moi. Tu ne m'as jamais laissé une chance de m'expliquer.

– Je comprends.

– Tu me pardonnes ?

– Bien sûr que oui. Les acides libèrent la bête qui est en nous.

Ma grand-mère n'arrêtait pas d'insister. J'ai dû éteindre mon téléphone.

Amir a posé ses mains sur les miennes.

– Si j'avais su ce qui est arrivé à ta mère…

– … tu ne m'aurais jamais giflée, ai-je complété.

Je ne savais même pas comment cette phrase était sortie de ma bouche. Je ne voulais pas batailler. Mon but était d'adopter la stratégie des libellules femelles qui dégringolent du ciel et restent inertes au sol, faisant les mortes, une tactique pour se défendre des mâles reproducteurs.

– J'allais dire autre chose.

– Je sais ce que tu allais dire. Tu allais dire : « Punaise, ça doit être super chiant que ton père ait tué ta mère, et après ça, par-dessus le marché, que je te flanque une gifle. Super chiant. » Intérieurement tu dois te dire que les femmes de ma famille n'ont vraiment pas de bol : l'une est déjà dans la tombe, l'autre commence à se faire frapper, ça fait beaucoup de terreur matrimoniale pour une seule et même famille.

Arrête avec ça, me suis-je ordonné mentalement. Si Amir est comme les hippopotames qui chient et étalent leur merde partout dans la tentative d'envoûter une femelle, moi je ne peux être que comme les libellules mortes-vives, ne sois pas débile, ne sois pas suicidaire, ne dis rien, rien, dis juste que c'est toi le problème, sois une fausse libellule, dis que tu n'arrives pas à tisser des liens, accuse ta mère assassinée, ta grand-mère dominatrice, laisse-le se sentir le mâle victorieux, laisse-le avoir de la peine pour toi et tire-toi de cette impasse le plus tôt possible.

Le serveur a apporté les jus.

– Le problème c'est moi, ai-je affirmé en essayant de reprendre mon plan en main.

Aujourd'hui je regrette de ne pas avoir pris une photo de la tête d'Amir à ce moment-là.

– C'est moi, ai-je répété. Je n'arrive pas à tisser des liens avec un homme qui me donne une gifle. C'est un de mes défauts, tu vois ? Une déformation professionnelle. Je préfère les hommes non violents. Les hommes aimables. C'est un comportement déviant, je sais. Mais, pour moi, un homme qui gifle une femme s'entraîne juste à faire ce qu'il aime le plus, c'est-à-dire tuer des femmes. Je ne sais pas pourquoi, mais je n'arrive pas à baiser avec des assassins potentiels.

Amir a longuement soupiré. Deux taches de sueur ont commencé à apparaître sur le t-shirt qu'il portait.

– Écoute, Amir. Je sais que tu te sens mal. Moi aussi, je me sens mal.

Son téléphone s'est mis à sonner. Il a pris l'appareil et m'a montré l'écran sur lequel clignotait le nom de ma grand-mère.

– Ma conseillère, a-t-il commenté fièrement en voulant me faire plaisir. Bonsoir, dona Yolanda, a-t-il dit en décrochant. Devinez qui est ici près de moi ?

C'est tout ce qu'il a réussi à dire. D'où j'étais, je pouvais entendre le bourdonnement furieux de dona Yolanda à l'autre bout du fil. Amir est resté planté là devant moi, le téléphone collé à l'oreille, à écouter et pâlir, écouter, écouter, on aurait plutôt dit une voiture sur une ligne de démontage, perdant ses roues, son volant, son essieu. Je ne sais pas ce que ma grand-mère lui a dit. Mais quand il a raccroché, ce que j'avais devant moi n'était qu'un vague souvenir de l'Amir que j'avais connu par le passé.

Nous avons bu le jus, en silence.

– Je vais essayer d'avoir un vol pour Rio Branco ce soir, a-t-il déclaré.

J'ai haussé les épaules. Et bu une nouvelle gorgée de mon jus, en faisant cette fois du bruit avec ma paille. Il détestait ça quand on était ensemble.

– Si je dois rester jusqu'à demain matin tôt, quel hôtel me conseilles-tu ?

– L'Eldorado. Ou l'Excelsior.

– Je ne me le pardonnerai jamais, a-t-il dit en se levant.

Il a sorti son portefeuille de sa poche, mais je ne l'ai pas laissé payer.

– Ce soir tu es mon invité.

Shhhhhuuuuupppp, encore un petit bruit de paille.

En sortant, il a tenté de m'embrasser sur la joue. J'ai été plus rapide, lui ai tendu la main, comme si je pointais sur lui une épée.

De la voiture, j'ai appelé ma grand-mère.

– Qu'est-ce que tu lui as dit ?

– Que maintenant je savais pour la gifle. Que s'il ne partait pas en vitesse, s'il ne se tenait pas loin de toi et de moi, j'irais sur son lieu de travail et je taperais un scandale comme il n'en a jamais vu de sa vie. Et que si ça ne marchait pas, j'engagerais un tueur professionnel pour en finir avec lui. Et que, après lui avoir éclaté la cervelle, mon homme de main particulier tuerait sa sœur, son père, sa mère, qu'il ne resterait plus personne de sa famille pour perpétuer la lignée. Il n'oubliera jamais mon coup de fil, ma chérie.

J'ai éclaté de rire, euphorique. Nous avons passé un moment à rire ensemble. Je lui ai redemandé et elle a répété toute l'histoire à trois reprises, et à chaque fois on riait davantage. Dis-moi exactement, je lui disais, je veux que tu me racontes exactement pareil, j'insistais, elle répétait encore une fois, et encore une autre, et je me sentais étrangement émue, comme pendant cette nuit de pleine lune où les guerrières des Pierres Vertes et moi étions parties chasser Crisântemo à l'aide de nos arcs et nos flèches, mon excitation de mettre le violeur dans le coffre de ma voiture, ma satisfaction de l'emmener dans la forêt, où nous avions frappé son visage jusqu'à ce qu'il ne reste plus une seule dent entière dans sa bouche, hahahahahaha, et nous avions crevé ses yeux de nos lances, hahahahaha, et coupé la bite du violeur, hahahahhahahahahahahhahahahahahahaha, cette même bite qu'il avait enfilée de force dans la chatte de Txupira avant qu'ils la suspendent au croc de boucher, mon bonheur de couper les jambes et les bras de Crisântemo, comme ça avait été bon, nous avions haché Crisântemo, haché menu, mis ses morceaux dans une marmite, tout bien fait mijoter, et ensuite nous avions nourri nos chiens sauvages, nos loups, nos jaguars farouches, nos ocelots insatiables.

– Ne dors pas chez toi ce soir, m'a demandé ma grand-mère avant de raccrocher.

C'est ce que j'ai fait. Je suis allée chez Marcos et j'y ai passé toute la semaine.

DELTA

O-bla-di O-bla-da life goes on, brah, lala how their life goes on. Le rituel est toujours le même. Tout se passe autour du lac, au beau milieu de la forêt, là où nous, guerrières, nous nous réunissons, mais cette fois avec des flèches plus grandes, ornées de plumes d'hirondelles, qui peuvent traverser les océans. Alors nous nous baignons, nous recevons notre pierre verte du jour et nous suivons le rituel avec de petites variations. Au lieu de chanter *terô, terô, terô, auê, ano gueda iu ra rauê gueda*, je leur apprends à chanter *O-bla-di O-bla-da life goes on, brah*, et je me mets à fredonner ça machinalement en voyant le signe mystérieux de la clé gravé dans ma pierre verte, un signe qui soudain me renvoie à la vision d'un trousseau de clés se balançant sur le contact d'une voiture qui ne m'est pas familière, les clés brillent et cliquettent, j'ai peur, je suis enfant, je suis sur la banquette arrière et je vois que, sur le tableau de bord de cette voiture que

je ne connais pas, à l'odeur étrange, la radio est allumée, et diffuse la chanson *O-bla-di O-bla-da life goes on, brah*, et cette vision se dissipe, comme de la fumée, et les guerrières chantent avec moi, *O-bla-di O-bla-da life goes on, brah*. Elles ne veulent pas connaître le reste des paroles, l'histoire de Desmond & Molly ne les intéresse pas, ce qu'elles aiment c'est *O-bla-di O-bla-da*. Pour elles, Desmond n'est qu'un mari & un mari, un petit ami, un frère, un père, un grand-père, un oncle, un cousin, un voisin, n'importe lequel d'entre eux est un ennemi, pourquoi s'occuper des ennemis si nous nous trouvons au final sur une terre sans hommes ? En plus, Desmond – c'est bien probable – ne tolère même plus que Molly chante la nuit dans son groupe à elle. Et Desmond, au lieu de donner à Molly un anneau doré de vingt carats, la pousse, la frappe, la viole, et le joli petit visage de Molly a maintenant un œil au beurre noir et une coupure aux lèvres, et le foyer qu'ils ont bâti est un abattoir pour Molly, donc les guerrières s'en fichent d'entendre quoi que ce soit sur Desmond, *O-bla-di O-bla-da*, chantent-elles bien fort, enthousiastes, et la plus emballée, celle qui crie le plus fort *O-bla-di O-bla-da*, c'est Txupira. Txupira est avec nous d'une façon très différente de ce qui apparaît dans les rapports d'expertise, sans blessures, sans lésions, sans tessons de verre dans l'utérus, sans côtes cassées, sans yeux crevés,

sans mutilations, elle est entière, en bonne santé, hormis le fait qu'elle n'a plus son sexe. On lui a mis le même bandeau noir que certains censeurs, à certaines époques, mettent sur certains endroits.

– Où est le vagin de Txupira ? je demande, et les guerrières me racontent que le vagin de Txupira est à présent libre, aérien comme un oiseau, et qu'il a pour mission de poursuivre et terroriser les assassins.

– C'est ce que nous avons coutume de faire avec les pratiquants du sexe illicite, m'expliquent-elles en riant.

Elles aiment vraiment cette histoire. Elles s'esclaffent. Hilare, l'une d'elles me raconte que, pendant les attaques, le gland des clitoris volants se durcit et se transforme en un bec aussi dur et résistant qu'une mèche, « une version plus mortelle de la *vagina dentata* ». Imagine qu'eux, les frappeurs, les tombeurs, les terroristes sexuels, sont, par exemple, dans la salle de classe, et tout à coup slash, ils se prennent en plein front un coup de vagin de Txupira, qui troue leurs cerveaux avec l'efficacité d'une perceuse électrique. Mais d'abord, le vagin de Txupira plane au-dessus d'eux et pisse sur leurs têtes.

– Et ce n'est pas tout, poursuit une autre, nos vagins volants ont le même pouvoir qu'un anaconda, ils peuvent avaler un violeur tout entier, schlup, d'un seul coup, pour ensuite le vomir sur la terre des morts.

– Attendez de voir ce que nous allons faire à cet homme qui aime attraper les femmes par la moule, prévient une autre.

Les guerrières, y compris Txupira, se tordent de rire quand on aborde le sujet, elles se plient en deux, tapent des pieds et des mains en imaginant les mâles, effrayés, fuir nos vagins volants.

Ça se passe ainsi : une partie de la réunion sert à nous amuser. L'autre est du travail pur et dur.

Alors, après avoir ri et chanté et nagé, la Femme aux Pierres Vertes demande finalement :

– Qu'allons-nous faire aujourd'hui, les filles ?

J'ai déjà tout préparé et je prends la parole :

– Voici les photos d'Abelardo Ribeiro Maciel & d'Antônio Francisco Medeiros qui, à mon avis, devraient connaître le même sort que Crisântemo. En fin de compte, ils ont tous les deux aidé Crisântemo à tuer Txupira.

Txupira aime l'idée. Txupira veut casser chacun de leurs os à tous les deux, sans en oublier aucun, en commençant par leur colonne vertébrale, leurs bras et leurs jambes, avant de pousser le raffinement de la méchanceté en martelant leurs mains, pieds et doigts avec son bâton de caboatã. Txupira veut crever leurs poumons, et pour ça elle a toujours sur elle ses flèches aux pointes de taquaraçu très affûtées. Elle veut aussi arracher leurs cœurs. À mains nues. Elle détaille tout ça en se curant les ongles, encore rouges de sang.

– Jusqu'à quand allons-nous tuer des Blancs riches ? demande la plus grande.

Une autre commente, en bâillant :

– Moi aussi j'ai une liste énorme d'hommes à tuer.

J'insiste sur le fait qu'Antônio Francisco Medeiros et Abelardo Ribeiro Maciel doivent mourir. Je n'en comprends pas la raison, mais j'ai un rôle à jouer là-dedans. Elles parlent tout en me regardant.

– Hé, s'exclame la Femme aux Pierres Vertes. Notre haine est multiusage. Nous pouvons l'employer de nombreuses façons. Nul besoin de passer notre temps à guerroyer contre eux.

– Il y a une différence fondamentale entre mono-haine et haine multiusage, explique une autre.

– Différence de civilisation, poursuit cette autre.

– C'est pour cette raison que les hommes ont été expulsés d'ici, assure la Femme aux Pierres Vertes.

– On parle de quoi, là ? demandé-je. Alors maintenant on va devenir gentillettes ?

– Il faut qu'elle comprenne, dit l'une.

« Elle », c'est moi, bien sûr.

La Femme aux Pierres Vertes reprend :

– C'est un fait que les hommes ont des élans d'agressivité, nous en avons tous, mais les hommes, eh bien, ils sont… hum… pense à un réservoir d'agressivité : chaque fois que les hommes reçoivent un non, chaque fois que quelqu'un (et surtout quelqu'une) leur désobéit, chaque fois qu'ils bataillent dans les bouchons, qu'ils perdent les élections, qu'ils perdent la face, qu'ils perdent un pari, un jeu, de l'argent, chaque fois qu'ils prennent une cuite, qu'ils sont réprimés, qu'ils ratent quelque chose, qu'ils ne bandent pas, que nous rions d'eux, qu'ils sont rejetés, leur réservoir se remplit un peu plus. Et s'ils se prennent un nouveau savon de leur chef, si leur équipe perd encore le championnat, si leur monnaie perd de la valeur, si la voiture de devant leur fait une queue de poisson, si leur ami reçoit une augmentation, eh bien tout ce sentiment de contrariété jette de l'huile sur le feu, toute cette énergie s'accumule dans le réservoir d'agressivité, qui se remplit, se remplit, et déborde d'agressivité contenue, et cette agressivité doit périodiquement être déchargée, pour ne pas faire exploser le réservoir ou même le tuer d'une attaque cardiaque. Alors vient la décharge. Les vannes s'ouvrent. Et toute cette fange tombe sur qui ? Sur les femmes. Tuer des femmes est la soupape de sécurité de la monohaine des protomachos. Bien sûr que je parle d'une façon générale. Une partie des protomachos déverse sa fange sur les homosexuels, les immigrés, les transgenres, les Noirs, les pauvres, mais la majorité, la grande majorité, concentre toute sa haine sur les femmes. Le protomacho est mono-agressif. C'est pour cette raison qu'ils ont été bannis de notre paradis. Alors que notre haine sert à beaucoup de choses. Nous sommes ici pour en parler : que faisons-nous de notre haine ?

– C'est clair, répliqué-je, là d'où je viens, je peux dire que nous nous démenons. Nous battons des records tous les jours. Nous dirigeons de grandes institutions, faisons des rétroplannings pour organiser le futur, montons des plans, tombons comme des mouches, gagnons moins que les hommes, sommes de tous les combats, portons plainte au commissariat, participons à des marathons, suivons des régimes horribles, des régimes inhumains, manœuvrons des machines, quittons, mangeons mal, préparons des plannings aussi imbriqués que les symphonies de Beethoven, décrochons des sous-emplois, nettoyons le sous-monde, nous coupons en quatre, devenons amaigries, émincons et cuisinons, mourons de peur, nous allions à nos ennemis, nous trahissons, nous dédoublons à l'infini, lavons des sanitaires, sommes assassinées, avons faim, avons des amants, pleurons dans les bras de notre mère, sommes trahies, sommes esclaves dans notre propre maison, trahissons, quittons et nous remarions, nous vivons dans la peur, nous racontons notre tragédie au commissaire de police (qui nous rit au nez) et nous concevons de grandes stratégies. De grandes opérations. Nous, femmes, hautement spécialisées, hautement exploitées, hautement domestiques, nous sommes totalement stressées. Nous travaillons dix-huit heures par jour. Dix-huit heures par jour, voilà notre journée de travail. Toujours la peur au ventre. Un travail dur. À la maison comme à l'extérieur. À nettoyer la saleté. À organiser. À répondre. À planifier. À prendre des coups. À ranger des tiroirs. À tomber enceintes. À conduire. À laver et repasser. Nous sommes efficaces. Ça met les hommes face à un dilemme. C'est une question de temps. Nous allons occuper toutes les places. Nous allons les déloger. Du centre. Nous allons les mettre à côté de nous.

– Nous avons déjà essayé de le faire, indique l'une.

Une autre complète :

– Ça ne marche pas.

Une troisième :

– Ils sont violents.

Moi :

– Nous avons un grand avantage : nous avons un vagin, nous.

Elles rient.

– Vous êtes à un stade inférieur, affirme une autre.

– Il suffit de les bannir, suggère celle-ci.

Celle-là :

– Nous les utilisons avec parcimonie. Seulement pour la procréation.

– Beaucoup d'espèces font pareil. Certaines les tuent après l'accouplement. Nous sommes gentilles, déclare la plus petite.

– Ce n'est pas le débat, réplique la Femme aux Pierres Vertes. Revenons à la question initiale. Qu'allons-nous faire maintenant ?

Je dis :

– Nous avons des priorités.

– Nous pouvons choisir, suggère celle-ci. Il y a des femmes qui utilisent leur haine pour peler du manioc.

Moi :

– S'il vous plaît : pelez du manioc quand je ne serai plus parmi vous. Je suis venue pour autre chose. Nous avons une mission à terminer – et j'insiste sur le fait qu'Abelardo Ribeiro Maciel et Antônio Francisco Medeiros doivent mourir.

– Ils font partie d'un trio important.

– Mort à eux deux ! crie Txupira.

C'est l'engagement de Txupira qui les convainc.

– Quel est le plan ? demande la Femme aux Pierres Vertes.

J'ouvre le sac en tissu que je porte. Il contient des armes à feu. Noires comme les ailes de la graúna.

Elles laissent de côté arcs et flèches et, peu à peu, se saisissent de mes armes, curieuses. L'une d'elles chantonne doucement *O-bla-di O-bla-da*.

– Nous allons apprendre à les manier d'ici peu, mais d'abord regardez ça, dis-je en tirant de ma poche une carte que je déplie sur l'herbe.

Toutes les guerrières se rassemblent autour de moi.

Et je commence à dérouler mon plan.

M

Marcos avait un plan.

– Pour comprendre l'idée générale, tu dois croire que Cruzeiro do Sul est une réserve mystique, privilégiée, l'endroit où se tiendra le mouvement final de l'évolution de l'espèce, la dernière étape d'une révolution spirituelle qui a débuté loin en arrière avec les Égyptiens et tout et tout, qui s'est poursuivie en Terre sainte, dans un sens orienté par la rotation solaire, de l'Orient vers l'Occident, et qui, comme nous le savons, se termine ici, sous nos pieds.

Pour Marcos, ce n'était pas un hasard si la ville regorgeait de loges maçonniques, de centres spirites et de terreiros* de candomblé.

– Ici, tu ne verras personne détruire des maisons d'umbanda, ou se bagarrer pour des questions de religion, comme dans d'autres villes du Brésil. Et c'est précisément ce mouvement spirituel qui garantit l'authentique œcuménisme fraternel de Cruzeiro do Sul.

D'après lui, ce n'était pas non plus « une simple coïncidence » s'il existait pile dans cet endroit de la planète une forte tradition chamanique associée à l'usage du carimi, « qui nous permet d'échanger personnellement avec Dieu et avec les morts ».

– Une des tâches les plus importantes du nouvel ordre planétaire sera de s'occuper du traumatisme des animaux qui ont souffert de la cruauté humaine. Tu n'imagines pas à quel point la faune est furax contre nous. Je ne parle pas seulement des bœufs, des vaches et des poules, qui vivent et meurent de la façon la plus cruelle qui soit. Les abeilles sont furieuses, et les baleines, punaise, t'imagines pas à quel point les baleines sont révoltées de devoir avaler des tonnes de sacs plastique ; les jaguars sont déprimés, et les singes, et les grenouilles aussi, presque toutes les espèces animales nous détestent profondément, parce que nous avons généré un massacre d'animaux sans pareil dans l'histoire du monde. En matière d'éradication, nous sommes plus puissants que les incendies, les inondations, les cyclones et les tremblements de terre. Rien n'égale le pouvoir humain quand il s'agit d'éradiquer la vie animale.

Le plan de Marcos était d'ouvrir, dans le futur, un centre de rétablissement pour animaux traumatisés, en utilisant le cipó comme base du traitement. Il faisait déjà des expériences avec son propre chien, Tadeu, qui, ayant été énormément battu par son ancien maître, avait pris l'habitude de manger de la merde.

– Regarde comme les animaux sont intelligents. Tadeu s'est mis à manger du fumier de cheval, de vache et de chèvre pour se rendre malade, parce qu'il savait que s'il était malade, il ne serait pas battu.

Je lui ai demandé s'il avait connu l'ancien maître de Tadeu.

– Ta question devrait être tout autre : comment ai-je su que mon chien mangeait des excréments ? Tu vas peut-être me prendre pour un taré du cipó de plus, mais je vais quand même te le dire : je parle avec mon chien. Je ne veux pas dire que je suis comme certaines vieilles solitaires qui parlent devant leurs chats, en pensant qu'il s'agit d'un dialogue inter-espèces. Ma discussion avec Tadeu est autre chose. Le cipó nous place dans un état mental où l'on peut atteindre un mode de langage universel. Sans recourir aux mots. C'est un échange d'expériences. Je lui transmets mon amour, ma joie, ma tristesse, et Tadeu fait pareil. Mais à un niveau informatif. De contenu. C'est Tadeu qui m'a fait comprendre que toute notre faune est terriblement traumatisée par le comportement des humains. Tout ce que nous avons fait, ces derniers siècles, a été de maltraiter et détruire des espèces entières.

Chaque fois que nous visitions le village Ch'aska, Marcos parlait avec Zapira de son projet de création d'un modèle de clinique vétérinaire compatible avec le nouvel ordre à venir. Zapira l'écoutait en silence, humant son rapé*, fumant son cigare d'herbes, songeuse, douteuse, sans savoir si elle allait lui fournir le cipó nécessaire à ses expériences, jusqu'alors réalisées avec les doses fournies par sa mère, la cousine de Zapira, qui remplissait en cachette deux ou trois bouteilles en plastique pour les donner à son fils, en lui demandant toujours d'être discret.

J'ai raconté tout ça à Carla le soir de son anniversaire, tandis que nous mangions une glace chez elle. Elle était particulièrement triste ce jour-là. Quand je suis arrivée, avec des fleurs, du vin et de la glace, j'ai été surprise d'apprendre que j'étais la seule invitée du repas qu'elle n'avait finalement pas préparé, tant elle était épuisée. Nous avons dîné de glace, sur sa terrasse, pendant qu'elle me racontait sa semaine difficile au tribunal, passée à défendre des femmes de ce que la justice appelle des infractions mineures : insultes, lésions corporelles bénignes, maltraitance, violation de domicile.

– Ça n'en finit jamais. C'est comme éponger le sol alors que le robinet est ouvert. Une femme misérable sort, une autre entre. Mon travail, basiquement, c'est de m'occuper d'une file interminable de femmes dans le pétrin. Entre les audiences, elles viennent me parler. Elles se sentent hyper coupables. Beaucoup aiment encore les hommes qu'elles ont dénoncés. Elles veulent retirer leur plainte, que le procès s'achève, mais la loi ne le permet pas. « On a tout arrangé entre nous », me disent-elles, « on ne peut pas s'arrêter là ? » Je leur explique que c'est impossible, et elles s'énervent contre moi. Si le mec est déjà en prison, elles souffrent parce que les enfants sont loin de leur père. Parce qu'elles se sentent vulnérables. Parce qu'elles veulent garder le noyau familial. Parce qu'elles sont fauchées. Parce qu'elles n'ont même pas les thunes pour rendre visite à leur mari en prison. Et si elles les ont, elles souffrent dans les files d'attente, des heures et des heures en plein soleil, ou sous la pluie, pour ensuite se sentir humiliées par les agents qui pratiquent les fouilles corporelles intimes. Aujourd'hui j'ai réussi à convertir la garde à vue d'un débile qui avait défiguré le visage de sa petite amie en détention préventive. J'ai cru que la nana allait être contente, mais elle m'a presque agressée. « Je ne voulais pas qu'il aille en prison », elle m'a dit. Je lui ai demandé : « Qu'est-ce que vous vouliez ? », et elle m'a répondu : « Qu'il arrête de me taper. C'est tout. »

– Elle n'a pas saisi qu'il va recommencer, ai-je commenté.

– Mais la détention ne résout pas non plus le problème. La vérité, c'est que si notre meilleure loi pour protéger les femmes de ce type de violence a d'un côté marqué une conquête pour les victimes, d'un autre côté elle a aussi engendré un paquet de problèmes pour ces mêmes victimes. Nous avons tout mis dans le même sac : homicide et insultes, scène de ménage et tentative d'homicide. Ça ne marche pas. Parfois, sérieusement, je me demande ce qu'on fout là. Ce n'est pas le lieu de l'État. C'est une totale inversion du système pénal. On emprisonne pour n'importe quelle raison. On crée une montagne de problèmes pour la famille. Et pour l'État. Parce que la seule chose que notre système carcéral donne au type emprisonné pour avoir tapé sa femme est une compétence criminelle et de la violence. Je ne dis pas que la loi Maria da Penha[1] est mauvaise. Mais elle n'est pas la solution. Et le résultat, le voilà : quand on ne met pas un agresseur en détention provisoire, il est libéré,

1. Loi fédérale du code pénal brésilien promulguée en 2006 et destinée à lutter contre les violences domestiques et familiales faites aux femmes. Considérée par les Nations unies comme l'une des meilleures au monde en matière de violence à l'égard des femmes.

et moins de vingt-quatre heures plus tard on apprend que la première chose qu'il a faite, ça a été d'étrangler et de démembrer la femme qui l'avait dénoncé.

En outre, Carla était contrariée d'avoir perdu son seul substitut.

– À mon arrivée ici, j'en avais deux. Au bout de deux mois, l'État m'en a enlevé un. Et maintenant je n'en ai plus aucun. Il y avait trois juges. Maintenant on n'en a plus qu'un. Il y avait trois avocats commis d'office. Maintenant on n'en a plus qu'un. L'État nous enlève tout. On n'a même plus de café. Et toujours davantage de travail. Parfois on traite vingt affaires en une journée. Vingt. C'est ce que traitent d'autres circonscriptions en une semaine.

Cet après-midi-là, pendant l'une des pauses, elle était allée parler de l'affaire Txupira avec le juge et l'avait trouvé affalé sur le canapé.

– Il m'a dit : « Je n'ai même plus la force de parler. » Je nous ai vus là, tous les deux, et je me suis dit : merde, on est vraiment mal barrés. Avec cette chaleur, on est obligés d'avoir tout le temps la clim allumée, en mode congélation. Les gens ont super froid, ils se plaignent. Alors on éteint la clim. Et quand on ne supporte plus d'être dans une étuve, on la rallume. Et quand on sort, on tombe dans la fournaise des couloirs. De la rue. Et quelques minutes après, on retourne au congélateur. Congélo, four, four, congélo. Et quand la clim est cassée, on cuit pendant les audiences.

Parler du plan de Marcos a allégé l'ambiance étouffante de la conversation. L'éclat de rire de Carla, agréable, sonore, m'a aussi fait rigoler.

– Alors son chien lui parle ?
– Il dit que oui.
– Et il lui dit quoi, par exemple ?
– Il lui a dit qu'avant il mangeait de la merde.
Elle pleurait de rire.
J'ai ajouté :
– Et ça va lui rapporter de l'argent, tu vas voir.
– C'est un bon coup ?
– On s'entend bien. Je l'apprécie.
– Il est pas un peu jeunot pour toi ?
Avant que je réponde, elle a ajouté :

– Je suis mal placée pour te demander ça. Paulo a douze ans de moins que moi. Ça doit être une déformation professionnelle de notre part, tu ne crois pas ? On voit tellement de salauds au tribunal, tellement de fumiers, qu'on en perd l'intérêt pour un certain type d'homme. Le type « prêt ». On pense qu'un mec de vingt ans n'a pas encore eu le temps de devenir un salaud complet. Qu'on peut l'éduquer.

Une demi-heure plus tard, nous étions toutes les deux enivrées de vin devant une horrible émission de télé, de celles qui enferment des gens dans une maison et les laissent se faire la guerre pour une période indéterminée, s'entretuer et gagner des récompenses. J'ai trouvé ça très dépressif pour une fête d'anniversaire.

– Viens, allons danser. Sortons.

Pendant que j'attendais que Carla se prépare, j'ai reçu un message de Bia. « *Juste pour te prévenir : tu es renvoyée. À juste titre. Abandon de poste. Je n'ai pas osé prendre ta défense. Qu'est-ce qui t'est arrivé ?* »

Quand j'ai éteint le téléphone, Carla était devant moi, robe rouge, rouge à lèvres rouge, sandales rouges, on aurait dit une diablesse.

– Qu'est-ce qu'il y a ?

– Je viens d'être virée.

– Sérieux ? Maintenant que je suis prête ? À faire la fête ?

Nous sommes allées à la boîte la plus populaire de la ville. Avant ça, Carla m'a fait enfiler une minirobe noire de sa penderie. « Mais on va voir ma foufoune », ai-je protesté devant le miroir.

Ça faisait longtemps que je n'avais pas autant bu. Rien qu'à l'entrée nous avons sifflé, chacune, deux doses de whisky. Cul sec.

Avant de nous faufiler au milieu de la piste de danse. La musique était épileptique, comme on dit. La lumière aussi. Le genre de combinaison qui fait danser comme si on était possédé. On ne s'arrêtait que pour boire une autre dose d'autre chose. Vodka. Rhum. Et encore une autre, whisky, et encore danser frénétiquement, une vraie nuit cathartique. Où l'on évacuait toutes les saloperies vues au tribunal, Amir, chacune avait son fardeau d'ordures à décharger ici.

Et puis Carla a approché son visage du mien.

– Je vais vomir aux toilettes, je reviens.

Je suis restée là, à danser les yeux fermés. Parfois je bousculais quelqu'un, ou quelqu'un d'autre, j'ai reçu plusieurs coups de coude. Moi aussi j'ai besoin de vomir, me suis-je dit. Mais soudain, j'ai senti quelque chose qui limitait mes mouvements et, quand j'ai ouvert les yeux, Crisântemo, Abelardo et Francisco dansaient autour de moi. Danser n'est pas le mot juste. Crisântemo, derrière moi, collait son corps au mien.

– Tu es la petite chérie de l'avocate générale ? m'a-t-il soufflé à l'oreille.

Je l'ai repoussé et, à ce moment-là, Abelardo m'a tirée vers l'avant.

– Si tu aimes lécher une chatte, c'est que tu n'as pas encore appris à sucer une bite.

Mon sang n'a fait qu'un tour. Ma cuite s'est arrêtée net. À ce moment-là, Paulo a surgi de je ne sais où et m'a tirée de là.

– Ils étaient en train de me menacer, lui ai-je dit quand nous nous sommes assis au bar. Mes jambes tremblaient.

Carla est arrivée quelques minutes plus tard. Paulo lui a raconté la scène. Furieuse, pieds nus, soûle, elle voulait absolument aller leur parler.

– Ces fumiers pensent qu'ils vont m'intimider. Mais c'est maintenant que je vais l'avoir, le mandat d'arrestation contre eux.

– Ne fais pas ça, a insisté Paulo. Ce qu'ils veulent, c'est justement te faire dégoupiller.

Paulo nous a fait sortir de la boîte.

– Où est ta voiture ?

J'ai réussi à trouver la clé dans mon sac, mais ni Carla ni moi ne nous souvenions où elle était garée.

Paulo, faisant preuve d'une patience énorme, l'a retrouvée et nous a fait monter.

– Vous n'êtes pas en état de conduire. Je vais vous ramener.

Je voulais laisser Carla chez elle et rentrer chez moi, mais elle s'est montrée catégorique :

– Hors de question que tu restes seule. On va chez moi.

Une fois qu'elle a eu renvoyé Paulo, j'ai compris la véritable raison.

– Je ne voulais pas qu'il dorme chez moi.

Elle a préparé le canapé du salon.

– Tu vas dormir dans ma chambre, c'est plus confortable.

Mais quand elle est allée à la salle de bains, j'ai sauté sur le canapé et m'y suis écroulée.

9

TUÉE PAR SON MARI AVEC L'AIDE DE L'ÉTAT

Enregistrement téléphonique :
FEMME : Je voudrais… c'est qu'il y a une
dispute, je ne sais pas si c'est un couple, la femme
crie au secours, là, dans la rue…
POLICIER : Signalement enregistré, madame, il faut juste attendre l'arrivée des secours. C'est bon pour vous ?
FEMME : Oui, merci.
POLICIER : De rien.

Autre enregistrement, même affaire :
HOMME : Y a mon voisin qui est en train
de taper sa femme là, il y a un enfant avec eux,
je crois qu'il tape aussi
l'enfant…
POLICIER : Quel est le nom de la rue ?
HOMME : São Simeão.
POLICIER : São Simeão ? On a déjà un signalement

pour ce lieu, OK ?
HOMME : OK.

Nouvel enregistrement, même affaire :
POLICIER : C'est une urgence ?
FEMME : Oui c'est vraiment une urgence, nous avons déjà appelé trois fois, le type est en train de tuer sa femme et personne n'est encore arrivé.
POLICIER : L'incident est en cours de traitement (...) la brigade de secteur, ils vont envoyer les secours maintenant, il faut attendre...
FEMME : On va finir par aller se coucher et toujours pas de police...
POLICIER : Il faut attendre, madame, le dossier est déjà ouvert.
FEMME : D'accord.

Nouvel enregistrement, même affaire :
POLICIER : Bonsoir, quelle est votre urgence ?
HOMME : Mon beau-fils est ici chez moi, il dit qu'il a tué sa femme à Fazenda Rio Grande.
POLICIER : Il dit qu'il a tué sa femme ?
HOMME : Exactement, il est tout couvert de sang, j'ai appelé sa famille à elle, ils vont aller voir là-bas...

Huit voisins ont appelé la police militaire ce soir-là.
Mais, quand la police est arrivée,
près de quatre heures après le début de l'agression,
Daniela Eduarda Alves, trente-quatre ans,
était morte depuis vingt minutes.

N

Le soleil semblait un fardeau pesant sur la tête. Tsep, tsip, ksta, tsak, il y avait dans cette langue une sonorité tranchante, comme un coupe-coupe fauchant la végétation du sous-bois. Les enfants, qui plus tôt jouaient avec la carapace d'une tortue sur le terrain nu, nous entouraient à présent, rieurs et bruyants, en parlant une langue que nous ne comprenions pas. Carla, Marcos et moi venions de descendre de voiture. Janina, la sœur de Txupira, en nous voyant, s'est écartée du groupe pour revenir avec sa mère et deux indigènes que j'avais vues au procès.

Les Kuratawa, tout comme les indigènes du village Ch'aska, ne vivaient pas nus. Bermudas colorés, t-shirts, maillots de foot délavés, jeans élimés, guenilles de coton, casquettes, tongs et tennis trouées composaient leurs tenues. Les femmes, dans leur environnement, sans leur maquillage de roucou sous les yeux qui avait électrisé l'assemblée lors du procès des assassins de Txupira, me semblaient plus désindigénisées que dans le milieu urbain où je les avais connues. L'une d'elles, la plus jeune, un enfant sur la hanche, nous a expliqué dans un portugais correct que les hommes du village étaient partis chasser le hocco. À l'école du village, fermée, comme je l'ai appris plus tard, depuis le début du nouveau gouvernement[1], les enfants étaient alphabétisés dans leur langue maternelle, et le portugais n'entrait dans le cursus qu'à partir de neuf ans. Seuls les hommes, qui allaient à la ville plus souvent, parlaient portugais.

Passer le samedi après-midi ici ne faisait pas partie des plans de Carla. Marcos a contrebalancé : mieux valait attendre les chasseurs, même s'ils rentraient tard, que revenir un autre jour, surtout vu l'état des routes, terribles avec les pluies. Nous avions mis cinq heures à parcourir un trajet qui pouvait être fait en trois heures. Carla est tombée d'accord. Il était important d'expliquer à la famille de Txupira où en était le procès.

On nous a conduits dans l'une des paillotes qui s'agloméraient en un hameau chaotique au beau milieu de pieds de buritis et de souches de palmiers. Le vieux fût de carburant faisant office de conteneur à poubelles, près des broussailles qui poussaient de toutes parts, débordait de bouteilles de soda et d'emballages plastique.

Devant la petite porte, fermée par une natte de babaçu, deux petits garçons jouaient avec de vieux seaux, des

1. Référence à la politique génocidaire de Bolsonaro envers les peuples indigènes, ayant entraîné fermeture d'écoles, abandon de dispositifs existants, refus d'assistance et invasion de terres par les orpailleurs et autres exploitants, encouragés par le gouvernement.

marmites et des pilons poussiéreux qui, vu leur apparence, ne servaient plus d'ustensiles à la routine du village.

J'ai été un moment aveuglée quand je suis entrée dans cet endroit sombre, rappelant un planétarium, troué de minuscules points de lumière qui transperçaient le plafond, une trame dense de feuilles de babaçu. La première chose que j'ai distinguée a été un paquet de pâtes presque terminé, à côté d'une bouteille d'huile. Ce qui, au village de Zapira, donnait une fraîcheur et enchantait par la richesse et l'originalité du naturel, n'était ici que misère et manque. Une forte odeur de friture alourdissait le lieu. Au fond, une vieille femme tissait ce qui ressemblait à un hamac coloré.

– Que c'est beau ! me suis-je exclamée.

Elle s'est aussitôt levée et a disparu. La radio à piles crachait une musique de Rihanna, mais personne ne semblait l'écouter. L'ancienne est revenue avec un hamac dans les bras.

– *Quinje real*, disait-elle. *Quinje. Quinje. Quinje real.*

(Quelques mois plus tard, le hamac occuperait le coin le plus agréable de la maison de ma grand-mère.)

Le café hyper chaud et hyper sucré qui nous a été offert et la vue des bouteilles PET dans la poubelle dehors m'ont permis de comprendre pourquoi, parmi les enfants qui nous avaient accueillis, certains avaient déjà les incisives cariées.

Jusqu'alors, je n'avais visité que le village des Ch'aska, dont les terres plus grandes et plus isolées fournissaient un gibier abondant à ses membres. Dans celui des Kuratawa, coupé par la BR-364 et cerné d'exploitations agricoles, la situation était tout autre. Du bois noble, ici, il n'y en avait plus. Ni de place pour les plantations vivrières. Ou pour les animaux. « Les capibaras, pécaris à collier, pécaris à lèvres jaunes, pacas, qui étaient auparavant si nombreux, sont désormais rares. Dans les rivières, il reste des lambaris, piraparás, xangós, mais tout est contaminé par les pesticides », avait expliqué Marcos.

Je n'étais pas une touriste enthousiaste attendant un spectacle folklorique de plumes et breloques. J'étais à Cruzeiro do Sul depuis assez longtemps pour être au courant des difficultés que les communautés indigènes affrontaient. Mais les Kuratawa n'avaient même pas l'air d'être des indigènes. Ils étaient juste pauvres. Abandonnés. Une angoisse soudaine m'a envahie face à toute cette précarité. L'augmentation de la population locale avait réduit les espaces agricoles du village. Presque plus personne ne plantait du manioc ou des haricots. La plupart des habitants ne mangeaient que des produits achetés dans les supermarchés de la ville, avec l'argent qu'ils recevaient de la Bolsa Família[1]. Beaucoup survivaient d'un artisanat simple, qu'ils vendaient à la ville.

Tout ça, d'après les explications de Marcos, une fois rentrés à Cruzeiro, était encore la conséquence de l'occupation désastreuse de l'Acre. Les propriétaires de plantations d'hévéas étaient arrivés ici du Nordeste, armés jusqu'aux dents, avec la ferme intention de réduire les indigènes en

1. Dispositif d'aide sociale du gouvernement brésilien conditionné à une obligation de scolarisation et de soins, mis en place en 2003 sous le premier mandat de Luiz Inácio Lula da Silva pour lutter contre la pauvreté et repris dans d'autres pays pour son efficacité.

esclavage pour la récolte du latex. Les rebelles étaient tués ou expulsés. Des dizaines de villages avaient été décimés. « Des gens racontent que les gosses étaient jetés en l'air et rattrapés par le ventre, embrochés sur la pointe de la lance. Je n'en doute pas. Ces colonels des berges*, dont les villes portent aujourd'hui les noms, sont tous des assassins. L'un d'eux a chassé ma grand-mère au lasso, et elle a été offerte, la pauvre, en cadeau commercial à un seringueiro* travailleur. Ces gens-là n'ont jamais respecté la démarcation des terres indigènes. Leur rêve est de reprendre ces territoires, mais maintenant, dans l'idée de faire de l'agronégoce, ils veulent brûler la forêt pour en faire des pâturages. »

Fatigués d'attendre, et torturés par la chaleur, nous avons décidé d'aller nager dans la rivière non loin de là. Un groupe d'enfants et d'adolescents nous suivait.

J'avais peur d'entrer dans cette eau tueuse de poissons.

– À ce compte-là, tu ne pourras plus nager nulle part. On est tous devenus une soupe de pesticides, a commenté Marcos. Détends-toi.

Je suis restée un moment à faire la planche, étrangère au chahut alentour. Marcos et Carla jouaient avec les enfants. Un frisson me traversait le corps à chaque fois que je me souvenais de la tête d'Amir, muet, avec ma grand-mère au téléphone. On aurait dit un alpiniste tombant dans un précipice. À vrai dire, c'était comme assister à un spectacle. Au spectacle de l'homme impuissant. De l'homme qui s'assied sur sa propre arrogance. De l'homme qui n'a plus le dernier mot. Qui est remis à sa place. Il n'oublierait jamais cet instant, j'en avais la certitude. Sous ce ciel bleu, sous la chaleur du soleil sur ma peau, j'ai de nouveau explosé de rire, un éclat de rire qui m'a fait couler et boire la tasse. Quand je suis revenue à la surface, j'ai vu l'adolescente qui parlait un peu portugais à côté de moi, le regard sérieux. Elle s'appelait Naia, avait quinze ans, un an de plus que Txupira à sa mort. Nous avons nagé ensemble jusqu'à l'autre rive.

Je lui ai demandé si elle connaissait l'endroit où Txupira avait été vue pour la dernière fois.

– Ui.

– On peut y aller ?

Elle a désigné une pirogue adossée à la berge.

Je lui ai demandé :

– Tu m'y emmènes ?

Carla n'a pas voulu venir, elle disait avoir vu tout ce qu'il y avait à voir. Marcos aurait aimé m'accompagner, mais les enfants ne voulaient pas laisser partir leur trampoline.

Je me suis sentie totalement rouillée à côté de cette jeune fille musclée et agile qui ramait avec vigueur, d'un rythme constant, surtout quand j'ai appris qu'elle était enceinte.

Nous avons avancé lentement vers la forêt, dans des eaux qui passaient d'une couleur Coca-Cola à des teintes plus sombres et boueuses. Pendant le trajet – plus long que je ne l'imaginais –, j'ai remarqué des marques derrière les bras et sur la taille de Naia, au-dessus des hanches.

– Qu'est-ce que c'est ? lui ai-je demandé.

Elle ne m'a pas répondu. Mais le fait que seuls les hommes parlaient portugais dans ce village montrait clairement où était le pouvoir chez les Kuratawa. À ce moment-là, je me suis rendu compte qu'il n'y avait aucune plainte des femmes indigènes contre leurs maris dans les affaires que j'avais suivies dans l'Acre. Est-ce qu'elles ne racontaient rien ? Ne portaient pas plainte ?

Carla m'a expliqué plus tard que les services de protection des femmes n'arrivent pas jusqu'à elles. Au contraire de l'alcool. Qui fait des dégâts.

Quand nous avons débarqué dans les eaux jaunâtres bordées de graminées, je lui ai reposé la question des hématomes. Cette fois-ci, elle a tenté de les cacher sous son t-shirt mouillé.

– C'est ton mari ? lui ai-je demandé tandis qu'elle m'aidait à gravir la berge rongée par l'érosion. Il n'a pas le droit de faire ça. Personne n'a le droit, ai-je insisté avec emphase. Tu l'as raconté au cacique ?

Elle a désigné une pente. Puis dit :

– Txupira.

Avancer sur ce terrain était difficile. J'étais en tongs et, soudain, j'ai eu très peur d'être mordue par un serpent.

J'ai cru que nous étions tout près et commencé à perdre espoir à chaque fois que Naia répondait à mes questions de son doigt pointant un lieu toujours plus avant.

Après quinze bonnes minutes de marche, à tomber, me relever, tomber de nouveau, trébucher, m'enfoncer les pieds dans la terre boueuse, nous avons atteint le lieu où Txupira avait laissé Janina, pour cueillir les plantes médicinales dont sa mère avait besoin.

Naia m'a raconté que Txupira était arrivée ici par la forêt, venant de l'opposé, un chemin qui, si nous l'avions parcouru, nous aurait pris le double de temps.

Au retour vers le canoë, inquiète de l'heure et des vents qui annonçaient la pluie, j'ai remarqué qu'une partie de la végétation était froissée.

– Vous venez souvent ici ?

Naia a répondu par la négative. La route était relativement proche, ce qui faisait fuir le gibier.

De retour au village, presque deux heures plus tard, Marcos était soucieux. Carla expliquait au cacique qu'un nouveau jury allait être constitué pour le procès des assassins de Txupira.

– Le juge a les idées faibles, a-t-il entendu commenter l'un des Kuratawa.

En nous voyant, le mari de Naia, qui ne devait pas avoir plus de dix-huit ans, est venu à notre rencontre. Il n'était pas du tout content. Il a attiré la jeune fille à lui et s'est éloigné avec elle, brutalement. Il y avait un conflit entre eux, c'était évident.

Je suis allée jusqu'à la voiture, ai nettoyé mes pieds avec une serviette, sorti les vêtements de rechange que j'avais apportés, me suis changée, coiffée, et suis revenue.

– Où est la maison de Naia ? ai-je demandé à l'un des garçons qui écoutaient Carla.

Il m'a indiqué une paillote vers la gauche. En l'atteignant, j'ai entendu Naia pleurer tout bas. Il était le seul à parler : tsep, tsip, ksta, tsak, le coupe-coupe fauchant la végétation du sous-bois.

Je suis entrée, sans prévenir. Les deux m'ont regardée, gênés.

– J'ai besoin de te parler, ai-je dit à l'homme. C'est officiel.

Je suis ressortie, et il m'a emboîté le pas. Nous avons marché jusqu'au fût de poubelles, le point de convergence de toutes les habitations.

– La prochaine fois que tu tapes Naia, je viens ici et je t'arrête.

Il m'a regardée, effrayé.

– Nous procédons à la castration chimique, ai-je ajouté avec naturel. Tu sais ce que c'est ? Ta bite va devenir plus petite qu'une blatte.

Nous avons gardé le silence, tout en nous dévisageant.

Il m'a demandé :

– Toi police ?

– Pire. Je suis de la Ligue des Femmes aux Pierres Vertes. Maintenant, tu es prévenu.

EPSILON

Brah, life goes on, brah, j'entre dans la forêt, je bois le cipó, qui est celle qui émerge des eaux ? *Brah*. Cette fois-ci, portant une couronne de pierres vertes et un voile-cascade où nagent des poissons électriques ? *Brah, life goes on, brah*, je mâche du tabac, je rêve du jaguar, vois des caiporas* et des anacondas, porte les armes, je suis la vengeresse, une héroïne, sans bottes, sans rouge à lèvres, sans cape volant au vent, mais l'étui sur la hanche, pan pan, j'en tue quelques-uns au passage, je suis la matadora, icamiaba, amazone, je vais de-ci, de-là chasser terroristes sexuels, incontinents sexuels, maris psychopathes, fiancés névrotiques, ils courent, les ennemis, ils grimpent aux arbres, se cachent dans les buissons, les trous, les tanières, les fossés, je les poursuis, les trouve, hahahahahahhahahahah je tue Alceu & je tue Wendeson & je tue Marcelo & je tue mon père & je tue Creso & je tue Ermício & je tue Ádila & je tue

Alberto, et quand ils me tirent dessus, je rigole, je vomis les balles, et je vais plus avant dans la forêt, je marche sur des flammes, j'entre dans le creux du rêve et ressors de l'autre côté, *life goes on*, quand je regarde, elle est là, dans mes mains, la pierre verte, gravée du signe mystérieux de la clé, et de nouveau je suis en train de regarder un trousseau de clés se balançant sur le contact d'une voiture qui ne m'est pas familière, les clés brillent et cliquettent, j'ai peur, je suis enfant, je suis sur la banquette arrière et je vois que sur le tableau de bord de cette voiture que je ne connais pas, à l'odeur étrange, une odeur de crasse, âcre, la radio est allumée et diffuse la chanson *O-bla-di O-bla-da life goes on, brah*, et je sais qu'avant de me réveiller là, effrayée, sur cette banquette arrière, sur cette route déserte, je me suis réveillée dans le lit de la nouvelle maison de mon père, dans un drap de sirène, dans ma nouvelle chambre, je me suis réveillée en entendant la voix de ma mère, « arrête », dit-elle, « arrête », et je marche pieds nus jusqu'au couloir et elle est là, ma mère, dans sa robe à pois, belle, elle est là parce qu'elle est venue me chercher, belle et terrifiée, « va dans ta chambre », me crie mon père, « dans ta chambre tout de suite », répète-t-il, je regarde ma mère, belle et désespérée, sans savoir que c'est la dernière fois que nous nous voyons, et dans mon lit j'entends ses sanglots, ses cris, ses appels à l'aide, des portes qui claquent, et des cris, et à l'aide, *terô, terô*, je sors du creux du rêve, j'entre dans la sylve, dévastée.

– Ne me dis pas que tu pleures ? me demande une guerrière.

– Laisse-la pleurer, conseille une autre.

– Essuie tes larmes, m'ordonne la Femme aux Pierres Vertes en me donnant un tissu coloré, au parfum d'oliban.

On me ramène près du lac, où se dresse un immense feu.

Agenouillés côte à côte se trouvent Abelardo Ribeiro Maciel et Antônio Francisco Medeiros. Un climat d'euphorie règne chez les guerrières. Certaines s'amusent, en les entourant de leurs danses, leurs lances et leurs chants :

– Uhuhê ! L'homme va mourir !

Txupira n'est pas là. Je veux connaître la raison de son absence.

– Ce serait comme le procès : un second viol, m'explique l'une d'elles.

Je demande :

– Comment les avons-nous capturés ?

– Celui-ci, nous l'avons tiré du lit, répond une autre en désignant Abelardo.

– Et celui-là, au moment où il sortait de chez lui, m'indique une troisième après avoir donné une tape sur la tête d'Antônio Francisco.

Toutes :

– Uhuhê, l'homme va mourir !

– Maintenant, c'est leur tour, déclare la Femme aux Pierres Vertes. Comment voulez-vous les tuer ?

– Nous pourrions les faire griller, propose l'une.

– Après les avoir castrés, suggère une autre.

– Et encore avant on leur coupe la langue, avance la plus haute.

– Je veux arracher l'intestin de l'un d'eux, de mes propres mains, déclare une quatrième.

Là, à genoux, les deux garçons semblent incapables de faire du mal à une mouche. Mais dans la forêt, avec Crisântemo, sur Txupira, ils étaient hardis.

Je prends mon carnet de femmes empilées et commence à lire l'accusation.

– Quand une femme meurt, son histoire doit être contée et racontée mille fois. Txupira ne se baignera plus jamais avec Naia. Elle ne chantera plus jamais les chansons que lui a apprises sa grand-mère. Txupira ne sera jamais mère. Elle n'aura jamais de petits-enfants. Txupira ne verra plus jamais d'aigrettes, de hoccos ou d'aras bleus et jaunes. Elle ne mangera plus de pâtes instantanées, comme elle aimait le faire, en rentrant de l'école. Txupira ne dormira plus sur le sol de palmier à échasses. Elle ne suivra plus de cours de portugais. Elle ne cherchera plus les poux sur la tête de son plus jeune frère. Quelqu'un doit payer pour ce déficit vital.

Abelardo :

– S'il vous plaît, pensez à nos mères. À nos familles.

– Maintenant ils veulent qu'on pense ! crie la rousse.

Francisco :

– Nous sommes ici pour demander pardon.

Celle-ci :

– On sait bien comment ça marche. D'abord vous nous demandez pardon. Ensuite vous nous frappez.

Celle-là :

– Et après vous nous tuez.

Moi :

– Si vous avouez votre crime, vous pourrez mourir de dos. Croyez-moi : il n'est pas bon de mourir de face. Un homme avisé en vaut deux.

– C'était sa chatte. C'est notre faute. Voilà la seule chose qu'ils ont à déclarer, affirme une autre.

Abelardo :

– Ah, ah, nous avons déjà demandé pardon. Que pouvons-nous faire de plus ?

Francisco :

– Jamais plus nous ne tuerons quoi que ce soit qui ait une chatte entre les jambes.

La plus grande :

– Nous ne sommes pas votre clique d'évangélistes qui pardonne tout, bande de débiles !

– Quatorze ans, Txupira n'avait que quatorze ans, ajoute une autre.

La Femme aux Pierres Vertes :

– Nous devons le reconnaître : au moins ils n'invoquent pas l'aliénation mentale, eux, comme c'est commun au tribunal des Blancs.

Une :

– Ou l'état d'ivresse.

Une autre :

– Qui leur explique qu'ici on se contrefout de tout ça ?

Celle-ci :

– Nous ne savons pas pardonner. Ni oublier. Ni passer l'éponge.

– Alors ? m'interroge la Femme aux Pierres Vertes en me regardant avec douceur. À toi de décider du moyen d'exécution. Je peux les emmener au fond du lac. Peut-être ne veux-tu pas te salir les mains de leur sang…

– Les pelles, je demande.

Deux guerrières les apportent. Je les remets aux condamnés.

Puis leur ordonne :

– Creusez !

– Il n'y aura pas de procès ? demande Abelardo.

Nous, les guerrières, nous tordons de rire.

Ils restent là, figés, comme des lapins apeurés. Je leur crie :

– Bande de putains de nigauds, creusez !

Ils obéissent, se salissent, prient, tremblent, pleurent, « Notre Père qui êtes aux cieux », murmure Francisco, « Notre-Dame bien-aimée ». Abelardo chie dans son froc.

Les guerrières font avec leur bouche ce bruit qui me donne la chair de poule : un couteau qu'on affûte.

Les tombes sont larges et profondes. Les garçons, épuisés.

Moi :

– Si vous avez quelque chose à dire, c'est maintenant.

Ils se mettent à pleurer tous les deux. Et à prier.

– Je préfère rester de dos, dit Abelardo.

Je lui tire une balle dans la tête.

Francisco détale en courant, le pauvre, il me fait même de la peine. Les guerrières le capturent en quelques secondes et le remettent devant moi. Il ferme fort les yeux.

Je lui dis, d'une voix douce :

– Ouvre les yeux, Francisco.

Il les ouvre. Des yeux bien écarquillés. Et j'appuie sur la gâchette deux fois. Il tombe, déjà dans sa propre tombe, comme Abelardo.

Brah. Life goes on.

O

La poupée est une fois de plus jetée du haut de l'escalier, dans un énorme fracas. La reconstitution de la scène de la mort de Rita tendait l'atmosphère entre nous. Impossible de nous décrisper. Comme si, à chaque essai, nous revivions la tragédie.

J'avais arrêté de compter le nombre de fois où Serrano, l'expert, avait répété cette scène, pour s'atteler ensuite à l'analyse minutieuse du corps de la poupée, dont le poids et la taille étaient identiques à ceux de Rita. Au préalable, l'escalier était recouvert d'un produit qui laissait des traces sur le mannequin, marques qu'il comparait avec le rapport d'autopsie.

Serrano envisageait toujours l'hypothèse que le corps ait été jeté d'en haut, déjà mort, ou du moins inconscient, sans résistance. Mais il n'écartait pas encore totalement la possibilité d'un accident. Le processus comprenait toute une série de calculs, dont il notait les résultats dans son calepin. On voyait, sur son air concentré, une trace d'indignation. « Comment ? », « Bande de paresseux ! », marmonnait-il pour lui-même, tout en écrivant sur sa planchette.

La « bande de paresseux », c'étaient les experts qui avaient inspecté les lieux de la mort au tout début. Des gens qu'il était le seul à pouvoir critiquer. « Ils sont fous ou quoi ? Ils n'ont pas vu ça ? » se demandait-il.

Il est vrai que Carla, qui photographiait les tests, avait déjà son avis sur la chose, avant même que le nouveau rapport soit conclu.

– Ces types sont mon affaire Al Capone, disait-elle en faisant référence à Crisântemo, Abelardo et Francisco. Si je ne les attrape pas pour le meurtre de Txupira, je les aurai pour l'assassinat de Rita.

De fait, les photos de l'expertise nous amenaient à penser que Rita avait été étranglée. Cependant, même après les rapports initiaux de Serrano, nous n'avions aucune preuve concrète qu'elle ait été assassinée par le trio qui avait torturé, violé et tué Txupira. En outre, Serrano ne croyait pas à l'hypothèse de la strangulation, d'autant moins que les experts officiels de l'affaire, faisant partie de ses amis, lui avaient confirmé qu'il y avait de l'air dans les poumons de Rita, et ce fait figurait dans les rapports. Mais Carla faisait une fixette. Et elle ne laissait passer aucune occasion de critiquer les professionnels de l'IML de Cruzeiro do Sul, ce qui avait le don d'énerver Serrano.

– Je sais à quel point mes collègues galèrent ici, répliquait-il. Chaque Brésilien se croit expert. L'autre jour, on m'a raconté que Podval, vous voyez qui est Podval ? Le chef des matons de la quinzième ? Eh bien, il y a eu une expertise à l'IML et, va savoir pourquoi, Podval s'est mêlé au groupe, et il a commencé à distribuer du Vicks VapoRub à tout le monde dans la salle. Alors Rodney, un sacré expert de l'IML, l'a sermonné : « T'es dingue ou quoi, Podval ? Podval, l'odeur du cadavre est liposoluble. Si tu te mets du Vicks, cette putain d'odeur va te rester sur la gueule jusqu'à demain. » Ici, au Brésil, c'est comme ça. Tout le monde croit s'y connaître en expertise médico-légale.

De la défense de l'IML en particulier, Serrano passait à l'attaque généralisée des Brésiliens.

– Les Brésiliens sont comme ça : ils croient tout savoir. Les Brésiliens sont entraîneurs de foot, médecins, journalistes politiques, détenteurs de la vérité, et ils veulent tout résoudre par piston. Ils n'acceptent pas les règles. Ne respectent pas les feux rouges. Et quand il s'agit de demander la destitution, ils sont les premiers à lever la main. En criant : « Dehors les corrompus[1] ! » Et après ils vont se garer sur les places handicapés. Ils doublent la file du supermarché. Trompent le fisc. Dépassent par la droite. Fument de l'herbe. Les Brésiliens sont des crapules. Et mes pauvres collègues doivent répondre au coup de fil du député : « Un corps va arriver, mon ami. S'il te plaît, fais passer ce cadavre illustre devant les autres. Et sans autopsie. » Voilà comment sont les Brésiliens. Et alors il faut leur expliquer : « Monsieur le député, tout corps ayant subi une mort violente ou une mort suspecte doit subir une autopsie. Ce n'est pas vous qui signez le rapport, si ? Alors laissez-moi faire mon travail tranquille. »

1. Référence à l'attitude de certains députés et aux cris scandés dans la rue pour réclamer la destitution de la présidente brésilienne Dilma Roussef, prononcée en août 2016.

À un moment donné, Carla a commis l'imprudence de faire l'éloge des experts de l'État de São Paulo.

– Ne venez pas me parler de São Paulo, a rétorqué Serrano. Au moins ça, d'accord ? Ils ne valent pas mieux que les autres. J'ai vu un expert de São Paulo prendre en photo une personne en vie, en croyant qu'il s'agissait d'un cadavre. Et c'est pas tout : bon, la personne est morte, OK, eh bien ça devient un commerce. Tout le monde se sert au passage. Il n'y a que nous, les experts, qui ne gagnons rien, parce que les morts ne donnent pas de pourboire. Mais la réputation nous suit. Vous savez pourquoi ? Allez à l'IML de São Paulo voir comment fonctionnent les combines. Les agents funéraires, tous des anciens du système carcéral, traînent dans les couloirs pour racketter les membres de la famille endeuillée. Là-dedans, le moindre cadavre est une marchandise. Sans le savoir. Et ils ne se cachent même pas. Ils vont voir le père ou la mère ou le frère du défunt et mentent sans vergogne : « Votre mort va pourrir d'attendre aussi longtemps. Mais si vous me donnez un petit quelque chose, je pourrai faire sortir le corps plus vite. » Le parent, effrayé, donne ce qu'il a. Et après on a une réputation de corrompu. Voilà comment c'est à São Paulo.

Pendant ses homélies, Serrano ralentissait ses tâches, ou bien il oubliait purement et simplement la poupée et ses annotations. Denis, qui payait tous les coûts de l'expertise, ne savait plus quoi faire pour accélérer la cadence de la reconstitution.

– Ne bataille pas avec lui, soufflait-il à Carla en privé. Laisse-le faire son boulot.

Marcos filmait tout le processus, à la demande de l'expert, qui emploierait ensuite ces éléments pour rédiger un rapport supplémentaire ajouté à l'enquête.

Ma fonction à moi était de fouiller toute la maison, avec Denis, à la recherche de quelque chose dont nous ignorions la nature, mais qui pourrait, d'une certaine façon, correspondre à ce que Rita avait mentionné dans son dernier message à Carla.

– Ça peut être un papier, un dossier, une lettre, une photo, avait précisé Carla. Et je suppose qu'il s'agit d'une information sur la mort de Txupira, puisque c'est le seul sujet dont nous parlions avec Rita avant sa mort.

Nous avions passé en revue le contenu des placards du salon, de la cuisine et de la salle à manger. Comme chez toute journaliste, la quantité de papiers et de blocs-notes accumulés était énorme, et nous avions l'impression de chercher une aiguille dans une botte de foin.

– Une pause ? a proposé Denis, qui avait disparu peu avant et revenait avec du café frais dont l'arôme embaumait l'air.

Ce n'est que ce dimanche matin-là, pendant que nous discutions avec Serrano, que j'ai remarqué que Carla et Denis avaient une liaison.

– Banc d'essai, m'a-t-elle confié plus tard en donnant enfin clairement la raison de son désintérêt soudain pour Paulo. Il y a un truc bien dans cette relation, en plus du sexe, c'est que Denis habite dans une autre ville. Il ne me colle pas, ne m'étouffe pas comme Paulo.

Après nombre de mesures et d'essais, Serrano se demandait encore si l'hémorragie cérébrale qui avait tué Rita était la conséquence d'un accident dans l'escalier.

– Si c'était une chute, le corps montrerait des traces d'une action cinétique bien plus importante, et la fracture serait d'une autre nature.

Mais tout a changé de tournure en fin d'après-midi, quand il s'est livré à un examen minutieux des murs de la maison.

– J'ai besoin d'un escabeau plus grand.

Denis en a emprunté un au voisin.

Serrano l'a placé sur le palier de l'étage pour analyser le plafond. Puis il a demandé :

– On peut assombrir cette pièce ?

Marcos et Carla ont fermé les fenêtres et portes du bas, et Denis et moi celles des chambres à l'étage.

Serrano a retiré de sa mallette un produit, qu'il a répandu sur le plafond. Et alors nous avons vu ce qu'il cherchait : des éclaboussures de sang.

– Si c'est celui de Rita, il faudra que quelqu'un m'explique comment il est venu atterrir ici, a-t-il déclaré.

Denis a fermé les yeux. Carla a serré sa main dans la sienne.

– Si elle était juste tombée, le sang n'arriverait pas jusqu'au plafond, a déclaré Serrano. Ça, je peux le garantir.

Punaise, ma chérie, quelle merde ! En sortant de chez Rita, Marcos est parti soigner un cheval dans une fazenda proche de Cruzeiro do Sul, et Denis est rentré à Rio Branco. Carla et moi sommes allées manger une côtelette de tambaqui dans un restaurant, près du marché central. Nous étions affamées, fatiguées et tendues. *Si tu as besoin de moi, je suis là !*

La veille, Carla avait dormi presque tout le long du retour du village des Kuratawa. C'est donc seulement lors de ce dîner, après avoir bu un verre de bière et nous être détendues, que j'ai pu lui raconter posément ma promenade avec Naia dans la forêt où Txupira avait été vue pour la dernière fois. *Et une partouze avec des camionneurs, ça te tente ?*

– Pour moi, ça ne ressemble pas à un lieu désert. Au contraire, la végétation était froissée à plusieurs endroits.

– Il y a tout le temps des gens qui entrent sur les terres démarquées. Pour pêcher, chasser, voler du bois. Ça, malheureusement, c'est normal, a répondu Carla.

– Mais il n'y a pas de gibier à cet endroit. À cause de la route. Si des gens sont venus dans cet endroit, c'est pour une autre raison.

Carla n'a pas prêté attention à mes propos. *Je vais te baiser par tous les trous.* Ces traces étaient récentes. Quels liens pouvaient-elles avoir avec la mort de Txupira ? En outre, elle n'avait vu aucune information à ce sujet dans les pièces du dossier.

Ce qui l'a vraiment perturbée, en revanche, c'était la pression que j'avais mise sur le mari de Naia.

– C'est plus complexe que tu ne le crois, m'a-t-elle expliqué. Ces peuples ont leurs propres lois, leurs propres façons de résoudre les abus dans la communauté.

– Elle est enceinte, ai-je insisté. Et si elle perd le bébé, à cause d'une raclée ?

– Elles sont nombreuses à prendre des coups. Il y a beaucoup de machisme dans le monde indigène. Mais tu as agi comme si tu étais à Cruzeiro do Sul. Ou à São Paulo. Tu ne connais rien aux indigènes.

– Qu'est-ce que j'aurais dû faire, d'après toi ? Me taire ?

– Tout ce que je peux affirmer avec certitude, c'est que la loi Maria da Penha ne résout rien dans ce genre de cas. Elle est utile à la femme blanche. De la ville. Pour protéger Naia, il faut parler de démarcation des territoires indigènes. Plus une communauté est vulnérable, plus elle est déstructurée, et plus les femmes indigènes subissent ce type de violence, qui est, en vérité, un effet collatéral de la façon dont les indigènes sont traités au Brésil. Tu vois, je ne suis pas en train de te critiquer. Moi aussi, j'ai interféré dans des situations similaires. Et tu sais ce que la femme agressée m'a dit ? « Laissez-le me taper. C'est mon corps. Et il aime ça. »

Carla travaillait depuis près de quatre ans dans l'Acre, elle avait une compréhension de cette réalité qui m'échappait totalement. Ce qu'elle me disait là, c'était que nos institutions ne sont pas préparées pour s'occuper des peuples indigènes.

– Il y a encore soixante ans, ils étaient esclaves sur cette terre, a-t-elle poursuivi. Les indigènes ne sont pas invisibles dans notre société, comme les Noirs. Le problème n'est pas là. C'est différent. Le problème est ailleurs. Ils n'existent simplement pas. Ils ont été décimés. Ils sont encore décimés. Va voir au ministère de l'Égalité sociale : il n'y a pas une seule politique indigène. Ils ne font juste pas partie de notre société. Ils n'existent pas. C'est pour ça que la mort de Txupira est encore plus inacceptable. C'est la mort de la licorne.

De mon séjour à Cruzeiro do Sul, de tout ce qui s'est gravé dans ma mémoire et de la tragédie qui s'est abattue sur nous après ce jour, l'image la plus nette que je garde est celle de Carla me parlant de la mort de la licorne. À ce moment-là, j'étais déjà entrée dans le cœur de la forêt, j'avais déjà bu l'ayahuasca, j'avais déjà senti ma peau briller, après la baignade, j'avais déjà dansé, reliée à la terre, et senti l'odeur de cette nature impressionnante qui éclot, fleurit, meurt et renaît sous nos yeux de façon ininterrompue, miraculeuse ; j'avais déjà vu les fleurs de plastique dans la paillote de la mère de Txupira ; j'avais déjà reçu ma pierre verte des mains de la Femme aux Pierres Vertes ; j'avais déjà connu la grande force et la joie de la maloca de Zapira, et aussi la misère des Kuratawa, si bien que je suis rentrée en me disant que finalement, moi, venue du sud, de l'asphalte, du XXIe siècle, du pays sans futur, j'avais connu la licorne dont parlait Carla.

Je me souviens encore aujourd'hui de ma sensation de privilège, en rentrant ce jour-là. En chemin, j'ai remarqué que Bia m'avait téléphoné plusieurs fois. J'ai été intriguée par la série de messages étranges d'amis et d'ex-collègues de travail, et encore plus par les textos anonymes, insultants. Ils n'avaient pas l'air de m'être adressés.

J'ai appelé Bia, soucieuse.

– Que se passe-t-il ?

– Parle avec Denise. C'est mieux.

– Parler de quoi ?

Denise ne pouvait pas me virer deux fois, ai-je pensé.

Bia a insisté :

– Elle te demande de l'appeler. Tout de suite.

J'ai fait ce que Bia me suggérait.

– Ton rapport est excellent, a commenté Denise dès qu'elle a décroché.

Quelque chose m'échappait vraiment. Pourquoi me parlait-elle de ce rapport de travail, si elle m'avait déjà renvoyée ? Dans le silence qui a suivi, j'ai eu l'impression que quelqu'un était mort. J'ai eu envie de raccrocher pour appeler ma grand-mère.

Et alors Denise m'a raconté. Elle était vraiment choquée : le cabinet avait reçu plusieurs vidéos de moi. Intimes. Moi nue. Faisant l'amour.

Avant même de les voir, je savais que ça ne pouvait venir que d'Amir.

– Les Américains ont même déjà un nom pour cette pratique : *revenge porn*, m'a expliqué Denise.

– Tu peux m'envoyer tout ça ?

Je crois que c'est au cours de cet appel que j'ai compris la signification du terme *sororité*.

– Je dois te dire deux choses, a déclaré Denise avant de raccrocher. La première : je vais te défendre dans cette affaire. *Pro bono*. C'est toujours difficile, mais parfois on arrive à traîner un tel idiot au tribunal. J'aurai besoin de ton aide, bien sûr. La deuxième : je ne veux pas savoir, sauf si tu veux me le raconter, la raison pour laquelle tu as disparu, en me plantant de la sorte. J'imagine que tu traverses une période délicate. Sache donc que, quand tu voudras, les portes du cabinet te sont ouvertes. Je veux que tu reviennes travailler avec nous.

Je ne savais vraiment pas quoi dire. Je ne sais même pas comment s'est terminé cet appel.

Je me souviens juste de ce moment passé sur la terrasse à regarder toute la merde que Denise m'avait transférée. Sur l'une des photos, j'étais assise sur les toilettes, nue, en train de couper les ongles de mon pied droit. Sans culotte. De toutes, c'était la seule qui avait été faite avec mon consentement. Je me souviens même de ce qu'Amir avait dit à ce moment-là. Que j'étais belle même sur les toilettes. Même quand je faisais caca. Même quand j'avais mes règles. Les autres avaient été faites sans ma permission. Des scènes de nous en train de baiser. Comment avait-il filmé tout ça sans que je m'en aperçoive ? Sur une autre vidéo, j'étais sous la douche, en train de me laver les fesses. Incroyable.

Plus tard, j'ai découvert qu'Amir avait aussi envoyé ces photos à un site de téléchargement anonyme de fichiers pornographiques. Les légendes étaient encore plus affreuses que les images : « Avocate criminaliste, moderne, sans préjugés. J'adore le sexe à plusieurs. » Le pire, c'est qu'il avait aussi publié mon numéro de portable. J'étais bombardée de messages. *Je vais te lécher de haut en bas. Bombasse. Jolie petite pute. Viens chez moi. Tu aimes aussi donner ton cul ? Viens sucer mon chibre.*

Là, tout à coup, dans un soudain haut-le-cœur, j'ai compris ce qui se passait. J'étais sur un bûcher en flammes. Comme une sorcière. Amir, ce salopard, n'avait pas réussi à me tuer physiquement, alors il essayait de me brûler sur le bûcher virtuel.

10

TUÉE POUR UN JEU VIDÉO

Taita Gomes était dans la cuisine
quand son mari est rentré
et a surpris leur fils de neuf ans
en train de jouer à un jeu vidéo,
chose qu'il avait interdite
catégoriquement.
« Les jeux vidéo, ce sera quand je dirai oui »,
avait-il dit.
Le mari, alors, avec le garçonnet dans une main
et l'arme dans l'autre,
est allé à la cuisine et a tiré dans la tête de son épouse,
avant de dire à son fils :
« Ça, c'est pour que tu apprennes
à ne plus jamais me désobéir. »

P

– Tes oreilles sifflent ? m'a demandé Zapira.

Là, assise sous la samaúma, jambes croisées, yeux fermés, je sentais à peine mes oreilles. Au-dessus de la frondaison épaisse, le soleil brillait fort dans le ciel bleu. Un vent doux agitait mes cheveux. Zapira, les deux mains en conche autour de la bouche, a soufflé sur mon visage : fuhshuhsuhsuh. La fumée du tabac s'est répandue dans mon esprit.

Tunki, tunki, tunki, a-t-elle chanté, en m'expliquant que tunki est « le vautour pape qui dévore les sorts, les maladies et le mauvais ».

C'est aussi là que j'ai reçu un nouveau nom, Rawa-kah, « souffle chaud », dans la langue de Zapira. « Pour parachever la cure », a-t-elle précisé. Quelqu'un avait jeté, craché ou soufflé un maléfice sur mon nom, alors je continuais à souffrir lentement, et la mort me grignotait petit à petit.

– Maintenant, la chose mauvaise s'en va. Garde ton nouveau nom, un nom n'est pas fait pour être utilisé, mais pour être gardé, protège ton nom, ne le dis pas à voix haute, celui qui sait notre nom sait nous faire souffrir.

L'encre de jenipapo, dans un pot de céramique, à côté de nous, c'était elle-même qui l'avait préparée, pendant huit jours, après avoir ramassé les fruits dans la forêt et les avoir râpés jusqu'à obtenir un jus verdâtre, qu'elle utilisait à présent sur mon corps.

Avec une tige de feuille de palmier, Zapira a dessiné une ligne ici, une autre là. Une qui s'ouvrait. Une qui se fermait. Fins, continus, précis, les traits partaient du point central de mon front, obliques, et montaient jusqu'au ciel, quittant mon corps, me prolongeant dans l'espace, au-delà de moi.

– Tu es en train de devenir très grande, a commenté Zapira, rieuse.

Les enfants nous entouraient. Venez, venez, venez, disait Zapira à la jeune bande. Encore une ligne. Et une autre. Celle-ci s'unissant à cette autre. Ouvrant ici, pour fermer là. Paf, un des enfants m'a tapé dans le dos, pour tuer un moustique qui me piquait. Paf, une autre tape dans le dos, un autre insecte mort.

C'est Marcos qui m'avait tirée de mon lit et emmenée au village de Zapira, pour qu'elle peigne mon corps d'encre de jenipapo.

Blessée à mort, je suivais mon chemin de croix toute seule, chez moi, des jours et des nuits durant, furax, prostrée dans mon lit, vraiment furax, en position fœtale, à trembler de haine, dans la chambre sombre, à jurer, taper, gémir, hurler comme une louve, vraiment très furax, à ne voir que le petit cinéma d'Amir du début à la fin et *vice versa*, mes seins en gros plan & mon vagin quand je me coupais les ongles & mon cul en ablution & le coït sans coupures & le bandeau cachant le visage du coupable & tout ça sur le net, disponible, se propageant comme une épidémie de choléra, mortelle, à une vitesse impressionnante, alimentant toute une chaîne d'imbéciles, qui se moquaient de moi, qui se branlaient en me regardant les jambes écartées & moi en train de sucer & moi en train de lécher & moi en train d'être léchée & moi en train de jouir & rien que de penser aux commentaires – oui, j'avais commis l'erreur de lire les commentaires des consommateurs de cette pornographie *soft*, une pornographie domestique, une pornographie produite par mon petit ami, à mon insu, sans que je veuille être filmée, pornographie-poignard-dans-le-dos, « je sais très bien quoi faire des putes comme toi », avait commenté un type, « oh, que j'ai envie de mettre le feu à cette chatte », avait écrit un autre, « nous some (*sic*) en mank (*sic*) de chate (*sic*) gratis », avait mis un troisième, « vas-y mets sur ta chatte un panneau changement de propriétaire et viens chez moi que je te salue en bonne maîtresse », avait écrit bitedelatailledunpoteau@hotmail.com, et la seule lecture de ces commentaires me donnait plus de matière à pleurer que pour le reste de ma vie, pleurer une éternité jusqu'à me dissoudre complètement et, liquide, traverser le drap, me loger au milieu de la mousse du matelas, et vivre là-dedans, desséchée, pour toujours, comme l'urine qui échappe au corps hors de contrôle, sans la force de rien, sans le courage de rien, sans le courage de décrocher le téléphone, allô, Denise, oui, Denise, je t'écoute, écris-le tout de suite, avait dit Denise, je ne te le demande pas, je te l'ordonne, avait-elle insisté, je ne sais pas si je veux poursuivre Amir, avait été ma réponse, lève-toi de ce lit tout de suite et écris tout ça, avait-elle ordonné, envoie-moi les coordonnées d'Amir, je veux tout savoir de ce salaud, numéros de RG[1] & de CPF[2], adresse, routine, travail, lieux qu'il fréquente, noms de ses amis, toute cette merde, et moi j'obéissais, j'écrivais ça et ça et ça sur un bout de papier, et je retournais au lit, dormais, signais la procuration, et retournais au lit, pleurais, sans le courage de porter plainte, sans le courage de rendre tout ça public & Bia : ne fais pas l'idiote ! & ma grand-mère : si tu ne portes pas plainte contre ce mec, je vais faire bien pire & Marcos : Zapira a un bon moyen de te sortir de ce lit, viens avec moi & moi je n'avais qu'un filet de force, que la force de dormir et vivre là, dans ma tanière, incrustée dans le matelas, comme l'urine sèche, qui se nourrit de mousse et qui, avec le temps, s'évanouit en poussière.

La mort virtuelle, d'une certaine façon, est plus perverse que la mort réelle. C'est vous, cadavre, qui devez affronter la lie de votre vie éteinte. Affronter les démarches bureaucratiques. Et moi, je n'arrivais pas à bouger d'un pouce. Alors Marcos m'avait arrachée à mon lit, mise dans la voiture, « merde, princesse, on va peindre ton corps », avait-il dit, en me racontant en chemin la première fois qu'on avait peint son corps à lui, « on ne peut comprendre ce que signifie faire partie de cette planète que quand on a le corps peint », m'avait-il assuré, « quand on a peint mon corps, j'ai compris

1. Carte d'identité des citoyens nés et résidant au Brésil.

2. Registre des contribuables individuels, obligatoire pour tout résident du pays.

ce que signifie venir de la poussière et retourner à la poussière », « quand on m'a peint, je me suis vu catapulté dans mon ancestralité, je n'avais qu'une envie, partir chasser le jaguar », avait-il ajouté, affirmant aussi qu'avant la peinture son esprit avait mal, « et il n'avait pas un peu mal, il avait très mal, il avait mal et il saignait », m'avait-il raconté en tenant ma main, et en la serrant plus fort, « tu vas guérir ».

Et maintenant j'étais là, entourée d'enfants, sous la samaúma, les bras et les jambes recouverts de dessins de triangles opposés par les pointes. Et d'hexagones et de carrés. Qui formaient des labyrinthes. Des possibilités. Des pièges. Des chemins. Par où entrerait l'ennemi, m'a expliqué Zapira. C'était là, dans ces labyrinthes, que le mal se perdrait.

Avant la peinture, j'avais été plongée dans une baignoire en bois, contenant une infusion de quinze plantes distinctes en plus du tabac. Et après, j'ai reçu une lance à la flèche envenimée, pour chasser le tapir. Ensuite, Zapira m'a soufflé du rapé dans la narine droite. Puis dans la gauche. « Il faut que ce soit dans les deux narines », m'a expliqué Marcos, plus tard. « Sinon ça rend bipolaire. »

Quand je me suis vue peinte, je ne me suis pas reconnue. Je ne sais pas si c'est à ce moment-là que j'ai arrêté de mourir. Mais c'est là, pendant que j'aidais les femmes du village à récolter du miel, que j'ai décidé de changer mon carnet de femmes empilées en *cellesquontue.com*, une page publique en ligne, avec une description des faits, pendant.des.mois. mon.ex.nous.a.filmés.en.train.de.faire.l'amour.sans.que.je.le. sache.etcetera, et de mettre moi-même en ligne les images qu'il avait déjà diffusées, lui, de façon anonyme, le même matériel pornographique, mais là, sur ma page personnelle, reliée à mon site personnel, et mon vagin pendant que je me coupais les ongles et tout ce tas d'images de chatte et de cul et de sexe avec le visage d'Amir caché par un bandeau noir et le mien en gros plan ne m'exposeraient pas, là ce serait le contraire, ce serait un vaccin, j'utiliserais le virus d'Amir pour m'immuniser de la maladie d'Amir. Ma page serait une attaque excellente, une guerre exemplaire, un modèle d'assassinat virtuel d'ex-petit ami, un projet que je ne raterais pour rien au monde.

Le soir, nous nous sommes assis autour du feu et avons mangé du manioc et des bananes. Moi toujours agrippée à ma lance pour chasser le tapir. Nous avons dormi dans un hamac dans la maloca de Zapira, et avons été réveillés par un chant étrange qui parlait de seigneur et de monter aux cieux et de péchés et de démons.

Au retour pour Cruzeiro do Sul, j'ai demandé à Marcos de quoi il s'agissait. Alors il m'a appris qu'il y avait un pasteur dans le village. Et que nombre de ses membres étaient évangéliques.

– Tu ne les connais pas, ils ne participent pas aux rituels du cipó, m'a expliqué Marcos.

– Mais ils sont indigènes ?

– Bien sûr que oui.

– Mais comment Zapira et les indigènes qui préservent la tradition du village cohabitent-ils avec les évangélistes ?

Alors Marcos m'a raconté l'histoire de son peuple.

– Tu dois comprendre qu'ici beaucoup de sang a coulé. Comme on dit : plus de sang que de latex. Des huit cents Ch'aska qui vivaient au village, au début du second cycle du caoutchouc[1], seuls cinquante-sept ont survécu. Ils ont tout perdu. Leurs terres. Leur culture. Tu sais ce que c'est de perdre sa propre langue ? Les propriétaires de plantations d'hévéas interdisaient à mes ancêtres de parler leur langue.

Marcos m'a expliqué que tous, aujourd'hui, sont les enfants, petits-enfants ou arrière-petits-enfants des cinquante-sept survivants. Qu'ils ont vécu pendant des décennies dans la misère la plus totale. Qu'à un moment donné de cette histoire, tous sont devenus évangéliques. Et que, soudain, beaucoup de femmes ont commencé à perdre leurs bébés, juste après l'accouchement. Beaucoup. D'abord une, puis trois, puis six, puis quinze ; alors, les mères ont commencé à devenir folles, elles pleuraient et criaient dans le village, certaines se jetaient dans la rivière, voulant mourir comme leurs enfants morts. Alors, le père de Zapira s'est mis à visiter d'autres villages, et à parler de la mort des bébés, et les chamans, de différents peuples, ont rendu visite aux Ch'aska pour tenter de comprendre ce qui se passait avec ces bébés qui naissaient à peine pour mourir aussitôt ; ils ont tout essayé : toutes les herbes, racines, lianes, tous les chants, bourgeons, rituels, toutes les danses, mais aucune

1. De 1942 à 1945, la seconde fièvre du caoutchouc correspond à l'explosion de la demande en latex de la part des Alliés, à la suite du passage sous contrôle nippon des zones caoutchoutières d'Asie du Sud-Est.

plante, aucun rituel, aucune danse de tel village ou de tel autre, aucun chaman n'est venu à bout de la malédiction des bébés mort-nés, d'après Marcos. Même si les membres du village croient que c'est le venin de la rainette jaune qui a éradiqué la malédiction, « ce qui a mis fin à ce cycle de morts, c'est la renaissance du village en tant que peuple de la forêt, avec ses croyances, sa langue et sa culture », a conclu Marcos, me faisant ainsi comprendre que les licornes peuvent renaître.

Tout cela m'a remplie d'énergie. Et de force. En rentrant chez moi, j'avais nombre de plans en tête. Flèches. Je me sentais bien. Feu. J'allais parler avec Denise. Poudre. Avec ma grand-mère. Flèches empoisonnées. Avec Bia. Lances. Organiser les éléments. Artillerie. Commencer une guerre. Cellesquontue.com.

Au lieu de ça, je suis allée dans ma chambre et, sans ouvrir les fenêtres, je me suis dévêtue, pour observer mon corps peint dans le miroir. Rawa-kah, ai-je répété tout bas. Je me sentais comme une nouvelle espèce animale. Une nouvelle bête. Ma peau, devenue serpent, pleine de chemins et labyrinthes et triangles qui se connectaient et de lignes qui couraient de-ci, de-là et montaient et descendaient, provoquant en moi un vertige agréable. Je me suis assise sur le lit, et une immense sensation de paix m'a envahie. J'ai senti mon cœur battre dans mes cellules. Mes yeux semblaient être deux oiseaux prêts à prendre leur envol. Flap, flap, flap, et ils se sont envolés. Je ne me souviens plus de rien d'autre.

Je me suis réveillée sur le canapé, habillée, quand le téléphone a sonné.

– Où étais-tu passée ? m'a demandé Carla, inquiète.

– Quelle heure est-il ? ai-je demandé en retour.

– Onze heures.

J'étais troublée. J'étais rentrée chez moi à midi.

– Du soir ? ai-je interrogé, surprise d'avoir pu dormir tout l'après-midi.

– T'es défoncée ou quoi ? Il est onze heures du matin.

J'ai eu du mal à croire que j'avais dormi presque vingt-quatre heures d'affilée.

– Il faut que tu viennes maintenant, a repris Carla. On doit réfléchir ensemble à la suite. Je t'avoue que j'ai peur. Vraiment.

– Que s'est-il passé ?

– Tu n'es pas au courant ?

Son ton alarmé m'a encore plus perturbée.

– Les assassins de Txupira sont morts au petit matin. Un massacre. Ils ont été tués tous les trois.

ZÊTA

Elles disaient : Tu veux du tinamou ? Tu aimes le singe-araignée ? Ou : Va tuer un pécari, femme ! Va pêcher un surubi. Régale-toi d'açaï. Mange du bacuri. Tu veux de la cará ? Va en chercher au potager. Ramasse du manioc. De l'igname. De la courge. Va cueillir des noix. Ou du murici. Tu aimes la pupunha ? Nous avons du péqui. Et du tatou. Va chasser un jacu. Va tuer un daguet. Mange de la pitanga. Ou du camutim. Tu ne veux pas de la graviola ?

Chooo, je sifflais. Même pas nauséeuse. Aucunement. Chooooooo. Vous croyez que je suis idiote ?

Les voix, venues de la forêt, aussi nombreuses que les invitations : Mange du singe hurleur, elles disaient. Ou : Goûte notre miel. Ou : Mange de l'agami. Elles pouvaient m'offrir le ciel et la terre, notre menu était prêt. Et la gnôle n'effraie pas une guerrière. Nous étions affamées. « Aujourd'hui on va manger à s'en péter le bide », avait déclaré la Femme aux Pierres Vertes en préparant la grille de bois pour le barbecue. Ce serait un grand banquet, je le savais. J'avais invité Rusyleid & Iza & Silvana & Regina & Ketlen & Soraia et beaucoup d'autres. De A à Z.

Marchant parmi les arbres géants de la forêt avec ma torche enflammée et mon tacape*, je n'ai pas eu de mal à reconnaître et à cueillir les feuilles de taioba. Voilà ce qui arrive, me suis-je dit, quand on a le corps peint : ce qui était enroulé se déroule. Ce qui était lent devient rapide. Ce qui était invisible devient visible. Ce qui était immobile se met en mouvement. Ce qui partait en avant revient en courant. Ce qui était gibier devient chasseur.

C'était un grand jour. J'avais la sensation d'être une samaúma centenaire, entourée de touïs et de toucans. C'est quelque chose, d'être une grande femme. C'en est une autre, d'être un grand arbre, m'avait dit la Femme aux Pierres Vertes. Comme dans ce poème, j'ai pensé : « Pousser pendant des siècles, et ne blesser personne. » Et ma force ? D'où venait-elle ? Des triangles inversés qui brillaient sur mes bras ? Hahahaha, peinte d'encre de jenipapo, j'avais franchi une ligne. Dépassé la limite. Maintenant oui, je pouvais converser avec la fumée. Avec les esprits de la forêt. Où sont passés les jaguars qui parlent ? demandais-je en observant les alentours.

Je suis revenue en volant au-dessus des frondaisons, à califourchon sur ma torche, comme les sorcières montent sur leurs balais, le feu derrière, moi devant, en direction du lac, où les guerrières m'attendaient. Accrochés aux troncs des arbres, comme des drapeaux, étalés sur l'herbe, autour du feu, des tissus multicolores égayaient notre maloca. Ah, quel régal. La place centrale avait été balayée avec du cipó-titica. Quelqu'un avait apporté du vin de banane. Et il y avait beaucoup de fruits, maris, patauás, mangues, oranges, mais ça c'était pour plus tard. Le manioc avait été cuit, écrasé, mâché, craché et sucré au miel d'abeilles, pour faire de la caiçuma, et mouiller le gosier.

Cette fois-ci, pas de *O-bla-di O-bla-da*. Pas de *terô, terô*. Rien que des percussions. Fumée. Rythme. Tambour. Chant de vengeance. Sans vengeance, impossible d'oublier.

En me voyant revenir, les femmes ont commencé à se lécher les babines.

– Les viandes sentent bon, a dit la plus affamée.

Sur le feu, un grand chaudron. Plein. Bouillonnant. Et dans le ragoût : les viandes. Un peu plus de poivre, encore un soupçon de tucupi, et de jambu, et de chicória.

– Où est la taioba ?

J'ai montré les feuilles que je venais de cueillir dans la forêt.

Elles ont été jetées dans la marmite. Touille bien. Ajoute de l'eau. Saupoudre de poivre. Et de cumaru. Et d'aroeira. Et laisse bouillir. Bouillir le jour et bouillir la nuit. Le soleil se lève et se couche. Nous chantons. Nous dansons. Nous voyons l'herbe pousser.

Annonce des tambours.

Alors arrive Txupira avec son groupe. Ils crient et pointent leurs armes. Ils prennent part à la fête. C'est notre façon de nous souvenir de celles qui sont mortes. De A à Z. Et de prévenir : ici, on ne tue pas pour s'amuser. Vengeance qui terrorise égale leçon bien apprise.

Ensuite, nous humons du rapé et jasons. Nous rions. Quelques-unes vont se baigner. D'autres veulent juste boire et danser et déclamer des poèmes consacrés : « Pousser pendant des siècles et ne blesser personne. » Beaucoup s'installent sous les arbres et évoquent quelqu'une, une connaissance, une voisine, une sœur, une amie, une cousine, une belle-sœur, une malheureuse, elles-mêmes, ou d'autres, sans nom, qui involontairement sont devenues un objet. Un démon. Un cadavre. Un cintre. Un argument de vente. Une salope. Un sac de frappe. Une chose sans valeur. Une esclave domestique. Un trou. Une plate-forme de ventes. Un jouet sexuel. Une traînée.

– Je n'ai jamais entendu parler de chatte sacrée, a commenté l'une d'elles.

L'heure du repas est arrivée.

– Ça sent bon, a dit une autre.

Nous nous sommes léché les babines. Avons salivé.

Quelqu'une a apporté des feuilles d'aninga en guise d'assiettes.

– La jambe d'Abelardo est pour moi, a décrété l'une.

– Je peux partager la poitrine de Francisco, a répliqué une autre.

Nous avions rasé la tête des deux assassins de Txupira, lavé leurs corps et arraché leur couenne. Avec nos coupe-coupe, nous les avions soigneusement démembrés, puis avions retiré leurs viscères, avant de les laver dans la rivière et de les sécher au soleil.

La plus grande :

– Nous avons deux têtes. C'est bombance.

Celle-là :

– C'est ce qui donne une bête : quatre jambes.

Celle-ci :

– Et quatre bras.

Moi :

– Et deux troncs.

– Ça, c'est pour toi, a déclaré la Femme aux Pierres Vertes en disposant deux morceaux de viande devant Txupira. (Sa chatte, à présent, n'avait plus de bandeau noir. Alors, elle recevait des compliments : waouh, quel beau vagin !)

C'étaient les parties intimes des garçons. Txupira, plus que quiconque, méritait de les faire disparaître. Gentille, elle a voulu partager cette friandise avec moi.

J'ai préféré le cœur de Francisco. Abelardo et lui, en fin de compte, ont eu de la chance, ai-je pensé tout en mastiquant, plus de chance que Crisântemo. Ils auraient pu devenir de la nourriture pour les vers, comme Crisântemo. Au lieu de ça, ils ont fini dans notre marmite.

Nous avions brûlé tout ce qui leur appartenait : les vêtements ensanglantés. Les souvenirs. Les chaussures. Les ceintures. Les envies. Les chapeaux. Les portefeuilles. Les cheveux. Les idées. Les papiers. Pour qu'ils ne nous tirent pas vers la terre des morts. Ou qu'ils ne soient pas tentés de rester parmi nous, comme des ombres. Leurs os aussi avaient été incinérés, broyés et ajoutés au vin de banane et de caiçuma, que nous avons bu jusqu'à sombrer dans le sommeil.

Je dormais presque lorsque la Femme aux Pierres Vertes m'a tirée par la main.

– C'est l'heure, je vais t'emmener dans un endroit spécial.

Et nous sommes parties en volant à travers la sylve sombre, descendant ici, montant là, volant au-dessus des frondaisons, en vols circulaires comme les vautours, planant au cœur de la forêt, et tout en bas la sylve palpitante, et les eaux coulant à flots, et les plumes et poils et dents affûtées, et les animaux féroces et les proies, les uns chassant, les autres chassés, les uns mangeant et les autres mangés, des gens humbles, des gens affamés, des villages pauvres et d'autres plus pauvres encore. De l'or ? Oui, et des semences mortes, du soja, du bétail, de la sécheresse, des pesticides, des gens mauvais, et nous avons volé plus bas, la brise sur notre visage, la fumée des incendies, ah, quelle tristesse, et ici une zone déboisée, et là une autre zone déboisée, et encore après le plus grand des déboisements, et puis de vastes zones brûlées, certaines juste déboisées, d'autres juste brûlées, et de riches fermes, beaucoup de soja, beaucoup de bétail, et là une tronçonneuse, un tracteur, une pelleteuse, encore une scie, ah, quelle peur, du booooiiiis s'abattant, un arbre tombe puis dix puis cent puis deux mille, et ici des envahisseurs, et là des orpailleurs, ah, quel malheur, et là-bas s'ouvre un aérodrome clandestin, nous prenons de la vitesse, n'atterrissons pas, et un autre aérodrome clandestin là, juste là, et encore des marteaux-piqueurs, des tracteurs, des pelleteuses, ah, quelle peur, et des gens qui creusent, et d'autres qui brûlent la forêt, ah, quelle tristesse, et devant nous une ville moche, et en dessous une autre ville moche, la beauté est ailleurs, elle est restée très loin, en arrière, dans le cœur de la sylve, et dessous tout n'est que jardins tristes, dettes, embouteillages, chômage, crues, inertie, écoles abandonnées, peuples abandonnés, fumée noire, musées abandonnés, bibliothèques abandonnées, ah, quel découragement ! Et nous avons profité du vent qui soufflait pour atteindre les hauteurs, et malgré ça, malgré le nuage noir qui recouvre la ville, nous avons réussi à voir des hommes en costume-cravate, tout en bas, ah, quelle nausée, nous avons volé plus bas, que de gens idiots et de gens salauds et de gens ultra salauds, ah, quelle horreur, « regarde la baie de Guanabara », dis-je, et nous planons plus avant, près de São Paulo, au-dessus d'une route pleine de virages et de rares fermettes, des virages à droite et à gauche, et encore des virages, et alors nous avons tourné vers les montagnes.

– Tu te souviens de cet endroit ? m'a demandé la Femme aux Pierres Vertes en me montrant la vallée tapissée de tibouchinas en contrebas.

Il y avait tant de souvenirs à me remémorer que je n'arrivais à rien me rappeler du tout. Main dans la main, nous avons atterri dans la vallée, à côté d'un véhicule accidenté. Beau tonneau ! Le bras d'une femme sortait par la fenêtre.

Quand je me suis baissée, j'ai vu ma mère morte sur le siège conducteur.

– Maintenant explique-moi, m'a dit la Femme aux Pierres Vertes en me lâchant la main.

– Comment a-t-elle atterri ici ?

Nous sommes restées là, à regarder ma mère.

Même morte, elle était belle.

Q

Après une courte pause, le juge est entré en claudiquant. Un pied chaussé d'un mocassin, l'autre dans une sandale ouverte, en cuir grossier. Le gros orteil enveloppé dans de la gaze. De la taille d'un œuf. Pendant l'audience, il libérait son pied blessé de la sandale et le massait, en le caressant avec soin. Un ongle incarné, ai-je appris plus tard.

– Parfois, il me semble juste qu'on perd notre temps, m'a confié l'assistant social dehors, après m'avoir taxé une cigarette.

C'était un monsieur très maigre, presque une ficelle.

– Et les semaines passent comme ça. À toute vitesse. Comme un train qui nous transporte vers la mort, a-t-il ajouté, les yeux dans le vide, songeur.

Sur la place, devant nous, les frondaisons des arbres avaient été taillées de façon géométrique, carrée, comme si les habitants d'ici voulaient montrer à la nature environnante, indomptable, qui commandait dans cet endroit. Nous avons fumé en silence.

– Vous avez vu ça ? m'a-t-il demandé en me regardant enfin dans les yeux. Dans la plainte, la fille déclare qu'elle a été violée. Et là elle se pointe et affirme que non, qu'elle a dit ça parce qu'elle était en colère contre son petit ami. Et à la fin, accusé et victime partent d'ici main dans la main.

Pause.

– Je devrais travailler moins, a-t-il commenté en écrasant son mégot avec sa chaussure bon marché.

Avant de rentrer, il m'a offert une banane apportée de chez lui.

– Je n'ai pas faim, a-t-il conclu en prenant congé.

À l'intérieur, j'avais froid, même si la climatisation était à présent éteinte. La salle d'audience était quasiment vide. Seulement les professionnels concernés, le monsieur ficelle et quelques autres personnes qui entraient et sortaient, au gré des audiences. Il était presque trois heures de l'après-midi et personne encore n'avait déjeuné. Tout le monde se sustentait de biscuits, de café et de bananes, apportés de chez eux. Affaire suivante : agresseur et victime appelés, aucun n'a comparu. L'avocate commise d'office a fait un discours protocolaire. Prévenu condamné. Une audience après l'autre, à une cadence industrielle. « Il m'a poussée. M'a traitée de pute », a déclaré la victime suivante. Carla semblait épuisée. Avocate générale, avocat commis d'office, prévenu, tous engagés dans le débat : l'avait-il poussée ou pas poussée ? L'accusé a reconnu les faits, il était ivre.

– Mais je l'ai à peine poussée, c'est elle qui exagère.

– J'exagère ? Tu m'as cassé le bras ! a-t-elle rétorqué.

– Vous buvez toujours ? a demandé Carla au jeune homme.

– Oui.

– Tous les jours ?

– Parfois.

– Tous les jours ?

– Oui.

– Alors vous avez un problème. Acceptez-vous une aide sociale ?

– Oui, j'accepte, madame. Merci beaucoup.

Le monsieur ficelle a soupiré, fatigué.

J'ai dû assister au traitement de deux autres affaires avant de pouvoir retrouver Carla.

Quelque part, il était sidérant que le tribunal poursuive sa routine de travail. Ces derniers jours, avec la mort de Crisântemo, d'Abelardo et de Francisco, toute la ville semblait s'être arrêtée. Dans les bars, dans le parc, où les enfants jetaient du pain aux caïmans, dans les restaurants, aux arrêts de bus, dans le centre commercial, dans les igarapés, au marché central, dans la forêt, on ne parlait que de ça. Une vague de deuil et d'indignation avait balayé la ville. Si jeunes, disaient les gens à l'unisson. Si beaux. La vie devant eux. Quelle cruauté ! Quelle barbarie ! Mais où va-t-on ? se demandaient les gens. Les rues et les maisons où vivaient les garçons étaient en permanence remplies d'amis, de connaissances, de curieux, de journalistes, d'experts et de policiers.

Leurs veillées funèbres vidaient les rues de Cruzeiro do Sul. La ville s'était remplie de banderoles « Crisântemo, parmi nous », « Abelardo, parmi nous », « Francisco, parmi nous ». Quand je les avais vues, j'avais eu du mal à le croire. Pour tout dire, j'avais éclaté de rire. Un rire nerveux. J'avais pensé à en accrocher d'autres du genre : « Violeur, parmi nous », « Assassins, parmi nous ». Soudain, juste parce qu'ils étaient morts, juste parce qu'ils avaient pris chacun une balle dans la tête, le meurtre de Txupira avait été retiré de leurs biographies. Leurs chroniques nécrologiques ressemblaient à celles de saints. Étudiants. Bons fils. Bons citoyens. De bonne famille. Voilà ce que disaient les journaux. De bonne famille ! Le maire avait décrété trois jours de deuil. « Nous n'accepterons pas cette violence. Les décès de ces jeunes ne resteront pas impunis », avait-il déclaré plusieurs fois à la presse. Personne, dans la ville comme dans l'État, n'avait pu échapper, à un moment ou à un autre, aux images des mères des trois garçons pendant les cérémonies d'adieux : l'une était prostrée, la deuxième hystérique, la troisième visiblement droguée. Toutes trois soutenues.

Toutes les unités de police étaient mobilisées pour l'enquête. Abelardo, Crisântemo et Francisco avaient été trouvés au bord de la rivière Juruá, dans un coin de forêt dense, pas très loin de l'endroit où ils avaient abandonné Txupira sans vie. Mais de ça, personne ne parlait. Du reste, Txupira, soudain, était devenu un nom tabou. « Vous voulez piétiner leurs cadavres ? » m'avait demandé le patron du poste à essence où je faisais le plein de ma voiture. « Ces garçons sont morts. Ça avance à quoi maintenant de savoir s'ils ont tué l'indienne ou pas ? »

D'après l'expertise, ils avaient été exécutés sur place. Les tirs avaient été faits à courte distance, par une seule arme, ce qui signifiait que l'un d'eux avait eu la déveine d'assister à la mort des deux autres.

Pendant que j'attendais que Carla termine ses tâches au tribunal, j'ai lu dans le *Caderno do Acre* que Crisântemo avait reçu un appel d'une cabine téléphonique deux heures avant de mourir. Pour la police, c'était la clé d'élucidation du crime.

La veille au soir, en dînant avec Carla, Denis et Marcos, j'avais été surprise d'apprendre que Carla était appelée à faire une déposition.

– Ils croient peut-être que c'est toi qui as tué ces assassins ? avais-je plaisanté.

– Denis aussi a été appelé, m'avait-elle informée.

Denis :

– Et tu vas être convoquée toi aussi. Tu peux t'y attendre. Tous ceux qui, d'une façon ou d'une autre, se sont impliqués dans l'enquête sur la mort de Txupira vont l'être.

– Mais pourquoi moi ? avais-je demandé, apeurée.

Alors Denis m'avait dépeint le tableau complet.

– Pour comprendre ce que signifie la mort de ces jeunes, tu dois d'abord comprendre la « question de l'Acre ». Dans cette ville, ces play-boys ne sont pas seulement trois fils à papa. Ils sont les arrière-petits-fils et les arrière-arrière-petits-fils des inventeurs de l'Acre, des gens qui sont venus ici poussés par la grande sécheresse du Ceará ; là, je parle de la fin du XIXe siècle, quand cette région appartenait encore à la Bolivie et était surnommée « terres inconnues ». À l'aide de coupe-coupe, de miroirs, de vêtements et de babioles, ces gens-là ont berné les peuples qui vivaient ici depuis toujours, et qui étaient les véritables propriétaires de toute cette immense zone recouverte de forêt. Ils ont expulsé, tué, réduit les indigènes en esclavage et sont devenus de grands propriétaires de plantations d'hévéas. Et quand la Bolivie a commencé à chercher des moyens d'arriver jusqu'à l'Atlantique pour écouler les broutilles qu'elle produisait, ou pire, quand elle s'est mise à traiter avec les États-Unis pour louer ces terres aux Américains qui voulaient exploiter le latex, la matière première de la modernité par excellence, eux, les grands propriétaires, ont perdu la tête. À l'époque, ils savaient très bien comment faire couler le sang, ils avaient déjà tué des milliers et des milliers d'indigènes, alors l'idée de tuer des Boliviens n'effrayait personne. Pour la « question de l'Acre », ils se sont organisés, ont formé des armées, avec des poètes, des fous, des avocats, des médecins, des indigènes, des journalistes, des militaires, avec tous ceux qu'ils arrivaient à convaincre, par le fouet, par l'argent ou par le chauvinisme. La lutte a duré des années. Ils ont perdu et gagné. Et perdu de nouveau. La question de l'Acre est devenue une question nationale et internationale. Ils ont déclaré l'indépendance de l'Acre en tant qu'État. Galvez, un journaliste espagnol, qui avait découvert et dénoncé l'histoire du Bolivian Syndicate[1], soit la première intervention internationale en Amazonie, est

1. Compagnie capitaliste composée de riches actionnaires nord-américains et européens à qui le gouvernement bolivien a concédé en 1901 le contrôle quasi total de l'Acre pour une durée de trente ans.

devenu le plus grand leader de ce nouvel État. Un État que le Brésil n'a pas reconnu. Pire : la marine brésilienne a envahi l'Acre et l'a rendu à la Bolivie. On dirait une farce. Mais par la force de ces hommes, de ces tueurs d'indigènes, et par la force de leur argent, le baron de Rio Branco[1] s'est assis à la table des négociations avec les Boliviens afin d'acheter l'Acre pour deux millions de livres sterling. Et depuis, ces hommes font la pluie et le beau temps sur cette terre. Ils possèdent quasiment tous les endroits où tu achètes quasiment tout ce dont tu as besoin. Ils ont perdu beaucoup avec la démarcation des terres indigènes, mais ils sont toujours les patrons de la ville. Les trois garçons qui sont morts sont de leur sang.

Voilà ce qui préoccupait Carla : une fois de plus, c'étaient les indigènes qui allaient payer les pots cassés. D'après elle, on pouvait déjà percevoir, entre les lignes des articles de journaux, dans les débats au tribunal, dans le comportement des enquêteurs, un certain désir de mettre ces trois meurtres sur le dos des Kuratawa.

– Regarde ça, m'avait-elle dit en sortant de son sac un exemplaire du journal *Terra Nova*, dont le propriétaire était un oncle d'un des trois garçons.

Et elle avait lu à voix haute : « Ces assassinats ont été perpétrés par des communistes-a-do-ra-teurs-d'-indiens », puis répété « communistes-a-do-ra-teurs-d'-indiens » en écarquillant les yeux.

---

1. José Maria da Silva Paranhos Júnior (1845-1912), baron de Rio Branco, avocat, historien, diplomate et homme politique ayant œuvré à la consolidation des frontières du Brésil moderne.

– Mais où on va ?

Ce jour-là donc, après le tribunal, nous sommes allées au village de Txupira. Carla voulait leur expliquer ce qui se passait. Elle voulait les alerter sur le danger de violence. Elle avait déjà alerté la FUNAI, et elle attendait à présent que la FUNAI contacte l'IBAMA[1]. Et que l'IBAMA fasse quelque chose.

– Mais je ne me fais pas d'illusions, les temps ont changé, a-t-elle conclu quand nous avons pris la route. Ces familles n'ont jamais accepté la démarcation des terres indigènes. Alors maintenant elles vont se sentir autorisées à aller dans les villages et à menacer les habitants.

Carla n'était pas contrariée par le meurtre des trois garçons. Mais elle craignait, oui, que les Kuratawa en soient tenus pour coupables. Et elle était furax de n'avoir pas réussi à faire condamner les assassins de Txupira.

De mon côté, j'avais été, comme tout le monde, touchée de voir la souffrance des mères des victimes. Point final. Ma compassion s'était arrêtée là. Voir une mère pleurer est toujours quelque chose qui me démonte. À part ça, leur mort ne m'atteignait pas du tout. Oui, ils avaient la vie devant eux. Txupira aussi. Ils étaient morts de façon cruelle. Txupira aussi. Ils avaient beaucoup moins souffert que Txupira, en vérité. Ils avaient eu plus de chance. Ils n'avaient pas été violés avec une bouteille de whisky.

Au contraire de Carla, je ne croyais pas du tout que, vivants, ils auraient fini par pourrir en prison. Cela ne serait

1. Institut brésilien de l'environnement et des ressources naturelles renouvelables.

pas arrivé. Jamais. Pas au Brésil. Ils s'en seraient tirés. Pour tout dire, leur mort me soulageait même. J'ai commis la bêtise de le dire à Carla.

– Ne répète pas ça devant d'autres avocats.

– Tu peux dire ce que tu veux, ai-je avoué, je ne sais pas pardonner. Le pardon, c'est la vengeance domestiquée. Sublimée.

Carla m'a regardée, choquée.

– T'es sérieuse ?

– Pour certains crimes il n'y a pas de pardon.

– Sérieux ?

– Qui a tué Rita ? Qui a tué Txupira ?

– Je vais te reposer la question : t'es sérieuse ? Parce que tout d'un coup, on parle de peine de mort. Et je n'ai pas envie de découvrir que tu es pour la peine de mort.

– Bien sûr que non. Je ne déplore pas leur mort, c'est tout.

– Est-ce que je vais devoir te demander où tu étais le matin où les assassins de Txupira ont été tués ?

Nous avons rigolé.

Je ne me sentais pas très bien quand nous sommes arrivées au village de Txupira. De temps en temps, un frisson me parcourait le corps, malgré la chaleur étouffante.

– S'ils viennent, nous lutterons, a affirmé le chaman en apprenant ce qui se passait.

J'ai regardé les indigènes, là, autour du cacique, debout, adossés aux arbres, tellement démunis, les bras croisés, les mains sous les aisselles, accroupis, assis sur la place centrale, absorbés, mortifiés par la chaleur, entourés de décombres, de plastique, de déchets, de boîtes de conserve. Je n'ai pas réussi à les imaginer en train de résister. On aurait dit des victimes résignées, du bétail sur le chemin de l'abattoir. Des mouches volaient autour de nous.

C'est alors que la mère de Txupira est arrivée et s'est mise à parler. Nous ne comprenions pas ce qu'elle disait. Elle parlait sans pause, d'un ton monocorde. Les hommes ont commencé à débattre entre eux, et la mère de Txupira poursuivait son discours, sans y faire attention. Peu à peu, ils se sont tus. Carla a demandé qu'on lui traduise ce qu'elle racontait.

Le cacique a fermé les yeux. Et traduit. Il a dit que la vieille assurait que c'était elle qui avait tué les garçons. Par la magie. Que Txupira elle-même lui avait rendu visite en rêve et demandé de le faire. Que, dans son rêve, Txupira lui avait ordonné de chasser un ara bleu et jaune et de lui retirer les plumes. De cueillir du miel d'abeilles sauvages. De couper des branches vertes d'un siparuna. Et de trouver un peu de liane. Bien solide. D'emporter, la nuit de la pleine lune, tout ça avec elle. D'y aller seule. Que c'était important. Qu'aucun homme ne la voie. De monter, une fois arrivée au milieu de la forêt, une petite plateforme avec les branches du siparuna, en attachant leurs extrémités avec la liane. D'orner l'autel avec les plumes d'ara. De mettre le miel bien sucré à l'intérieur. Et de creuser, à côté, trois trous, un pour chaque assassin. Et, dans chacun d'eux, de mettre sa bouche et de crier leurs noms, trois fois. Qu'elle avait bien fait tout ça. Qu'elle était rentrée à la maloca sans que personne l'ait vue. Et que la voix de Txupira l'avait réveillée en lui soufflant à l'oreille d'allumer la radio. Qu'en le faisant, elle avait entendu la nouvelle que les garçons étaient morts. Que c'était là son sort magique.

À la fin, la vieille a tourné le dos et s'est éloignée. D'où nous étions, nous pouvions la voir étendre les vêtements lavés sur le fil tendu entre les arbres autour de la place. T-shirts, shorts, robes, aux couleurs légèrement ravivées par l'eau. Tout en lambeaux, déchiré, troué.

Carla leur a suggéré de renforcer la surveillance de leur territoire pendant quelque temps.

Alors que nous remontions dans la voiture pour rentrer à Cruzeiro do Sul, Naia est venue vers moi en courant. Son ventre était un peu plus rond, elle avait l'air heureuse. Elle m'a offert un collier de perles jaunes.

– C'est moi qui l'ai fait, a-t-elle dit en me le passant autour du cou.

Ses bras nus n'avaient plus aucune marque.

11

DE L'ART SIMPLE DE TUER UNE FEMME 1

Le lundi,
l'assassin a sorti du frigo
le pichet d'eau,
les restes de pâtes
du déjeuner ou du dîner
du dimanche,
ou les haricots cuits
mais pas cuisinés,
pour la semaine,
ou peut-être les tomates et la laitue flétrie,
pour la salade composée,
oubliées dans le tiroir,
ou le soda ou le lait
que plus personne n'allait boire,
peut-être une boîte de petits pois,
un requeijão* moisi,
des bouillons cubes,

des produits périmés
ou fraîchement achetés (quel gaspillage !)
au supermarché du quartier.
Enfin, tout ça s'il y avait les denrées basiques,
en ces temps où
personne n'a d'argent
ou de travail.
Ce qui est sûr, c'est qu'il a retiré les étagères
du frigo,
celles d'en haut et celles d'en bas,
pour mettre dedans
(dans l'endroit réservé aux tupperwares -
avec des restes de nourriture –,
et à l'eau fraîche,
et au riz de la veille,
et aux cornichons)
le cadavre de sa femme,
Engel Sofia Pironato, vingt et un ans,
dont il était en train de se séparer,
et qu'il a étranglée
d'un coup de mata-leão* savamment appliqué,
après une dispute houleuse,
ce lundi matin-là.
Et après avoir mis
sa femme morte
dans le réfrigérateur,
il a passé la journée
à errer dans la ville,
paniqué,

se demandant s'il devait ou non
s'enfuir pour aller chez son oncle
à Ermelino Matarazzo.

R

« Et des nouvelles bien fraîches, glaçantes même ! Dans les gros titres aujourd'hui, mon ami : un homme est victime d'une tentative d'homicide dans le quartier résidentiel de Jequetiba. On marche sur la tête ! » criait l'animateur de radio. Le chauffeur de taxi écoutait la nouvelle avec attention.

– Ils disent pas le nom de la victime, pas vrai ? s'est-il plaint. À tous les coups, ils le connaissent même pas. Y a tellement de gens qui meurent. Pire qu'un abattoir, pas vrai ? Pour un tué, un pendu, pas vrai ?

En voiture, la quantité de maisons cernées d'un mur en pleine ville attirait toujours mon attention. Au milieu de la forêt. Beaucoup de chiens errants. Affamés. Les décharges à ciel ouvert, bondées de vautours. Et l'asphalte. Plein de trous.

– Le commissariat est ici, m'a indiqué le chauffeur en désignant un bâtiment cubique à la façade vert d'eau.

Je suis entrée et me suis présentée, la convocation reçue deux jours avant – moins d'une semaine après la mort des assassins de Txupira – dans le sac.

L'interrogatoire a été plus rapide que je ne m'y attendais. Le commissaire pensait que j'étais journaliste, et pas avocate. Et que j'étais à Cruzeiro do Sul pour écrire un article sur la mort de Txupira, et pas pour suivre les audiences sur les cas de violences faites aux femmes. Il a eu du mal à comprendre ce point. À quoi ça servait, au final. Pourquoi je ne faisais pas cette « surveillance » à São Paulo ? Quelle était la raison de ma présence dans la ville si la campagne judiciaire était terminée ? « Je prends un congé sabbatique », ai-je répondu. J'ai aussi dû lui expliquer le sens de « sabbatique ».

Il était ahurissant de constater combien l'enquête sur la mort de Crisântemo, d'Abelardo et de Francisco avançait à grands pas. Celle de Rita progressait à un rythme bien différent. Au Brésil, en général, le temps de la justice correspond à celui de la tapisserie de Pénélope. Sans parler du temps de pause dans les tiroirs, quand les procès sont gelés par des rites bureaucratiques. Pourtant, la situation était tout autre pour les inventeurs de l'Acre. Ils avaient ralenti le procès des assassins de Txupira en usant de tous les recours prorogatifs possibles, et ils montraient à présent le même zèle pour faire tourner la machine à plein régime.

– Avez-vous une information qui pourrait nous aider dans l'enquête sur les garçons ?

J'ai tout raconté à Carla samedi, quand elle est venue déjeuner chez moi. Dans la cuisine, Marcos préparait un tambaqui pendant que toutes les deux, après avoir assaisonné la salade et mis la table, nous buvions du vin blanc sur la terrasse. Elle était intriguée.

– Quelque chose cloche dans cette histoire. On a une explication à l'assassinat de Txupira. On a une hypothèse pour la mort de Rita : elle s'était impliquée dans l'enquête sur l'affaire Txupira. Mais ces trois-là ?

– Une action isolée d'un des Kuratawa, peut-être ? Une vengeance ?

– Si c'était une vengeance, le cacique le saurait. Et il me l'aurait déjà raconté. Tu l'as vu de tes propres yeux : ils ont peur.

Pour elle, la mort de Crisântemo, d'Abelardo et de Francisco pointait quelque chose qui nous avait échappé.

– À quoi penses-tu ?

– Nous avons des frontières ouvertes. J'ai déjà entendu des histoires de villages en bord de rivière forcés de stocker de la cocaïne pour des trafiquants. En général, la pâte vient du Pérou et ils peuvent l'écouler par le Juruá d'ici jusqu'à l'embouchure de la Breu.

– Je t'avais parlé d'un truc. L'endroit où Txupira a été vue pour la dernière fois m'avait mis la puce à l'oreille.

– J'y ai pensé.

La conversation s'est poursuivie pendant le déjeuner. Marcos jugeait la supposition de Carla raisonnable.

– C'est facile de céder à la tentation. Tu traverses la frontière, t'achètes de la cocaïne pour que dalle, et t'arrives ici sans passer le moindre contrôle de police. Ça explique pas mal de choses dans l'Acre : un jour un type est fonctionnaire, et le lendemain il se retrouve à la tête d'une chaîne de stations-service dernier cri. Où est-ce qu'il a trouvé l'argent ?

Après le déjeuner, nous sommes allés en ville. Marcos s'était engagé à fournir quelques produits au village de Zapira et nous en avons profité pour déguster une glace à la graviola sur la place centrale.

Nous étions là, en silence, à savourer notre glace et à regarder le va-et-vient des gens dans les dizaines de bazars qui vendaient des babioles en tout genre fabriquées en Chine, et le chahut des enfants qui jouaient sur l'aire de jeux au gazon synthétique pendant que leurs parents mangeaient des grillades ou des boulettes de manioc dans les cafétérias alentour, quand, soudain, Paulo est passé en moto. En nous voyant, il s'est garé et nous a rejointes. J'ai remarqué l'atmosphère plus que bizarre entre Carla et lui. Détournant le regard, presque hostile, sourire factice sur le visage, Carla lui a clairement montré à quel point sa présence la dérangeait. J'ai eu de la peine pour le jeune homme.

– N'exagère pas, m'a-t-elle dit une fois seules.

Et elle m'a raconté que la veille au soir Paulo s'était pointé chez elle, comme ça, sans prévenir, pile à l'heure où Denis était là.

– Je lui ai dit que nous étions en train de travailler sur l'affaire de Rita.

– Il y a cru ?

– C'est son problème. Je suis majeure, vaccinée, je paie mes factures, je n'ai de comptes à rendre à personne. En plus, je lui avais déjà dit que je voulais faire une pause. Que j'étais focalisée sur mon travail.

– Ce ne serait pas plus simple que tu mettes un point final à cette histoire ? De façon claire et objective ?

– Pour être plus claire et objective que je ne l'ai été, il faudrait que je lui fasse un dessin.

J'avais prévu d'accompagner Marcos jusqu'au village de Zapira pour apporter les denrées qu'il avait achetées, et j'ai convaincu Carla de venir avec nous. On aurait dit que je sentais ce qui allait se passer. En chemin, elle nous a confié qu'elle aimerait essayer le cipó. C'était la première fois que Carla manifestait cet intérêt, bien que nous en ayons déjà beaucoup parlé.

J'avais de la fièvre depuis quelques jours, généralement en toute fin d'après-midi, aussi ai-je décidé de ne pas prendre le breuvage. « Mais tu peux aider », m'a dit Zapira, à ma grande surprise. Je me sentais déjà totalement à l'aise parmi ces gens. Maintenant, je remarquais avec joie qu'ils ne m'accueillaient plus comme une touriste, une curieuse ou une chercheuse faisant sa thèse de sociologie. Vu l'*ethos* collectif de ce peuple, méfiant et réservé, ce n'était pas une petite victoire.

– Qu'est-ce que je dois faire ? ai-je demandé à Zapira.

– Prendre soin de ton amie, m'a-t-elle répondu.

Quand nous sommes entrés dans la maloca où se tenait le rituel – une construction circulaire, bâtie sur pilotis et couverte de paille –, il y avait déjà beaucoup d'habitants de la ville et quelques étrangers assis sur les nattes éparpillées au sol. Nous nous sommes installés dans la zone la plus périphérique, là où une brise nous apportait les effluves de la forêt.

Zapira est entrée, à présent vêtue d'une sorte de blouse de coton brodée de graines d'açaï et d'olhos-de-boi. Sur la tête, un diadème orné de plumes de toucan et, autour du cou, plusieurs colliers de perles, de griffes et de dents de singe. Pendant qu'elle faisait un discours de bienvenue, Marcos, dont la peau brillait sous la peinture de roucou, déambulait dans la maloca, avec dans les mains un encensoir rudimentaire, en bois, où brûlait de la résine de breu blanc. L'arôme d'almecegueiro-bravo s'est aussitôt répandu dans la pièce. Le son des maracas, ininterrompu, se mêlait à celui des grillons et des cigales.

À ce moment-là, je savais déjà que les musiques de la cérémonie parlaient d'une fête au milieu du ciel, où nos frères, cousines, oncles, mères et tous nos parents morts boivent le cipó et dansent autour de nous. J'ai noté à quel point Carla était touchée par les danses, le rythme, les chants, et j'ai trouvé curieux que, même habitant ici depuis quatre ans, à cause de son métier, elle soit plus habituée à la choquante misère des indigènes des alentours qu'aux émouvantes tentatives de ces peuples pour reconstruire leurs identités.

Zapira lui a donné une petite dose de boisson.

– Sœurette, je me sens mal, m'a dit Carla après avoir passé un long moment dans un silence sombre et agité.

Quand je l'ai emmenée prendre l'air sur la place, j'ai remarqué que j'étais fébrile, de nouveau. Carla a vomi trois fois. La glace à la graviola. Je lui ai fait boire un peu d'eau et l'ai enroulée dans mon châle. Puis je lui ai donné quelques baies de goji tirées de mon sac, pour enlever le goût amer de sa bouche.

Un vent frais agitait les frondaisons des arbres autour de nous.

– Respire, et garde les yeux ouverts.

Nous sommes restées là un long moment, main dans la main, en silence, à écouter les chants qui provenaient de la maloca et se fondaient dans le bruit du vent remuant les eaux de la rivière.

– On y retourne ? lui ai-je demandé quand j'ai perçu qu'elle allait mieux.

Tandis que nous suivions le sentier de terre battue pour retourner au rituel, elle m'a remerciée à la façon des gens de l'Acre.

– Merci, frangine.

Je lui ai confié que je trouvais ces frérots et sœurettes, ces frangins et frangines, employés affectueusement par les locaux, beaux et poétiques.

– Comme tu es différente, m'a-t-elle dit. Ce n'est pas une formalité. Tu es la sœur que l'Acre m'a donnée.

J'ai ressenti une immense tendresse pour elle. Marcos nous a rejointes et nous sommes restés là tous les trois, blottis sur une natte, « comme une famille », ai-je pensé en nous couvrant de mon châle, eux deux dans leur voyage du cipó, moi enveloppée dans une torpeur fébrile qui m'a procuré un sommeil intermittent, un sommeil vide, sans rêves.

Le lendemain, tandis que nous mouillions nos pieds dans l'igarapé du village, après avoir dormi dans des hamacs de cordelettes de coton que nous avions montés dans la paillote des visiteurs, j'ai interrogé Carla sur son expérience du cipó.

– J'ai rêvé de Rita tout le temps.

Et je me suis souvenue de Zapira m'expliquant que le breuvage nous permet de parler avec les morts ; je me suis souvenue des femmes qui m'apparaissaient, qui surgissaient de formes évanescentes aux couleurs vives, les unes rouges, les autres jaunes ou noires, certaines émergeant de lacs, d'autres dégringolant des cieux, celles-ci avec des racines aux pieds, celles-là avec du sang dans les yeux, les unes se changeant en jaguars, les autres m'apportant des proies, m'emmenant chasser, me soufflant des secrets aux oreilles. Ce qui pour moi était presque toujours une épiphanie avait été pour Carla un reflet de la réalité. Rita tombant du haut de l'escalier. Rita jetée du haut de l'escalier. Rita sur la table de la morgue. Rita-poupée dans les expériences de Serrano. Rita dans son cercueil.

– Ah oui ? lui ai-je demandé en songeant que c'était au minimum une malchance esthétique que sa Rita à elle ne vole pas, ne régurgite pas des fleurs, ne rugisse pas des secrets.

Carla m'a alors confié qu'elle n'arrivait pas à « avaler la mort » de Rita. Même si la thèse de l'accident se vérifiait – et elle n'y croyait pas du tout –, « ce serait une mort très bête, difficile à accepter ».

La mort de Rita avait sans doute été la première grande perte dans la vie de Carla. Et elle accusait peut-être le coup d'une révélation : ce que nous appelons la vie est aussi une file d'attente pour la mort. Nous naissons et, bam, nous intégrons la file. Il y a des gens qui, en le comprenant – et comprendre n'est pas la même chose que savoir –, n'arrivent jamais plus à rien voir sans l'ombre de la mort, comme ma grand-mère. Quoi qu'il en soit, j'ai été surprise qu'elle soit là, dans le cœur de la sylve vivante, et qu'elle sorte de ce rituel de la même façon qu'elle y était entrée, sans être touchée par aucune sensation de mystère ou d'étonnement. Aucune couleur vibrante dans ses visions. Aucun jaguar volant. Aucune pierre verte. Aucune pine sur des chars allégoriques. Aucune amazone. Aucune vengeance glorieuse. Aucun voile marin, plein de poissons multicolores nageant autour de la tête de la Femme aux Pierres Vertes. Pour Carla, le voyage s'était limité à ça : un rêve logique. Avec des visions réelles. Et une intelligence affûtée.

– J'ai remarqué, par exemple, que Rita avait les ongles vernis de rouge le jour où elle est morte. Je veux vérifier ça avec Serrano. C'est un détail important. Surtout si elle a lutté pour vivre. On devrait retrouver des traces de vernis dans l'escalier, non ?

– Pourquoi as-tu voulu boire le cipó ? n'ai-je pu m'empêcher de lui demander.

– Alors parce que je suis athée, je ne peux pas entrer dans une cathédrale et en admirer la beauté ? a-t-elle rétorqué.

J'ai été très mal le reste de la journée. D'après Marcos, Zapira m'a fait boire une tisane d'agrião, de muçambé et de chicória, bonne pour la grippe, mais la seule chose dont je me souvienne, c'est que nous sommes restés un long moment bloqués sur la BR-364 à cause d'une manifestation indigène contre une nouvelle décision merdique du gouvernement.

Ce n'est que le lundi que j'ai refait signe à Carla, après avoir entendu à la radio, pendant mon petit déjeuner avec Marcos, qu'un début d'incendie, déjà maîtrisé, avait eu lieu dans le village des Kuratawa. J'ai tenté de l'appeler sur son portable, en vain.

Au tribunal, j'ai été surprise d'apprendre qu'elle n'était pas venue, malgré les audiences prévues.

– Allons chez elle, a suggéré Marcos.

En chemin, je l'ai rappelée. Rien. Puis j'ai joint Denis, qui était à Rio Branco. « La dernière fois que je lui ai parlé, c'était samedi », a-t-il affirmé.

Paulo n'avait pas non plus de nouvelles de Carla.

– La dernière fois que nous nous sommes vus, c'était sur la place, tu étais là. Pourquoi ?

À onze heures, Marcos et moi sonnions à la porte de Carla. Rien.

En faisant le tour de sa maison, nous avons vu que la porte arrière était déverrouillée. Je suis entrée, en l'appelant par son nom.

Carla était affalée près de la télévision, face contre terre, dans une flaque de sang. Marcos a pris son pouls et m'a adressé un regard que je n'oublierais jamais. Je me suis mise à crier, un cri sec, perçant, tranchant, comme la lame affûtée d'un couteau, d'un canif, d'un cutter, que j'étais en train d'enfoncer dans ma propre chair.

12

DE L'ART SIMPLE DE TUER UNE FEMME 2

En haut de la pile de mes
femmes mortes,
à la hauteur de l'hypocondre droit,
ou plus exactement à mi-chemin
entre le mamelon droit et le nombril,
sur le corps de Carla Penteado, quarante ans
(indépendante, majeure et vaccinée),
a été identifiée une plaie de forme ovale,
uniforme,
aux bords continus,
renfoncés,
rougis,
produite par le passage du projectile d'une arme
à feu.
Des experts acréens ont aussi analysé
ce projectile
et conclu qu'il a

été tiré
par l'arme à feu
qui a tué
Crisântemo
& Abelardo
& Francisco.

S

Jaune le matin, rouge le midi, bleu le soir, m'avait expliqué l'infirmière de l'hôpital quand j'avais repris connaissance, quelques jours plus tôt. Les comprimés étaient dans des sachets colorés pour faciliter le traitement des indigènes et des populations riveraines atteintes de malaria. Mais la patiente, c'était moi.

Je ne me rappelais pas comment j'étais arrivée au village quelques jours après mon réveil à l'hôpital. Ni ma première convulsion, devant le commissaire de police. Mais je me souvenais de la police chez Carla. De son corps emmené à l'IML. Un souvenir sans son. Comme dans un film muet. Comme si je n'étais pas là, au milieu de cette tragédie. Je me souvenais aussi de m'être réveillée à un moment donné à la maison de santé, avec du chlorure de sodium dans une veine. Et de l'infirmière m'expliquant comment prendre ces pilules colorées.

C'était Marcos qui avait suggéré de quitter la ville, après nos dépositions au commissariat. J'avais besoin de repos et de soins. En outre – et à la différence du commissaire de police –, il avait conscience du risque que je courais. S'ils avaient tué Rita, si Carla avait été assassinée, qu'est-ce qui garantissait ma sécurité ?

Prostrée dans un hamac de la maloca, je ne sentais presque plus mon corps. Bras, jambes, tête, tout n'était qu'une masse diffuse de douleur lancinante. Le cri des aras sur la place. Les roulements de tonnerre. Les pas autour de moi. Le moindre son me dérangeait. La lumière du matin ouvrait un cratère dans ma rétine. Les odeurs me donnaient des nausées. Et tout à coup, j'étais happée par un tourbillon polaire, plongée dans une masse glacée, et tout mon corps saisi de spasmes involontaires.

J'ai vite appris que l'espèce d'overdose sensorielle que j'éprouvais – comme si toute la réalité devenait âpre, perçante et excessivement brillante – et qui contractait ma peau et rendait mes yeux larmoyants était l'annonce de la crise. Dans ces moments-là, Zapira m'enroulait dans un tissu de laine rustique, de la même façon que certaines mères emmaillotent leurs bébés, en immobilisant leurs jambes et leurs bras.

Après les crises, je me retrouvais trempée de sueur, épuisée, presque morte. Les vomissements n'ont cessé que lorsque Zapira a jeté mes comprimés colorés.

– Je vais faire à ma façon, a-t-elle décrété.

Si pour la médecine conventionnelle je souffrais de malaria, pour Zapira et son peuple, mon problème était surtout de nature spirituelle, causé par des sorciers, des ennemis qui habitent la nuit et se renforcent en volant notre âme.

– Ouvre la bouche. Bois ça.

Ses ordres, qui n'arrivaient pas toujours à m'arracher d'un état de torpeur et de confusion mentale, étaient précédés d'un fort arôme de bouillie de banane. De maïs grillé. D'infusion d'herbes. De manioc bouilli.

Grenouilles. Larves. Guêpes. Ombres. Zapira voyait des êtres maléfiques tenter de s'emparer de mon esprit. Alors, pendant que je brûlais ou glaçais, elle râpait des graines. Faisait bouillir des écorces. Macérer des feuilles. Et elle m'enfilait tout ça dans le gosier. Elle chantait et dansait autour de moi. Me soufflait du rapé dans les narines. Parfois, mon corps était frotté et chauffé avec des huiles aromatiques. D'autres fois, rafraîchi par des compresses. Ou encore immergé dans une baignoire rudimentaire en bois remplie d'eau infusée d'herbes séchées. Trois fois par jour, Zapira m'obligeait à boire une cuillère d'un sirop très amer.

Résister au désintérêt du gouvernement, aux incendies criminels, aux assauts des compagnies forestières illégales et de l'agronégoce est une tâche quotidienne et exténuante pour le peuple du jaguar, du soleil, de la pupunha, du buriti, de la grenouille, et de tant d'autres peuples d'Amazonie qui vivent en danger d'extinction depuis des siècles. Néanmoins, il était rare que j'ouvre les yeux et ne trouve personne près de moi. Tous les jours, les hommes m'apportaient des poissons. Les femmes cuisinaient pour moi, me préparaient des tisanes, veillaient mon tourment. Parfois, j'étais réveillée par des enfants qui entouraient mon hamac comme un scarabée ou un morpho bleu. Quant à Zapira, je ne sais que dire.

– Ne crains rien, m'a-t-elle rassurée quand j'ai ouvert les yeux et me suis vue dans la paillote des hôtes.

Peut-être bien qu'un jour, dans le futur, je ne me souviendrais plus de l'odeur lourde, dense, de la terre réchauffée par le soleil après une pluie torrentielle dans la sylve. Mais je n'oublierais jamais à quel point le concept de solidarité de ce peuple m'a surprise, un concept qui peut ne pas entrer dans la logique du envahit-tue-pille-vole-et-vend qui marque tout pays colonisé, mais qui, dans la pulsation de la vie de la forêt, dans le déploiement ininterrompu des cycles de naissance, de floraison, de décomposition et de retour à la poussière de la nature, se révèle structurel pour l'idée de survie humaine.

Si j'avais suivi le traitement allopathique prescrit à l'hôpital, mon rétablissement aurait été plus rapide. Avec les herbes de Zapira, cependant, les effets secondaires étaient moindres.

Peu à peu, les crises ont diminué. Les ongles de mes pieds ont poussé. À présent, je pouvais sortir du hamac. Les bons jours, je pouvais même m'asseoir avec les femmes et les regarder tisser des revêtements ou des cloisons de paille de patauá pour de nouvelles malocas. Ou les accompagner à la rivière pour laver le linge. Il m'arrivait souvent de m'asseoir sur la terrasse pour prendre le soleil faible du matin, ou de jouer avec les enfants. J'aimais leur montrer des photos de chez moi, à São Paulo, de ma grand-mère. De mes amis. Très souvent, nous faisions de courtes promenades pour la cueillette de l'açaï. C'est comme ça que j'ai appris ma première phrase en tsai : « Salut, comment vas-tu ? »

Plus tard, Zapira m'a expliqué qu'en réalité, ce que j'avais appris à dire, c'était : « Mon pet tue le caïman. »

Un jour ensoleillé, je me suis réveillée sans douleur. Mon corps n'était plus une plate-forme pour moustiques à malaria. Je respirais sans peine. Je marchais sans palpitations ni frissons. Mes pensées étaient claires comme de l'eau de roche.

En sortant de la paillote, j'ai vu un grand feu brûler sous la grille du foyer. La clarté du jour n'a pas agressé mes yeux. Les battements dans mes tempes avaient disparu. Je me suis assise sur la terrasse et, tout en mangeant une banane, j'ai observé le remue-ménage. Les hommes, munis de coupe-coupe et de gourdins, tapaient sur des lianes de jagube pour la préparation de la boisson sacrée, tandis que les femmes lavaient les feuilles de chacrona. Zapira, face à un immense chaudron, alternait couches de feuilles rincées et de liane battue, l'une après l'autre. Davantage de bois. De liane. Une autre couche. De la chacrona. Entretenir le feu. Du jagube. Il n'y avait presque pas de vent. Juste de la fumée. Le feu crépitant. Elles, lavant les feuilles. Eux, tapant les lianes, pan, pan, pan, et, soudain, mon cœur et les coupe-coupe battant à l'unisson. La mort a été bonne avec moi, ai-je pensé. Je n'ai pas été renversée par un camion. Je n'ai pas été victime d'une balle perdue. Avec moi, la mort a été gentille. La mort a rêvé de moi, la mort a toqué à ma porte, comme dans ce poème. Toc toc toc. « Je songe à venir te chercher ce soir », m'avait dit la mort. Carla n'a pas eu ma chance, ai-je pensé.

– Elle n'est plus là, ai-je dit à voix haute, comme pour éprouver cette vérité.

Avec les uns, la mort bluffe. Avec les autres, elle ne discute pas. Moi, j'étais là, palpitante, vive comme le coupe-coupe dans la main de ces hommes. Avec moi, la mort avait perdu. J'avais été dure avec elle. Je lui avais claqué la porte au nez. *Wrong visitor*, lui avais-je dit, comme dans ce poème. Et maintenant j'étais là, mon cœur dansant au rythme des coupe-coupe. Et Carla était morte. Rita était morte. Ma mère était morte. Il y avait un tas de femmes mortes autour de moi. Tous ces noms que j'avais notés dans mon carnet. Toutes ces vies gâchées. Mais moi, j'étais en vie. Et je sentais et voyais la grâce de la vie juste devant mes yeux. Envol de touïs. Entourée d'indigènes. La rivière juste ici. La forêt là. Je crois que c'était pour ça que je pleurais. Être ici, en vie, c'était comme avoir réussi moi-même à prendre en photo le trou noir de l'univers. C'était aussi une sorte de poésie. De Langston Hughes. *Wrong visitor*. J'ai dribblé la mort, ai-je pensé, presque rieuse. Je suis en vie. Cœur et coupe-coupe à l'unisson.

Soudain, une bande d'enfants, agiles comme des oiseaux, cheveux mouillés par la baignade dans la rivière, a surgi autour de moi, en criant et en me tirant par les mains.

Ils m'ont entraînée jusqu'à l'igarapé pour me montrer que Marcos arrivait dans une pirogue ressemblant à une coquille d'œuf motorisée en aluminium.

Marcos, en général, n'avait du temps libre qu'en fin de semaine, à cause des cours qu'il suivait à l'université. J'ai trouvé sa visite étrange en ce mardi matin.

– Ils ont arrêté l'assassin, m'a-t-il dit une fois entrés dans la maison où je logeais.

– De Carla ?

– De Carla. De Crisântemo, d'Abelardo et de Francisco.

– C'est la même personne ?

– Oui, Gérson Pimentel.

Il a sorti de son sac à dos le journal affichant la nouvelle. J'ai regardé la photo de l'assassin : yeux clairs, moustaches, tempes dégarnies sur un front large.

Marcos m'a demandé si je le connaissais, si j'avais déjà vu Carla avec lui.

– Non. Et je n'ai jamais entendu Carla prononcer ce nom.

– J'ai pensé que ça pourrait être quelqu'un qu'elle a aidé à condamner. Mais l'article dit bien qu'il n'a aucun antécédent connu de la police.

Cela n'avait pas de sens. Que Gérson ait tué les trois jeunes, ou qu'il soit seulement l'assassin de Carla, ça pouvait être une hypothèse. Mais l'idée d'un seul responsable pour toutes ces morts me semblait absurde.

D'après l'article, l'assassin était le gérant d'un magasin de téléphonie et il avait été interpellé pour ivresse au volant. Dans la boîte à gants de sa voiture, la police avait trouvé un pistolet de calibre 45 d'une édition commémorative de la marque Polten, datant de 1911.

Coïncidence, le policier qui avait arrêté Gérson était le beau-frère de l'enquêteur qui travaillait sur les morts de Crisântemo, d'Abelardo, de Francisco et de Carla, et il savait que les cartouches trouvées sur les lieux des crimes avaient été tirées d'une arme rare.

En apprenant cette découverte, l'enquêteur avait acheminé ce pistolet pour expertise. Le rapport concluait que les balles qui avaient tué les trois jeunes et Carla provenaient de l'arme de Gérson.

Je n'arrivais pas à comprendre.

– Quel est le motif des crimes ? Pourquoi a-t-il fait ça ?

– Malade mental. Accès de folie. Va savoir.

– Non. Ça n'a pas de sens. Ça fait trop de coïncidences pour être vrai.

– Deuxième option : il a pu être engagé par quelqu'un. Un assassin professionnel.

– Sans antécédent policier ? Avec un travail fixe ?

Je me suis souvenue de notre conversation sur le trafic de drogue dans la région.

– Je dois parler à Serrano.

– Je l'appellerai quand je rentrerai à Cruzeiro do Sul.

– Maintenant, ai-je précisé en prenant mon sac. Je dois parler à Serrano maintenant.

En deux heures de bateau nous pouvions être à Mâncio Lima, où nos portables captaient.

– Ne fais pas ça, m'a conseillé Zapira quand j'ai pris congé. Tu n'es pas encore rétablie.

Marcos non plus ne voulait pas que j'y aille.

– La rechute est bien pire que la maladie, m'a-t-il prévenue.

J'ai voyagé portable en main, guettant la qualité du réseau. J'ai appelé Serrano avant même de sauter de la voadeira.

– Vous n'êtes pas au courant ? Paulo vient de se rendre.

– Qui ?

– Paulo. Ce jeune avec qui Carla est sortie. Ça tourne en boucle à la télévision. C'est lui qui a tué Carla et les trois autres.

Nous avons couru jusqu'à une épicerie proche du quai, aux murs peints de blanc et de bleu, moitié de chaque couleur. La télévision tournait en permanence sur un comptoir d'azulejos, entre un tas de bananes et une pile d'ail. Personne ne faisait attention à la télénovela qui passait à l'écran.

Quand j'ai demandé si je pouvais changer de chaîne, même le propriétaire ne s'est pas manifesté. Ici, la vie pulsait la normalité.

À la télé, des images de Crisântemo, d'Abelardo et de Francisco sur le campus universitaire et dans des salles de classe : « Crime élucidé », disait le bandeau inférieur en guise de légende. Le présentateur, en off, expliquait que Paulo Alves était le cousin de Gérson et qu'il lui avait volé son arme pour commettre les homicides. En prenant connaissance des rapports ce matin, Paulo avait pris conscience que son cousin ne pouvait pas payer pour ses crimes, et il avait décidé de se rendre. « La police ne connaît pas encore les motivations de l'assassin », a indiqué la journaliste.

Le père de Crisântemo a été abordé par des reporters à l'entrée du commissariat. « J'ai promis à mon fils de ne pas me reposer tant que le criminel ne sera pas en prison. Maintenant, nous allons découvrir la vérité. Justice nous sera rendue : je peux le garantir. »

La mort de Carla n'a presque pas été évoquée. Sur l'image qu'a utilisée la production pour le reportage, elle apparaissait en maillot de bain, détendue, prenant le soleil à la rivière. Sa mort, aux yeux des gens, était moins importante que celle des trois play-boys de Cruzeiro do Sul. C'était une citoyenne de seconde classe. Morte en rôle secondaire.

– Elle, elle a joué avec le feu…, a commenté un poivrot qui, assis sur une chaise à l'entrée du bar, suivait le reportage avec nous, tout comme d'autres personnes s'étant regroupées autour de la télévision dès que nous avions changé de chaîne. Et il a poursuivi : Vous pariez, cette nana devait coucher avec les quatre. Y a une histoire de cul derrière tout ça. C'est à parier.

ÊTA

Flap, flap, flap, dans le ciel, les chattes volaient ensemble comme une nuée d'oiseaux annonçant l'été. Chattes-aras, chattes-buses de Swainson, chattes-saltators ardoisés. Et chattes-tyrans quiquivi, chattes-colombes rouviolettes, chattes-couroucous. Et chattes-manakins à ventre jaune, chattes-palicours de Cayenne, chattes-harpies huppées, chattes-caciques cul-jaune. Elles étaient si nombreuses et si colorées, les unes à la tête de formations en V, les autres solitaires, planant dans le ciel bleu.

Et les femmes n'en finissaient plus d'arriver. Certaines en volant. D'autres en nageant. Celles-ci en chevauchant. Celles-là en patinant. Moi, je marchais lentement, regardant bien où je posais les pieds, soit sur le feu, soit sur la glace, soit sur les eaux.

Quelques-unes étaient nues. D'autres avaient un bandeau noir en cache-sexe ou, plus exactement, une ceinture de chasteté. Et celles-ci, les bandées, à mesure qu'elles s'alignaient autour du lac, retrouvaient leurs chattes, des chattes qui arrivaient en volant. Flap, flap, clic. Je le dis, nos chattes s'emboîtaient simplement en nous avec un clic automatique, nous libérant du bandeau-noir-cache-sexe-ceinture-de-chasteté.

Txupira, parmi nous, racontait que dans son cas cela avait été différent. Sa chatte n'était pas revenue en volant, comme les autres. Quelques heures plus tôt, Txupira avait trouvé son sexe jeté sur une pile sur laquelle on pouvait lire « chattes roses ».

– À vendre ? avait demandé quelqu'une.

La plus grande a expliqué que oui.

– Sur le marché des chattes, les roses ont une grande valeur.

– C'est pour ça qu'ils opèrent nos vagins, a ajouté celle-ci.

– Ils découpent nos grandes lèvres, a affirmé celle-là.

– Ils réduisent notre mont de Vénus, a complété cette autre.

– Ils rendent nos canaux plus étroits, s'est exclamée une troisième.

– Ils éclaircissent notre foufoune, a renchéri la plus grande.

Toutes ensemble :

– Ces bouchers ! Ces bourreaux !

Moi, j'ai dit :

– Ils chassent nos chattes à l'épuisette. Comme si nous étions des papillons !

Txupira :

– Rien ne dérange plus qu'une chatte indépendante !

– Ils disent : plutôt une chatte dans la main que deux qui volent, a commenté la plus petite.

Carla, qui nous avait rejointes sans que je m'en aperçoive, a parlé :

– Attendez de voir ce que nous avons fait de ces empileurs de chattes roses.

– Nous avons buté ces types, a dit l'une.

– C'étaient des pédophiles, a affirmé une autre.

Celle à la coupe afro :

– Les pédophiles aiment les chattes roses.

Et la blondinette :

– « Foui-fou-fouiou », a sifflé le pédophile quand Txupira a récupéré son sexe. « Quel beau vagin ! » qu'il s'est écrié avant d'être lynché.

À ce moment-là, nous avions toutes nos chattes, nous étions bien, autour du lac, nous riions beaucoup et attendions le grand moment.

Carla m'a demandé :

– Elle va vraiment venir ?

Et alors, subitement, le lac tout entier s'est éclairé de l'intérieur, nous permettant de contempler non seulement le spectacle de la Femme aux Pierres Vertes émergeant des eaux, mais aussi le magnifique cortège de gamins et gamines aux tenues ornées de centaines de poissons de toutes les couleurs.

Nous avons chanté et dansé en leur honneur.

Carê pari, Prends ta pierre, dit la chanson.

Caté pari, Chante ta pierre, avons-nous chanté.

Domi pari, Regarde ta pierre, avons-nous ordonné.

Je regarde la pierre verte que j'ai dans les mains et j'y vois le signe mystérieux d'une clé, tilin, tilin, tilin, et me revoici là, de nouveau enfant, j'observe la clé brillante sur le contact d'une voiture qui n'est pas celle de ma mère, ni celle de mon père, les clés brillent et cliquettent, tilin, tilin, j'ai peur, je suis toute seule, sur la banquette arrière de ce véhicule, la radio diffuse la chanson *O-bla-di O-bla-da life goes on, brah*, et avant de me réveiller là, dans ce gouffre, je me suis réveillée dans mon nouveau lit au drap de sirène, dans ma nouvelle chambre, dans la nouvelle maison de mon père, et ce qui m'a réveillée, c'est la voix de ma mère, « arrête », dit-elle, « arrête », et je marche pieds nus jusqu'au couloir et elle est là, ma mère, dans sa robe noire à pois blancs, belle, elle est venue me chercher, « coucou, mon amour, on rentre à la maison ? » me demande-t-elle. « Retourne dans ta chambre », me crie mon père, « dans ta chambre tout de suite », répète-t-il, je regarde ma mère, belle et désespérée, sans savoir que c'est la dernière fois que nous nous voyons, et dans mon lit j'entends ses sanglots, « ça suffit », dit-elle, « c'est fini », dit-elle, « lâche-moi », dit-elle, je pleure, je sanglote, je me bouche les oreilles, « ne fais pas ça », dit-elle, j'entends ses cris, ses appels à l'aide, et encore des cris, à l'aide, je me glisse sous le drap, tremblante, pleurant et murmurant Maman, tout bas, Maman, Maman, Maman, et, tout à coup, le silence. Silence. Silence. Silence. Et encore du silence. Un océan de silence. Un silence perçant. Un silence glacé. Un silence dangereux. Quand finalement j'ai le courage de quitter le dessous des draps, je sors de ma chambre et trouve mon père à quatre pattes, en train de frotter le sol du salon. Chplou, chplou, chplou. Sa main trempe la serpillière dans le liquide rouge répandu par terre, puis l'essore dans le seau, dont l'eau prend une teinte aussi carmin que le vernis des ongles de ma mère. « Tu t'es réveillée, ma princesse ? Allons dans ta chambre, je vais te coucher. »

Et quand je me réveille de nouveau, sur la banquette arrière de cet étrange véhicule, *O-bla-di O-bla-da*, il fait nuit. Je me mets debout sur la banquette. Alors je vois la voiture de ma mère pile devant moi, éclairée par les phares du véhicule dans lequel je me trouve. Mon père, avec l'aide d'un homme costaud qui porte une casquette, retire du coffre un paquet emballé dans mon drap de sirène, qui a maintenant sur la queue une grande tache écarlate. Les deux glissent le paquet sur le siège conducteur de la voiture de maman. Ils retirent le drap qui l'entoure. Puis ils poussent le véhicule jusqu'à ce qu'il tombe dans le précipice.

Et alors je me réveille sur les genoux de ma grand-mère. Nous sommes dans une église. Près de nous, le cercueil avec le corps de ma mère, entouré de fleurs.

« Tu sais », m'explique ma grand-mère, « la constellation que nous voyons au firmament est composée de personnes que nous aimons ». Et elle tente de me convaincre que maintenant ma mère est une étoile. « Allons dehors, je vais te montrer l'étoile de ta maman », dit-elle en me prenant par la main.

Et je me réveille de nouveau. *O-bla-di O-bla-da.* La Femme aux Pierres Vertes est à présent à côté de moi. Au bord de l'abîme. Tout en haut. Des harpies planent à l'horizon. Elle me montre la voiture de maman accidentée tout en bas. Beau tonneau !

Je m'élance et dévale le versant, paniquée, le cœur au bord des lèvres. Mais voilà que, arrivée dans le vallon, je ne vois plus aucune voiture. À la place se trouve une pile de femmes mortes. Certaines en jupe, d'autres nues, les unes sans tête, les autres sans chaussures, celle-ci maigre, celle-là vieille, celle-ci richement vêtue, celle-là déchiquetée, celle-ci du Roraima, celle-là de

Fortaleza, celle-ci mariée, celle-là célibataire, celle-ci de São Paulo, celle-là d'Ubatuba, celle-ci du Nord, celle-là du Sud, celle-ci professeure, celle-là employée de maison, celle-ci blanquichotte, celle-là noire, celle-ci noire, celle-là noire, celle-ci noire, celle-là noire, encore une noire et encore une autre noire, elles sont nombreuses, de tout âge, plus jeunes que vieilles, plus noires que blanches, et bien au sommet, comme la cerise sur le gâteau, il y a Carla.

& Rita est juste en dessous.

& Engel aussi est là.

& Taita.

& Daniela.

& Lilian Maria.

& Scarlath.

& Alessandra.

& Rayane.

& Marciane.

& Tatiana.

& Queila.

& Fabíola.

& Degmar.

& Soraia.

& Jaqueline.

& Juciele.

& Almecina.

& Suzyane.

& Elaine.

& Fernanda.
& Iza.
& Ketlen.
& Raele.
& Eudinéia.
& Txupira.
La pile est immense.
La pile est monstrueuse.
La pile est outrageante.
Je suis déjà en pleurs
quand je vois
ensevelie,
sous cette montagne de femmes
assassinées,
ma
mère.

& d'elle je ne vois que le bras en partie recouvert par la manche de sa robe noire à pois blancs. Sa bague en pierre verte, ses ongles rouges. Le reste de son corps est enfoui sous la montagne de cadavres.

Je m'approche. Je prends la main de ma mère et je reste là, assise. Ma mère et moi, ensemble. La pile de femmes mortes et moi.

De nouveau, des rires métalliques, tranchants, comme des couteaux que l'on affûte, crépitent à mes oreilles.

Alors, d'un geste soudain, de toute ma force, je tire ma mère de dessous cet amoncellement de femmes. En faisant ce geste, contraire à toute logique, je romps un équilibre ou plus probablement je casse un sortilège : et toutes ces femmes s'envolent comme une nuée de grives à dos olive, elles sont nombreuses, on dirait une volée de tyrans tritri, de piouis à côtés olive, de sarcelles à ailes bleues, de jabirus et bécassines de Magellan, d'ibis à face nue et de coulicous cendrés et tyrans tachetés, elles volent haut, traversent les cieux, bruyantes, certaines en direction du sud, d'autres vers le nord, seules nous deux restons ici, ma mère et moi. Main dans la main.

Je sens son parfum de mère. Sa chaleur de mère.

Elle embrasse ma main.

– Que c'est beau ! s'exclame-t-elle, surprise, en regardant mes doigts longs. Nous avons les mêmes mains : de la même taille, et la même forme d'ongles.

Je sens un courant jaillir de son corps et traverser le mien et revenir au sien et retourner au mien, un court-circuit bon, continu, d'amour.

Nous marchons main dans la main jusqu'au lac, où nous regardons nos reflets dans l'eau. Elle était moi et moi j'étais elle.

– Mère et fille, s'écrie-t-elle, exultante.

Ob-la-di Ob-la-da, la chanson reprend.

Elle lève l'index :

– Tu entends ?

– Ça vient de là, lui dis-je en montrant la voiture garée sur le bas-côté de la route.

– Le Ciel est descendu ou la Terre est montée ? Quelle chaleur !

Je suggère, enthousiaste :

– Et si on allait nager ?

Flap, flap, flap. Synchronisées, nous battons des ailes. Et prenons notre envol.

T

Pièce archivée dans le procès numéro
001876-36-2014.8.27.0082

Appuyez sur play et vous verrez sur la vidéo enregistrée :

Il pleut. Une embarcation est amarrée sur les rives de la terre des Kuratawa.

À l'intérieur, un homme costaud, torse nu, retire quelque chose d'un panier à ses pieds et le jette au garçon qui se trouve à terre.

Si vous agrandissez l'image, vous verrez que sur la terre ferme, c'est Crisântemo. Il reçoit le paquet de la taille d'une tuile, blanc, emballé de plastique, et le passe au garçon posté plus avant, Francisco, qui, avec Abelardo, arrange la marchandise dans un simple trou.

L'enregistrement n'est pas bon. Les plans du début sont pris de loin et s'améliorent à mesure que la personne qui filme s'approche de la scène.

À partir de 1'8", on comprend clairement qu'il s'agit d'une opération de débarquement et de dissimulation de cocaïne.

La personne qui filme, c'est Txupira. Mais elle n'apparaît pas à l'écran.

À présent, elle est plus près de l'action. On voit distinctement les paquets disposés dans la cachette.

Soudain, l'attention de Francisco est attirée par quelque chose. Il regarde vers la caméra. La pointe du doigt.

« Eh ! Il y a quelqu'un, là ! »

On voit ensuite une séquence similaire aux images captées par des reporters de guerre en zone de conflit. Sous-bois, ciel, sol, berges, sans mise au point ni définition, dans la trépidation de la fuite.

Les sons méritent attention : respiration haletante, bruits de pas et de voix.

Une voix masculine : « Là ! Là ! »

Course.

Encore une voix off : « Par là, attrape-la ! Attrape-la ! »

Une autre voix : « Ne la laisse pas filer ! Attrape-la ! »

Respiration haletante. Un cri de femme.

Une voix : « Du calme, jeune fille ! Du calme ! »

Txupira : « Non ! Non ! »

Une voix masculine : « Passe-moi son portable ! »

Et alors on voit Crisântemo apparaître à l'écran.

Crisântemo : « Cette salope était en train de filmer ! »

Et la caméra est coupée.

La date de l'enregistrement est celle de la disparition de Txupira.

U

Waaaouh ! Oh, que c'est bon ! Cris d'enfants. Waooouuuh ! Oh, que c'est beau ! Rires de dona Yolanda. Oh, que c'est joli ! Oh, que c'est chouette !

Je me suis réveillée en entendant les bruits provenant de la place et la voix de ma grand-mère, reconnaissable entre toutes.

J'ai sauté du hamac et couru à la fenêtre. Au fond, un groupe d'enfants jouait au foot avec Marcos et d'autres adultes.

Sur la place boueuse et fumante, Zapira était assise à côté de ma grand-mère sous un anacardier, toutes deux entourées de jeunes filles. Mon cœur s'est empli de joie.

Je les ai rejointes. Après une longue étreinte, pleine de nostalgie (et de mes plaintes, parce qu'elle ne m'avait pas réveillée, et de sa réponse, que je devais me reposer), nous nous sommes assises main dans la main à côté de Zapira, qui observait les jeux des enfants à l'ombre du pommier-cajou. Au stylo-bille, ils dessinaient des graines, grenouilles, pécaris, pacas et sangliers sur le visage des poupées que ma grand-mère leur avait apportées de São Paulo en cadeau. Quand elle s'est mise, visiblement fatiguée du voyage, à poser des questions sur ces figures, Zapira lui a raconté le mythe des origines de son peuple, les enfants de Takuna, que j'avais déjà entendu souvent.

Takuna était une déesse solitaire qui vivait dans une grotte du soleil, à côté d'un pied de cuiatá, un arbre sacré dont les graines lui assuraient santé et beauté. Mais Takuna avait beau être forte et en forme, elle n'était pas heureuse. Elle ne pouvait pas jouer, ni parler, ni danser, parce qu'il n'y avait personne d'autre dans le trou du soleil. Alors Takuna a décliné peu à peu jusqu'à ce que le soleil ait une idée. Chaque graine de cuiatá que la déesse crachait, après avoir mangé le fruit, il l'éclairait, la réchauffait, la faisait germer et la transformait en un être vivant, l'une en anacardier, l'autre en bananier, celle-ci en biribá, celle-là en graviola, certaines devenaient rouges comme le sang, d'autres jaunes comme le soleil, beaucoup étaient vertes, d'autres marron, les unes plus savoureuses que les autres, il y en avait tant qu'elles ne tenaient pas toutes dans la grotte, alors le soleil a retourné à l'envers le trou où vivait Takuna, faisant ainsi naître la forêt. Takuna était contente parce qu'elle pouvait se promener dans la forêt et manger ses fruits multicolores, mais quand elle découvrit que les plantes ne chantaient pas, elle replongea dans la tristesse. Ouille, ouille, ouille, pleurait-elle. Et le soleil, pour égayer la déesse, se mit à transformer les graines de cuiatá en oiseaux chanteurs. D'une graine naquit le tinamou à calotte noire, d'une autre l'ariane saphirine, et aussi le tamatia à semi-collier, le barbacou, la conure à cape noire, le batara bleu-gris, et il y avait tant de joie dans les yeux de Takuna que le soleil s'emballa et en créa beaucoup d'autres, et ainsi surgirent tous les animaux de la sylve, le paresseux, le dauphin rose, le tapir, le piranha, le lamantin, le caïman noir, le perroquet, l'anguille électrique, le tamanoir, le capibara, le jaguar, et, comme ils ne tenaient pas tous dans la forêt, le soleil dut inventer les rivières pour en loger certains. Takuna exulta de voir autant de beauté, mais quand elle se rendit finalement compte qu'elle n'avait personne avec qui partager la beauté des oiseaux et des rivières qui chantaient mélodieusement, ni celle des bêtes qui pépiaient et mugissaient et hululaient et croassaient et bêlaient et coassaient et feulaient et sifflaient et rugissaient et aboyaient et grognaient, elle replongea dans le chagrin. Ouille, ouille, ouille, faisait-elle. Mais alors rien ne peut rendre Takuna heureuse ? pensait le soleil, à présent énervé par la déesse mélancolique. Je lui donne des biribás et des perroquets et des rivières abondantes et des caïmans noirs, et elle ne sait faire que pleurer ? Alors le soleil ferma les yeux et la nuit naquit. Les courbarils poussèrent. Les hévéas mûrirent. Les palmiers doublèrent de taille. Ceux qui étaient tout petits devinrent adultes. Et Takuna n'arrêtait pas de geindre : ouille, ouille, ouille ! Ses plaintes et ses sanglots furent tels que le soleil finit par s'émouvoir encore une fois. De sa langue, il lécha les larmes qui mouillaient le sol de la forêt, créant ainsi, de sa salive solaire et de ses rayons de lumière, mélangés à la terre de la forêt et aux larmes de Takuna, un dieu robuste et guerrier, Zimu, dont Takuna tomba amoureuse aussitôt. De leur union naquirent de nombreux garçonnets et fillettes, quelques-uns couleur de jambo-pourpre, d'autres couleur de miel, les uns plus châtains, les autres presque marron, tous colorés de tons qui montaient de la terre jusque dans les pieds de ceux qui naissaient, le peuple de la forêt. L'amour de Takuna et de Zimu était si fort et si beau qu'ensemble ils scintillaient plus que l'aurore. Le soleil n'aima pas ça du tout, et de sa jalousie de cet amour resplendissant naquirent les forces maléfiques, les orages, les sortilèges, les invasions, les éclairs, les Blancs, les maladies, les inimitiés, le gouvernement, les bûcherons, les faiblesses, les orpailleurs, les massacres, les trahisons, les incendies criminels, les fléaux, les saloperies et toutes les mauvaises choses.

Pour avoir voulu briller plus que le soleil, Takuna fut transformée en lune.

Aujourd'hui, elle protège ses enfants depuis le ciel.

Peut-être par flemme de s'étendre sur le sujet, ou par manque d'intimité avec ma grand-mère, Zapira a omis la plus jolie partie de l'histoire, selon laquelle le soleil avait donné à chaque être créé un soleil intérieur, une âme conçue en lien avec la connaissance, qui peuple le ciel et la forêt, après notre mort.

En terminant son récit, Zapira a de nouveau montré le dessin des graines de cuiatá sur les joues des poupées.

– C'est une protection, a-t-elle conclu.

– Et Zimu ? a demandé ma grand-mère, habituée aux fins des séries qu'elle suivait à la télévision.

– Zimu est devenu le jaguar qui garde la forêt.

– Il n'est pas mort ?

– Tout cacique porte l'esprit guerrier de Zimu.

Mais est-ce que l'esprit de Zimu a retrouvé Takuna ? Sur la lune ? Est-ce qu'ils ont continué à s'aimer ? Et les esprits jaloux ? Et comment nous protéger de leurs sortilèges ? Est-ce que le soleil est encore jaloux de Takuna ? Est-ce que la lune n'est pas en colère contre le soleil ?

Plongée dans le récit de ce peuple (« Ça ferait une excellente télénovela, tu ne crois pas ? »), ma grand-mère a passé deux jours à bombarder Zapira de questions.

– Yolanda parle plus que sa bouche, a commenté Zapira, fatiguée de répondre.

À la fin de notre séjour, il suffisait que ma grand-mère s'approche, avec son barda de questions (Comment s'appelle cette fleur ? Et cet arbre ? Et celui-ci ? À quoi sert ceci ? Et cela ?), pour que Zapira disparaisse dans l'obscurité de la maloca.

Ma grand-mère s'est tue à un seul moment. Quand Marcos et moi l'avons emmenée dans la forêt. Il avait plu et on avait l'impression de pouvoir saisir l'oxygène pur avec nos mains. Au-dessus de nous, la trame de branches et de feuilles se refermait d'une façon compacte, de sorte que nous ne voyions presque pas la lumière du matin. Yolanda s'est accroupie comme une indigène qui va accoucher, a écouté un moment les bruits de la sylve, de l'eau, des oiseaux, et dit que la forêt ressemblait à une cathédrale.

– Je crois que même un athée, en y entrant, se mettrait à croire en Dieu, a-t-elle conclu.

Pendant tout le temps où je suis restée avec ce peuple, j'ai toujours senti qu'il me donnait plus que ce que j'arrivais à lui rendre. En lui faisant mes adieux, j'ai pleuré comme une enfant.

– Tu reviendras, m'a soufflé Zapira en me serrant dans ses bras. Tu fais partie de la famille.

Yolanda s'est vite incluse dans la famille :

– On reviendra, ma fille. On fait partie de la famille, répétait-elle les jours suivants, en me voyant triste.

J'avais encore beaucoup à faire à Cruzeiro do Sul avant de partir. J'ai parlé avec Lena de la possibilité de laisser son chien à Marcos. Il adorait Oto et s'en était occupé à ma place pendant tout le temps que j'avais passé au village.

Lena a apprécié ma proposition. Elle ne devait rentrer à Cruzeiro que dans deux mois et sa mère détestait l'idée de garder son chien jusque-là.

J'ai réglé les factures d'électricité et d'eau de la maison et arrangé, avec l'aide de ma grand-mère et de Marcos, le jardin à l'arrière de la maison, jetant l'excès de broussailles.

Le dimanche soir, après avoir fait mes bagages, Marcos et moi avons emmené ma grand-mère manger du tambaqui en ville. Ça faisait longtemps que je n'avais pas vu Yolanda aussi heureuse que pendant cette semaine passée ensemble, malgré la chaleur dont elle souffrait. Son activité préférée était de se promener au bord des igarapés, ce que nous faisions toujours en fin d'après-midi, quand la température baissait. Elle adorait également aller au centre-ville et avait déjà acheté cinq kilos de farine de manioc locale à rapporter à ses amies.

Ce soir-là, en entrant dans le restaurant, j'ai vu Denis assis tout seul à une table dans un coin. Il avait l'air encore plus abattu que lorsqu'il m'avait rendu visite à l'hôpital.

– Vous ne voulez pas vous asseoir avec moi ? a-t-il proposé.

– J'ai essayé de te joindre hier, lui ai-je glissé en le serrant dans mes bras.

Avant même de passer commande, nous parlions déjà de Carla.

Denis nous a dit que le soir où Paulo les avait surpris chez elle, il avait senti « quelque chose de mauvais dans son regard, une énergie lourde, j'ai même demandé à Carla si elle avait eu la même impression que moi ».

– Quelque chose m'échappe encore. Je l'aimais bien, a déclaré Marcos.

– Serrano m'a raconté qu'il a lu la déposition de Paulo, a ajouté Denis.

La version de Paulo, d'après Serrano, était qu'il avait tué les trois garçons pour protéger Carla, car il craignait que sa vie soit en danger.

Denis a poursuivi :

– Dans sa déposition, Paulo affirme que le trio vous a menacées, Carla et toi, dans une boîte de nuit. C'est vrai ?

– Oui. Paulo était là et nous a aidées.

– Son avocat va te demander de témoigner en sa faveur, a assuré Denis.

– Ils peuvent toujours courir, a répliqué ma grand-mère.

– Il a eu l'aide de quelqu'un ? a voulu savoir Marcos. Je ne comprends pas comment il a pu venir à bout de trois gars costauds…

– Il a d'abord attrapé Crisântemo. Il l'a emmené sur la route du Corixo, l'a ligoté et obligé à téléphoner à Abelardo, pour lui dire qu'il avait des informations importantes sur le procès de la mort de Txupira. Abelardo est venu rejoindre son ami, et a été maîtrisé aussi. Puis il a fait pareil avec Francisco.

Le plus surprenant dans notre conversation a été la révélation que Denis nous a faite après :

– J'ai finalement découvert ce que Rita voulait remettre à Carla.

Et il nous a montré la photo d'un vieux portable sur son téléphone.

– C'était celui de Txupira. Il était dans la poche d'une veste de ma sœur, dans sa penderie. Ça m'a paru bizarre que ce vieil appareil, couvert de traces de terre, soit là. En l'allumant, j'ai vu plein de photos des Kuratawa et de Txupira. Et au milieu, j'ai trouvé ça, a-t-il poursuivi en lançant une vidéo qui montrait Crisântemo, Abelardo et Francisco en train de cacher des paquets de drogue dans un endroit très proche de celui où Txupira avait été vue pour la dernière fois, endroit que j'avais visité avec Naia quelque temps plus tôt. Plus important encore, elle contenait l'enregistrement du moment précis où Txupira avait été capturée, peu avant d'être tuée.

– Au procès, cela aurait eu autant de valeur que la confession des prévenus, ai-je commenté.

– Comment ce téléphone a-t-il atterri dans les mains de Rita ? a demandé Marcos.

– Je l'ignore. Quelqu'un a dû le lui envoyer. De façon anonyme.

– Quelqu'un proche des assassins, a suggéré ma grand-mère.

– J'ai une théorie, a émis Denis. J'ai appris que la petite amie de Crisântemo, celle qui avait fait une déposition au procès en tant que témoin de la défense, l'avait quitté récemment. Et avait quitté l'Acre. Maintenant, elle étudie à Miami. Ce qui est curieux, c'est qu'elle a effacé tous ses comptes des réseaux sociaux. Vous imaginez ? Une jeune fille de vingt-deux ans sans vie sur Internet ? Qui abandonne l'université en plein semestre et déménage à Miami ? Mon avis, c'est que Crisântemo avait gardé le portable de Txupira. Sa petite amie l'a quitté parce qu'elle a trouvé ce téléphone par hasard, et elle a constaté que le charmant petit ami qu'elle avait défendu au tribunal était un violeur doublé d'un assassin. Donc, elle a décidé d'envoyer le téléphone à Rita, qui écrivait des reportages sur le crime.

– C'est une hypothèse. Que vas-tu en faire ? lui ai-je demandé.

– J'en ai déjà fait quelque chose. Je suis allé voir la police.

– Et ?

– Et rien.

– Comment ça, rien ?

– Rien. Ces pièces, d'après ce qu'ils m'ont dit, ne pourraient servir que pour l'enquête sur la mort de Txupira. Dans la mesure où ces assassins supposés sont morts, il n'y a plus de procès.

– Vous devriez mettre cette vidéo sur Internet, a suggéré ma grand-mère.

– Je crois aussi, a acquiescé Marcos.

– Au moins, tout le monde comprendrait exactement ce qui est arrivé à Txupira.

Nous sommes restés silencieux, à siroter nos boissons.

Denis savait qu'une action comme celle-ci aurait de lourdes conséquences. Nous le savions tous.

– Je dois y réfléchir.

Avant de partir, il m'a aussi raconté que l'enquête sur la mort de Rita était lentement en train de s'arrêter. La confrontation entre Serrano et l'expert qui avait établi le rapport initial n'avait même pas été programmée.

– Ça va prendre une éternité, a-t-il conclu, découragé. On sait comment marche la justice dans ce pays.

Après le départ de Denis, ma grand-mère s'est exclamée :

– J'ai besoin de boire encore un verre. Et quelque chose de bien sucré. C'est urgent !

Nous étions en train de régler l'addition, quelques minutes plus tard, quand mon téléphone a sonné. C'était le commissaire chargé de l'enquête sur la mort de Carla. J'étais passée au commissariat le jeudi. Il avait à présent une réponse à ma demande.

– Vous pouvez venir demain. Paulo est d'accord pour vous voir.

V

Bonjour, assassin ! Quand Paulo est entré dans le parloir, l'air reposé et le sourire aux lèvres, j'ai eu envie de le saluer de cette façon, puis de tourner les talons et de me barrer.

Chaque avocat criminaliste apprend très vite que tout homicide a une petite histoire dans la poche. Il ne s'agit pas seulement d'un exercice nécessaire à sa défense devant la loi. La scène classique au cinéma, celle de l'avocat qui bataille avec son client englué dans un mensonge, est toujours plus complexe dans la vie réelle. L'assassin, avant de mentir au commissaire de police, à sa famille, à son avocat, au prêtre, au juré, à la société, se ment à lui-même. En dépit de son crime, il doit croire qu'il est encore un être humain.

Si ce que Paulo avait à me raconter ne m'intéressait pas le moins du monde, qu'est-ce que je fabriquais là ? m'étais-je dit en descendant de voiture, quelques minutes plus tôt. Pour quelle raison m'étais-je bougée cette semaine, demandant l'autorisation au directeur du centre pénitentiaire de la ville et au juge de rendre visite à ce type qui à présent me souriait et me tendait la main ? Comme si nous étions amis ?

– Marcos n'a pas voulu venir avec toi ?

– Non.

Il évitait de me regarder dans les yeux.

D'autres prisonniers, autour de nous, parlaient avec des membres de leur famille ou des avocats. Je me suis assise en face de lui. J'ai remarqué qu'il se tenait les jambes, qui avaient la bougeotte.

– Je suis vraiment très mal barré, non ?

En le regardant dans ce survêtement molletonné gris, avec des tongs jaunes aux pieds, j'ai pensé à mon père. J'avais reçu beaucoup de lettres de sa part pendant la période où il purgeait sa peine. « Mon petit lapin chéri », voilà comment elles commençaient. Au début, mon grand-père me les lisait, puisque ma grand-mère s'y refusait. Mais le petit lapin chéri n'avait jamais répondu à ces messages. Je me souviens que, quand j'ai eu dix ans, mon grand-père a déclaré que malgré toutes les choses que ma grand-mère disait sur mon père, j'avais le droit de le voir et que, si je voulais, il pouvait m'emmener lui rendre visite. Mais je n'ai jamais voulu. Et une fois que mon père a bénéficié d'une liberté conditionnelle, nous avons déménagé quelques fois, de ville en ville. Il nous retrouvait toujours. Après sa mort, j'ai commencé à me demander si, en répondant à ses lettres, en lui rendant visite, j'aurais pu comprendre, au final, pourquoi il avait fait ce qu'il avait fait. Mais là, devant Paulo, je me suis soudain rendu compte que comprendre ne résolvait rien à rien. Même si mon père m'avait raconté toute la vérité. Même si

Paulo ne mentait pas. Même si j'entrais dans leur tête à tous les deux, même si j'avais accès à leur merde émotionnelle à tous les deux, même si je connaissais leurs traumatismes, leurs manques, leurs vulnérabilités, même si je faisais une autopsie de leur psyché, si j'isolais dans des tubes à essai leurs esprits confus ou malades ou intolérants, et si je voyais de mes propres yeux d'où était partie la capacité à appuyer sur la gâchette, à éclater la tête de l'une, à étrangler le cou de l'autre, à interrompre brutalement leur vie à toutes les deux, même avec tout ça, la mort de ma mère et la mort de Carla et la mort de toutes les femmes empilées dans mon carnet continueraient à n'avoir aucun sens.

– Elle avait une relation avec Denis, tu le savais ?

Je n'ai pas répondu.

– Je commence à te détester toi aussi. Tu n'es au courant de rien, pas vrai ?

Je me suis levée et j'ai fait signe au garde.

– Excuse-moi, a-t-il dit en se levant aussi. S'il te plaît. Assieds-toi. On doit parler. Je t'ai toujours appréciée. Tu m'as toujours traité avec respect. Nous nous sommes toujours bien entendus. On peut essayer de maintenir ça ? Ce respect ?

J'ai pris mon paquet de cigarettes dans ma poche, lui en ai offert une. Nous nous sommes rassis l'un en face de l'autre.

– Merci, a-t-il repris en allumant sa cigarette. Quand j'ai su pour ta demande de visite, je me suis dit : putain, c'est une transmission de pensée – et, d'un air songeur, il a recraché sa fumée sur le côté.

Alors il m'a raconté qu'il n'avait pas un centime pour se payer un avocat. Il parlait en marquant de longues pauses, comme s'il me testait.

– J'ai un type très mauvais, un commis d'office. Il n'a rien fait jusqu'à présent. Rien. Il ne m'a aidé en rien. Je me suis dit que tu pourrais me défendre.

– Vraiment ?

– Quelque part, tu me le dois.

– Je te le dois ?

– Ce soir-là, dans cette boîte, tu l'as vu de tes propres yeux. Tu as vu ce qui arrive à des gens comme toi et comme Carla, qui arrivent ici sans rien connaître de la ville, qui touchent à des gens importants, qui titillent le jaguar avec un bâton trop court. Il y a un détail que vous oubliez quand vous arrivez ici. L'Acre, ce n'est pas São Paulo. Ici, nous résolvons nos problèmes à notre façon.

– Tout ce que je sais, c'est que si l'avocat commis d'office ne fait pas d'efforts dans ton cas, ce n'est pas pour l'importance qu'il accorde à la mort de Carla. Mais pour le fait que tu es aussi l'assassin des principaux héritiers de la ville.

– C'est vrai. Mais toutes les erreurs que j'ai commises, c'était pour protéger cette femme. Carla. Ton amie. Et toi. Toi aussi tu as bénéficié de mes erreurs. Ne va pas croire le contraire. Tu as vu ce qu'ils ont fait à Txupira. Tu ne le sais pas, mais il y a trois mois, un ami de mon père m'a offert un emploi de videur dans un club de tir. Tu n'as pas idée des choses que j'ai entendues dans cet endroit. Ils comptaient faire de Carla ce qu'ils avaient fait de Txupira. Toi aussi tu étais dans leur viseur. Tu sais, ces types sont aux manettes. Tu peux ne pas le voir. Mais l'Acre a des patrons. Tu n'as pas idée de combien de Txupira sont déjà mortes. Et personne ne le sait. Personne n'est arrêté. Rien n'arrive. Et eux, ces Crisântemo standard, n'acceptent juste pas qu'une Carla irréfléchie, pleine de principes, une nana de São Paulo sans jugeote, débarque ici en croyant qu'elle peut pointer son petit doigt sur leur visage sale. Les choses ne marchent pas comme ça dans l'Acre.

Il a baissé la voix pour me dire qu'il n'aurait jamais laissé son cousin payer pour ses erreurs.

– J'ai des principes. Je laisse pas les autres porter le chapeau.

Paulo s'en fichait d'assumer la mort des trois garçons. Parce que « ces mecs, disait-il, étaient des individus de la pire espèce. Des richous sans la moindre jugeote. Des types arrogants. Qui n'avaient jamais connu le besoin. Et qui, par-dessus le marché, étaient des violeurs. Ça, toute la ville le sait. Et ici, dans l'Acre, on n'aime pas les violeurs. Ils ont beau avoir de l'argent, ils ont beau être importants, ça ne change rien au fait que ce sont des violeurs. Et ici, on n'aime pas ça. Tu sais comment ils agissent, les violeurs : aujourd'hui ils violent une indienne. Et demain ils violent notre sœur. Tu vois, on a vraiment des chances de convaincre le jury. C'est pour ça que je suis confiant. Vraiment. La ville va se mettre de mon côté. Personne ne veut, demain ou plus tard, que sa sœur soit violée. Tout le monde va comprendre que je ne faisais que protéger Carla. »

Il narrait les faits comme si Carla était encore en vie. Je ne savais pas s'il se rendait compte de l'incohérence de son discours. Il interprétait peut-être mon silence comme un acquiescement. Ou bien il croyait dur comme fer à ce qu'il disait.

– J'ai des photos dans mon téléphone, a-t-il poursuivi. Des photos qui montrent ces fumiers dans les parages du tribunal, en train d'attendre Carla. Des photos d'eux aux alentours de la maison de Carla. D'eux dans la boîte, ce soir-là, rôdant autour de vous deux. J'ai des preuves. J'ai de quoi me défendre. Ne crois pas que je suis débile. Que j'ai agi sans réfléchir.

Jusqu'à présent, je reconnaissais encore en ce garçon, bien qu'avec difficulté, une trace du petit ami de Carla, qui nous accompagnait de temps en temps dans nos sorties. Mais à un moment donné, Paulo a fait la pirouette finale de son histoire et rejeté la faute de son crime sur Carla. Ses yeux ont pris une lueur d'une vivacité inédite. Tuer Carla a été le grand projet de sa vie, me suis-je dit.

– Le problème, c'est que j'ai fait tout ça pour défendre la mauvaise personne, tu comprends ? C'est moi qui me suis mis dans la merde. Parce que pendant que je m'inquiétais de la sécurité de Carla, de son bien-être, du fait qu'elle était submergée de travail à cause de cette indienne morte, et à cause de Rita, qui est allée fouiner où elle n'aurait pas dû, pendant que je me cramais les neurones à chasser ces violeurs richous, qu'est-ce qu'elle faisait ? Elle baisait avec Denis.

De temps à autre, il interrompait son discours, marquait une longue pause, attendant peut-être que je dise quelque chose. Mais je n'arrivais pas à ouvrir la bouche. Ni à bouger un seul muscle de mon visage.

– Je lui ai demandé mille fois si elle était avec Denis. Tu sais, il y a des limites à tout. Ma patience aussi a des limites. Ce samedi-là, je suis allé chez elle pour lui parler de ça. J'ai été très clair, je lui ai dit : « Carla, il y a des limites à tout. » Je lui ai dit qu'elle ne savait pas accorder son estime aux gens qui l'aimaient vraiment. Exactement : « Tu n'estimes pas ceux qui le méritent. » Et aussi : « C'est moi qui prends soin de toi. » Et elle, elle jouait à l'idiote, tu vois ? « Quoi ? Quoi ? » elle arrêtait pas de demander. Je lui ai dit : « Tu crois que tu peux arriver ici à Cruzeiro do Sul, toucher à ces types pleins aux as, n'en faire qu'à ta tête, et n'en subir aucune conséquence ? Tu te crois où ? Tu devrais me remercier de ne plus avoir ces trois violeurs dans les pattes. Et ne t'imagine pas que c'est Denis qui t'a sortie de ce bourbier. » C'est là que je me suis rendu compte qu'en plus, elle était ingrate. « De quoi tu parles ? », elle répétait, comme un perroquet. « De quoi tu parles ? » Putain. Merde. Ça m'a mis la rage. Je lui ai montré les photos de Crisântemo, d'Abelardo et de Francisco en embuscade près du tribunal. En embuscade près de chez elle. Et tu sais ce qu'elle a fait ? Elle m'a accusé d'être toujours dans ses pattes. De la suivre. C'est pas dégueulasse ? Comment c'est possible ? De manquer de jugeote à ce point ? Je lui ai dit : « Meuf, ils te pistaient ! Tout ce que j'ai fait, c'est te protéger ! Si j'avais rien fait, à cette heure-ci tu serais six pieds sous terre ! » Là elle a dit : « Comment ça, si tu n'avais rien fait ? » Et j'ai dit : « Tu crois quand même pas que ces bandits d'assassins de Txupira, qui donnaient des cheveux blancs à toute ton équipe, ont été tués par le premier cow-boy venu ? Parce que si tu crois ça, c'est que t'es une grosse débile doublée d'une imbécile. » « De quoi tu parles ? » elle continuait à répéter. La rage que ça m'a mis. Et la façon dont elle me regardait. Tu vois, genre comme si elle était, chais pas moi, la maîtresse de tout ce merdier ? La meilleure. Comme si j'étais, chais pas moi, un truc qu'on utilise et puis qu'on jette ? Je me suis mis à débiter tout un tas de merdes. Et là, je lui ai montré le revolver que j'avais utilisé pour la protéger. C'était une erreur, je sais. Le revolver l'a fait dégoupiller. Elle s'est mise à crier. Hors de contrôle. Comme une folle, vraiment. L'angoisse. À partir de là, ça a dégénéré. J'ai perdu le contrôle. Elle faisait que crier, ça m'a embrouillé le cerveau. Je lui ai dit : « La ferme, Carla, arrête ta crise d'hystérie. » Mais elle m'entendait pas. Elle continuait à crier, encore et encore. Et quand j'ai voulu m'approcher d'elle, elle m'a repoussé. Giflé. Traité de bon à rien. D'inutile. Je suis très franc avec toi. Il faut raconter toute la vérité à son avocat, je le sais. Elle m'a traité de glandeur. Elle m'a balancé tout un tas de merdes au visage. Ça a été horrible. Je me suis maîtrisé tout le long. Mais quand elle a pris son téléphone en disant qu'elle allait me livrer à la police, là j'ai pas supporté.

À ce moment-là, il a fondu en larmes.

– Le problème de Carla, a-t-il repris en essuyant ses yeux avec l'ourlet de son t-shirt, c'est qu'elle n'acceptait l'aide de personne. C'était ça, son problème.

Et son erreur à lui, a-t-il conclu, était d'être allé chez Carla armé.

– Je ne comprends pas ce qui nous est arrivé. Tout allait très bien entre nous. Et puis, chais pas. Ça a commencé à capoter. Du jour au lendemain. D'abord, j'ai pensé que c'était à cause de Txupira. Ça a commencé à se gâter entre nous avec le procès des assassins de Txupira. Jusqu'à ce que Txupira soit assassinée, Carla était une personne normale, elle travaillait normalement, tout était normal. Mais la mort de Txupira a changé beaucoup de choses. Et après, avec la mort de Rita, ça a empiré. Ça l'a fait vriller, tu vois ? Et tout d'un coup, notre vie est partie en couille.

Nous sommes restés là quelques minutes de plus. En silence.

– Alors ? a-t-il fini par demander.

L'érosion que le silence provoque dans un tel moment est impressionnante.

– T'as aucune idée ? a-t-il repris au bout d'un moment.

– De quoi ?

– De comment me défendre !

– Je te suggère de poser cette question à ton avocat.

– Tu peux pas t'occuper de mon cas ?

– Non.

– Comment ça ? Je peux pas compter sur toi ?

– Non, ai-je répondu en me levant.

– Attends. Sérieux ? Tu vas pas me défendre ?

– Non.

Il gardait les yeux rivés sur moi, tandis que je faisais signe au garde.

– Je peux savoir pourquoi ?

– Non, ai-je répondu en m'éloignant.

– Qu'est-ce que t'es venue faire ici ? m'a-t-il demandé alors que je quittais déjà le parloir.

Je n'avais aucune réponse à lui donner. En entendant la porte se refermer derrière moi, j'ai pressé le pas, derrière le garde, en ressentant une certaine urgence. Je ne voulais pas m'attarder. Ma grand-mère m'attendait chez le meilleur glacier de Cruzeiro do Sul.

W

« Votre attention s'il vous plaît, les passagers du vol RX 4779 à destination de São Paulo sont priés de se diriger vers la porte d'embarquement numéro 2. »

Un titre à la une du *Diário da Estrela*, exposé sur le présentoir à revues, m'a sauté aux yeux : « Les enfants de la poudre ». Le titre de l'article était une référence évidente au gros titre d'un autre journal, lié à l'oligarchie locale, au moment des obsèques des assassins de Txupira : « Des enfants en or ». La photo qui illustrait le reportage était tirée de la vidéo trouvée dans le téléphone de Txupira et montrait Crisântemo, Abelardo et Francisco en train d'enterrer des paquets de cocaïne sur le territoire des Kuratawa.

Je me suis sentie fière de Denis. La veille, d'après l'article, il avait contacté dans l'après-midi la rédaction de ce journal, où sa sœur avait travaillé jusqu'à sa mort, pour raconter l'histoire que je connaissais déjà.

Le plus impressionnant dans ce récit était que la police de Cruzeiro do Sul – même après avoir reçu cette vidéo aux images révélatrices – n'avait toujours pas lancé d'enquête, ni pour vérifier si de la drogue était cachée sur la terre des Kuratawa, ni pour identifier le complice du trio sur le bateau. « Nos équipes sont surchargées », expliquait le commissaire dans l'article. « Nous devons d'abord effectuer plusieurs démarches pour vérifier la dénonciation. »

Depuis le guichet, ma grand-mère, qui avait déjà procédé à notre enregistrement, m'a fait signe de me dépêcher.

Il était très tôt pour appeler Denis, mais je n'ai pas résisté.

– Tu t'en vas au bon moment, m'a-t-il dit d'une voix tout juste réveillée.

– Fais attention à toi. Maintenant, tu as des ennemis puissants.

Denis m'a promis de me tenir au courant de l'enquête sur la mort de Rita et du procès de l'assassin de Carla.

Nous avons embarqué à l'heure. C'était un mardi, un jour férié sans pont, et cela expliquait peut-être que notre avion soit aussi vide.

Quand ma grand-mère a fini de lire le reportage, nous avions déjà décollé.

– Si j'étais lui, je quitterais l'Acre pendant un temps. Au moins jusqu'à ce que les esprits se calment, a-t-elle commenté.

– Tu as sommeil ?

– Pas après avoir lu ça, m'a-t-elle répondu en rangeant le journal dans la pochette face à son siège.

– Je voudrais te raconter une chose importante qui m'est arrivée ici.

Elle m'a regardée, inquiète.

– Un souci ?

– Je me suis souvenue de tout.

– De tout quoi ?

– Du soir où ma mère a été assassinée.

Nous avons gardé le silence quelques secondes. Elle a pris ma main. Et alors, avec une tranquillité qui m'a étonnée plus qu'elle, je me suis mise à parler. Je lui ai d'abord expliqué ce qu'est l'ayahuasca et sa capacité à activer la partie de notre cerveau responsable du stockage des mémoires émotionnelles, d'après les récentes recherches scientifiques que j'avais commencé à lire. Puis je lui ai raconté les séances de cipó dans le village de Zapira. Mes visions. L'image initiale de la clé gravée dans une pierre verte, le casse-tête qui s'était monté lentement, ma mère venue me chercher dans la nouvelle maison de mon père, sa robe noire à pois blancs, sa bague de pierre verte, mon père me renvoyant dans ma chambre, mon drap de sirène, leur dispute, mon père nettoyant le sang sur le sol du salon, mon drap de sirène utilisé pour envelopper le corps de ma mère, la chanson des Beatles à la radio, mon réveil dans une voiture étrangère, mon père et un homme que je ne connaissais pas en train de pousser la voiture de ma mère dans un précipice.

En l'espace d'un instant, les yeux de ma grand-mère s'étaient emplis de larmes. Elle écoutait, sans m'interrompre.

Je savais parfaitement à quel point tout cela était dévastateur pour elle. Jusqu'alors, nous n'avions jamais évoqué ce sujet aussi ouvertement. Nous avions parlé de l'absence de ma mère. Du manque. De ses histoires. Mais du crime spécifiquement, jamais, jamais de la façon dont mon père avait tué ma mère. Même le mot « assassinat » était évité. C'était peut-être ma faute. Si je l'avais demandé avant, ma grand-mère m'aurait peut-être raconté toute la vérité sur l'enquête de l'homicide de ma mère. Mes souvenirs se seraient peut-être réveillés avant, même sans l'aide de l'ayahuasca. Mais, en vérité, je n'avais jamais voulu en parler. Même adulte et étudiante en faculté de droit, je n'avais pas voulu lire le procès de la mort de ma mère.

– S'il te plaît, raconte-moi ce que je ne sais pas.

Et elle m'a expliqué :

– C'était un dimanche. Tu passais le week-end dans la fermette que ton père avait louée, après la séparation, près de Monteiro Lobato, une ville sur l'ancienne route de Campos de Jordão. Il avait promis de te ramener chez nous en fin de journée, mais vers quinze heures, il a appelé ta mère pour dire qu'il n'irait à São Paulo que lundi ou mardi, parce que sa voiture avait un souci qu'il devait résoudre avant de partir. Ta mère n'a pas aimé, elle le soupçonnait d'avoir un plan pour demander ta garde, donc elle a décidé d'aller te chercher là-bas.

« Vers neuf heures du soir, ton père m'a appelée en demandant si j'avais de ses nouvelles. J'ai trouvé bizarre qu'elle ne soit pas déjà arrivée chez lui. J'ai essayé de lui téléphoner, mais son portable ne répondait pas. Ton grand-père et moi étions déjà très inquiets quand, deux heures plus tard, nous avons reçu un coup de fil de la police de Monteiro Lobato. Ta mère avait eu un accident sur la route.

« Aussitôt, j'ai appelé ton père. Jusqu'alors, je dois dire que je l'aimais bien. C'est seulement quelque temps après la mort de ta mère, en vérité, pendant l'enquête, que j'ai appris qu'ils avaient une relation abusive. Ta mère ne m'en avait jamais parlé. Même à l'époque où ils se séparaient, elle ne m'avait rien raconté. Ton père était un homme intelligent, de bonne compagnie, personne ne pouvait imaginer qu'il maltraitait ta mère, encore moins qu'il était capable de tramer sa mort. Parfois il venait chez nous, pour demander de l'aide, des conseils, il ne voulait en aucun cas de cette séparation. Alors cette nuit-là, après l'avoir appelé, nous sommes allés à Monteiro Lobato avec ton grand-père. Ton père, avec la voiture d'un ami, nous a rejoints sur les lieux de l'accident. Comme il était tout seul chez lui, il t'avait mise sur la banquette arrière de la voiture, endormie. C'est là, ensemble, que nous avons appris la mort de ta mère. Ça a été un choc. Je me souviens de nous trois, silencieux, te regardant dormir, étrangère à la tragédie. Je n'arrivais même pas à pleurer. Ta mère venait de fêter ses trente et un ans. Je suis rentrée à São Paulo avec toi, et ton grand-père et ton père sont restés sur place pour suivre les opérations de secours. Plus tard, ton grand-père m'a raconté que ton père était dévasté, qu'il ne réussirait peut-être pas à venir à la veillée funèbre.

« Pendant que tu dormais à côté de moi, dans mon lit, sans rien savoir, j'attendais que ton grand-père m'appelle pour me donner des nouvelles. Il est arrivé à la maison alors que le jour se levait. La police de Monteiro pensait que ta mère avait perdu le contrôle de la voiture et était tombée dans le précipice.

« Toujours ce jour-là, pendant que ton grand-père s'occupait des préparatifs de l'enterrement, je t'ai emmenée à la petite place à côté de chez nous. Nous avions décidé que tu viendrais avec nous aux obsèques, le lendemain, et qu'avant de te permettre de dire adieu à ta mère pendant la cérémonie religieuse, ton père, ton grand-père et moi t'apprendrions la nouvelle. Mais tu n'étais pas bien ce jour-là. Quand nous sommes arrivées au parc, tu n'as pas voulu jouer avec les autres enfants. Je me souviens que j'étais assise sur un de ces bancs de pierre, face à l'aire de jeux, sans forces, évitant de pleurer devant toi, quand tu t'es assise à côté de moi et m'as dit : « Papa s'est chamaillé avec maman. »

« J'ai cru que tu parlais peut-être d'une dispute pendant leur séparation, qui était litigieuse. Mais tu as insisté. J'ai commencé à te poser des questions et remarqué que quelque chose clochait. Je l'ai raconté à ton grand-père. Tu lui as répété la même histoire. Coïncidence, dans notre immeuble habitait un expert en criminologie. Ton grand-père est allé le voir. Ils sont partis tous les deux à Monteiro avant même que ta mère soit enterrée. La voiture était encore sur place, parce que l'expert n'était pas encore venu. Et quand, avec le commissaire de Monteiro, ils ont analysé la scène de l'accident, notre voisin a remarqué que jusqu'à présent quelque chose avait échappé à tout le monde : les clés de la voiture n'étaient pas sur le contact.

« C'est là que l'idée de l'accident a commencé à s'effriter. Le lendemain, la zone a été inspectée et les clés ont été retrouvées dans un ravin, pas très loin de la route. Plus tard, d'autres expertises ont été réalisées. Il était absolument impossible que ces clés aient volé depuis le contact de la voiture jusqu'au lieu où elles avaient été trouvées.

« Ton père n'a jamais reconnu qu'il avait manigancé l'accident de ta mère. Mais le procès a prouvé qu'avant de pousser la voiture dans le précipice, il avait oublié de mettre la clé sur le contact. En s'apercevant de son erreur, il avait simplement jeté les clés dans le ravin.

« La piste définitive du crime est venue avec la fouille de la fermette que ton père avait louée. Des traces du sang que tu l'as vu nettoyer ont été retrouvées. C'est comme ça que nous l'avons eu.

– Qui l'a aidé ?

– Un chauffeur de taxi de Monteiro, d'après ce qu'a révélé un virement bancaire depuis le compte de ton père. Il a aussi été jugé et condamné, pour complicité.

J'ignorais encore une foule de détails que dona Yolanda aurait pu éclaircir. Je pouvais aussi lire toutes les pièces du procès, conservées quelque part chez nous. Peut-être le ferais-je un jour. Mais en voyant la souffrance de ma grand-mère à ce moment-là, j'ai compris qu'il valait mieux ne pas poursuivre cette conversation.

Elle a posé sa tête sur mon épaule. J'ai senti son parfum léger, doux. Caressé ses cheveux grisonnants. Et vécu une épiphanie : désormais, nos rôles allaient s'inverser. Je serais davantage mère, et elle davantage fille.

Nous sommes restées main dans la main, en silence. J'ai regardé par la fenêtre et vu le ciel immense, transparent. Sans nuages. Tout en bas, la forêt d'un vert intense, luxuriant, et les rivières formant des dessins de serpents en son sein.

Une beauté vive, palpitante, éblouissante.

X

Sur la scène, Paul McCartney chantait *I've just seen a face*. Difficile de se faufiler dans la foule, qui dansait et chantait autour de moi, en transe.

J'ai eu du mal à croire à la taille de la file d'attente pour les toilettes. Je pensais que personne ne serait aussi fou que moi pour vouloir faire pipi pendant le concert, et je songeais déjà à revenir auprès de mes amis quand je suis tombée sur Amir en train d'embrasser une fille très jolie, vraiment très jolie, à droite de la scène, à mi-chemin entre le bar et les toilettes.

Ma première réaction a été de m'enfuir de là, sans qu'il me voie.

La semaine précédente, au moment où mon avocate déposait plainte contre lui, je mettais en ligne cellesquontue.com.

À l'origine, quand cette idée avait surgi, mon but était juste de rétablir la vérité dans mon cercle professionnel, de raconter à mes amis et connaissances ce qu'Amir m'avait fait en nous filmant dans des moments d'intimité, sans mon autorisation, et comment il avait alimenté des sites pornographiques avec ces vidéos, avec pour seul objectif de me tuer moralement. Mais, en créant ma page, j'avais fini par raconter aussi l'histoire de ma mère, celle de Txupira, celle de Carla, et le massacre de femmes que j'étudiais ces derniers temps. Une journaliste, amie d'une amie, avait vu mon site et fait un papier dessus, et soudain tout un tas de gens s'étaient mis à le visiter. Cet après-midi-là, une autre reporter, qui travaillait pour une grande émission de télévision, m'avait téléphoné pour parler de cellesquontue.com. Tout ce que je voulais éviter, donc, c'était de tomber sur Amir.

Mais je l'ai vu partir vers le bar, après un dernier baiser à la fille qui, tout d'un coup, s'est retrouvée derrière moi, dans la file des toilettes.

Quand mon tour est arrivé, je suis allée directement au lavabo. J'ai attendu qu'elle entre dans la cabine des toilettes. Puis qu'elle en sorte. Pendant qu'elle se lavait les mains, j'ai tiré une feuille d'essuie-mains du distributeur et la lui ai tendue.

– Merci.

Et à brûle-pourpoint :

– Ce type qui t'attend dehors… Amir… il a été mon petit ami…

Elle m'a regardée, surprise. Elle a souri, plus étonnée que curieuse.

– Fais attention. Il m'a agressée physiquement.

J'ai ouvert mon téléphone et lui ai montré ma page.

– J'ai porté plainte contre lui. Si tu veux plus de détails, il te suffit de visiter ce site.

Elle a continué à me regarder, pour évaluer si elle devait ou non me faire confiance, je crois. Finalement, elle a pris mon portable, l'a regardé brièvement et me l'a rendu.

– Il me semblait qu'il fallait que tu le saches, ai-je conclu avant de quitter les toilettes.

Dehors, Paul commençait les premiers accords de *In spite of all the danger*.

J'ai plongé dans la foule vers mes amis, en sentant mon cœur battre comme s'il était la basse du groupe.

Soudain, j'ai éprouvé une envie irrésistible de me lancer sur la piste et de danser comme une folle.

REMERCIEMENTS

L'écriture des livres, pour ce qui me concerne, est toujours un chemin solitaire. Cela n'a pas été le cas pour *Celles qu'on tue*. J'ai reçu, tout du long, le soutien et l'aide de nombreux professionnels et amis que je veux remercier tout particulièrement.

À commencer par mes éditrices Leila Name et Izabel Aleixo, qui m'ont invitée à écrire un roman sur un thème libre. Elles ont insisté sur une histoire qui mettrait en scène une protagoniste féminine, et j'ai accepté le défi. Aujourd'hui, je leur dois bien plus que des remerciements, à elles qui ont lu, relu, discuté avec moi de chaque phase du livre, toujours de façon positive et encourageante, en me donnant tout le soutien et toute la liberté nécessaires à la création de ce roman.

Sans mon amie et journaliste Emily Sasson Cohen, qui a réalisé avec moi les recherches pour le roman (en interviewant des dizaines de spécialistes de la question des violences faites aux femmes, féministes, avocats, chefs indigènes, leaders communautaires, et en voyageant dans l'Acre, dans la forêt, comme si elle était mes yeux et mes oreilles), ce livre n'aurait pas été possible. Plus qu'une chercheuse rigoureuse, Emily est une féministe active, dont la position et l'engagement m'ont grandement inspirée pour ce roman.

Misha Glenny a fait preuve d'une absolue générosité en me fournissant les entretiens qu'il avait réalisés, aux côtés d'Emily, pour son roman *Nem de Rocinha*.

Urso dos Santos, éducateur, agitateur culturel, guide touristique et environnementaliste, nous a beaucoup aidées, tout comme Meyrinha Sorriso, éducatrice de jeunes enfants, et Carolina Grillo, docteure en anthropologie culturelle.

La liste des personnes qui nous ont aidées à connaître la situation de la femme dans l'Acre (l'État qui présente actuellement le plus fort taux de féminicides au Brésil) est longue, et je veux remercier chacune d'elles : Patrícia Rêgo, procureure du ministère public de l'Acre et coordinatrice du Centre d'accueil des victimes ; Cláudia Aguirre, avocate commise d'office, qui nous a accueillies dans les tribunaux et dans la forêt ; Shirley Hage, juge en charge du tribunal de protection des femmes, et son assistante Grazielle Outromario Wutzke ; Bruno Freitas, avocat commis d'office dans l'Acre ; Diana Soraia Tabapalipa, avocate générale ; Rivana Ricarte de Oliveira, avocate commise d'office dans l'Acre ; Eva Evangelista, juge du TRE-Acre et coordinatrice d'État du dispositif Femmes en situation de violence domestique et familiale du pouvoir judiciaire de l'Acre, et les professionnelles de son équipe, Eva Silva Freire et Francisca Regiane da Silva Verçoza, dont les entretiens ont été précieux pour mon roman.

Terri Vale Aquino, anthropologue et fondateur de la Comissão Pró-índio de l'Acre ; Altino Machado, journaliste ; Jairo Lima, coordinateur régional de la FUNAI de Cruzeiro do Sul et créateur du blog Crônicas indigenistas ; tout le peuple Puyanawa et en particulier Luiz Puwe, Vari, cacique Joel et Maria Alice, et Evanízia Puyanawa, coordinatrice régionale de la FUNAI de Rio Branco ; Letícia Yawanawa, coordinatrice de l'Organisation des femmes indigènes de l'Acre, du sud de l'Amazonie et du nord-est du Rondônia ; Puruma Shanenawa (Eldo Carlos), éducateur ; Toinho Alves, journaliste et écrivain ; Pajé Mutsá, du peuple Katukina ; Jackson Santos, guide touristique, et Crizantho Alves Fialho Neto, indigéniste et coordinateur régional de Dourados de la FUNAI ; leurs témoignages et leurs histoires nous ont aidées à comprendre la tragique situation des indigènes au Brésil aujourd'hui.

Je suis aussi immensément reconnaissante à mes chers amis Beatriz Saldanha et Marcelo Piedrafita pour leurs innombrables conseils de lecture sur la formation de l'Acre, l'exploitation de la forêt et la situation de la femme acréenne.

À São Paulo et à Rio de Janeiro, la liste des remerciements est aussi importante : Gabrielle Piedade, avocate du cabinet de Luiza Eluf ; Lívia Gimenes, avocate et docteure en droit de l'UnB ; André Vieira Peixoto Davila, expert en criminologie de la Polícia Civil de São Paulo, et Renata Tavares Lessa, avocate commise d'office de Rio de Janeiro.

Nicole Witt et Jordi Rocca ont été bien plus que des agents littéraires ; sans leur enthousiasme et leur collaboration, il aurait été difficile d'imaginer ce roman.

Mon ami le designer Kiko Farkas a fait une superbe présentation du roman, en mélangeant la naissance de la Vénus de Botticelli avec celle d'Oshun, d'Harmonia Rosales, pour créer la couverture la plus belle qu'un auteur puisse désirer.

Il me reste à remercier les amis qui ont eu la patience de discuter avec moi de ce sujet, de m'ouvrir des pistes, de lire les manuscrits et de me confier leurs observations ponctuelles et enrichissantes : Cláudio et Cornélia Rossi, Graziella Moretto, Pedro Cardoso, Renata Melo, et surtout mon mari John Neschling, mon inspiration quotidienne, mon lecteur rigoureux, mon éditeur particulier, qui lit tout par-dessus mon épaule, mon éternel port de salut, qui me relève jusqu'au soleil, chaque fois que je pense abandonner.

GLOSSAIRE

Ayahuasca : Décoction de plantes à usage curatif et purificateur, connue pour ses effets hallucinogènes et employée de façon immémoriale par nombre de peuples d'Amazonie. Parfois raccourci en « aya ».

Caboclo : Métis d'un parent blanc et d'un parent indigène.

Cachaça : Eau-de-vie brésilienne issue de la canne à sucre, rappelant le rhum.

Cafuza : Métisse d'un parent noir et d'un parent indigène.

Caipora : Être mythique protecteur des animaux et des forêts, souvent représenté les pieds à l'envers et monté sur un cochon sauvage.

Candomblé : Religion syncrétique afro-brésilienne très populaire, mêlant catholicisme, croyances africaines et rites indigènes.

Carimi : Autre nom de l'*ayahuasca*.

Caveirão : Surnom du véhicule blindé de la police militaire, orné d'une tête de mort (caveira) et symbole funeste des violences policières.

Cipó : Mot signifiant « liane » et désignant aussi l'ayahuasca, dont l'un des ingrédients principaux est la liane *Banisteriopsis caapi*.

Colonel des berges : Homme qui commande (souvent de façon féodale) sur une zone. D'après l'auteur Márcio Souza, c'était en Amazonie « un gentleman citadin à Belém ou Manaus et le patriarche féodal dans la plantation d'hévéas ».

Exu-caveirão : Groupe d'esprits liés à la mort dans l'*umbanda* et le *quimbanda*, aidant et guidant les âmes perdues. D'autre part, Exu est le plus humain des *orixás*, représenté par un phallus, ici associé au *caveirão*, surnom du véhicule blindé de la police militaire.

Farofa : Farine de manioc grillée et agrémentée de divers ingrédients, selon les régions ou les familles.

Fazenda : Grande propriété rurale vouée à l'agriculture et/ou à l'élevage de bétail.

Icamiaba : Femmes guerrières de la mythologie indigène, vivant en communauté matriarcale, sans maris, vénérant la Lune et fabriquant des amulettes en pierre verte, les *muiraquitãs*.

Iemanjá : *Orixá* associé à la fertilité et à l'eau.

Igarapé : Bras de rivière peu profond, en Amazonie.

Maloca : Grande maison communautaire que l'on trouve dans tout le bassin de l'Amazonie, regroupant des communautés entières ou des familles étendues.

Mata-leão : Technique d'étranglement sanguin en jiu-jitsu brésilien.

Muiraquitã : Amulette ancienne d'origine amazonienne, sculptée dans la pierre (principalement le jade, la néphrite) ou le bois, et représentant des animaux ou des personnes.

Nosso Senhor do Bonfim : Rubans de couleur originaires de l'église Nossa Senhora do Bonfim à Salvador da Bahia, noués au poignet en formulant des vœux et portés jusqu'à ce qu'ils se brisent tout seuls, signifiant que l'on est exaucé. Le jaune est lié à Oxum, déesse de la beauté, et au succès.

Orixá : Divinité des religions afro-brésiliennes (*candomblé*, *umbanda*, etc.) dotée d'une personnalité, d'une habileté et de préférences rituelles qui lui sont propres.

Quimbanda : Religion afro-brésilienne proche du *candomblé*, caractérisée par un mouvement contestataire vis-à-vis des apports occidentaux et catholiques.

Rapé : Poudre de plantes, notamment de tabac, humée en Amazonie.

Requeijão : Fromage frais originaire du Brésil et du Portugal.

Santo Daime : Mouvement religieux syncrétique issu d'Amazonie brésilienne et répandu dans le monde, utilisant comme sacrement l'ayahuasca, rebaptisée Santo Daime, dans une tradition chrétienne.

Seringueiro : Au Brésil, dans la forêt amazonienne, ouvrier qui extrait le latex de l'hévéa.

Tacape : Sorte d'épée d'un mètre de long, au bois noir ou rouge très dur, au manche orné.

Terreiro : Lieu de culte du *candomblé*.

Umbanda : Religion afro-brésilienne proche du *candomblé*.

Voadeira : Embarcation à moteur légère, longue et rapide, commune sur les rivières d'Amazonie.

COMPOSITION ET MISE EN PAGES
NORD COMPO À VILLENEUVE-D'ASCQ

ACHEVÉ D'IMPRIMER PAR CPI
EN MAI 2023

N° d'impression : 2071421
Dépôt légal : août 2023
Imprimé en France